# 烟火童话

水千丞 著

丁小伟在海边点燃的焰火，意外照亮了受伤的他。

# 周谨行

身高：188cm

生日：3月12日

年龄：26岁

星座：双鱼座

★ ★ ★ ★ ★

**A面**

- 擅厨艺
- 会家务
- 能遛娃
- 体贴耐心
- 十好男人

装失忆
笑面虎
耍心机
阴险狠戾
混血总裁

ZHOU JIN XING

YAN HUO
TONG HUA

# 丁小伟

身高：181cm
生日：5月6日
年龄：33岁
星座：金牛座

A面

超级奶爸
热心善良
顾家务实
早期校草

B面

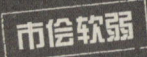
市侩软弱

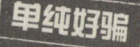
单纯好骗

脆弱心软

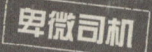
卑微司机

YAN HUO
TONG HUA

DING
XIAO
WEI

图书在版编目（CIP）数据

烟火童话 / 水千丞著． — 武汉 ：长江出版社，2024.2
ISBN 978-7-5492-9319-3

Ⅰ．①烟… Ⅱ．①水… Ⅲ．①长篇小说－中国－当代 Ⅳ．① I247.5

中国国家版本馆CIP数据核字（2024）第 008654 号

**烟火童话 / 水千丞 著**
YANHUO TONGHUA

| 出　　版 | 长江出版社 |
|---|---|
| | （武汉市解放大道1863号） |
| 出版统筹 | 曾英姿 |
| 特约编辑 | 刘思月 |
| 市场发行 | 长江出版社发行部 |
| 网　　址 | http://www.cjpress.cn |
| 责任编辑 | 陈　辉 |
| 印　　刷 | 湖南天闻新华印务有限公司 |
| 版　　次 | 2024年2月第1版 |
| 印　　次 | 2024年2月第1次印刷 |
| 开　　本 | 880mm×1230mm　1/32 |
| 印　　张 | 10.25 |
| 字　　数 | 250千字 |
| 书　　号 | ISBN 978-7-5492-9319-3 |
| 定　　价 | 49.80 元 |

版权所有，侵权必究。如有质量问题，请与本社联系退换。
电话：027-82926557（总编室）027-82926806（市场营销部）

# 目录

第一章 昏迷在海边的男人 —— 001

第二章 酒后的蠢事 —— 025

第三章 丁哥,谢谢你 —— 043

第四章 心中的疑团 —— 062

# 目录

第五章 周谨行不见了 ——— 078

第六章 他的真实身份 ——— 100

第七章 一场噩梦 ——— 122

第八章 喜宴 ——— 144

# 目录

第九章 我们能回到从前吗 —— 168

第十章 新来的领导 —— 191

第十一章 家里出大事了 —— 212

第十二章 小叔 —— 241

# 目 录

第十三章 玲玲的妈妈 —— 263

第十四章 绑架 —— 281

番外一 过年 —— 304

番外二 日常 —— 310

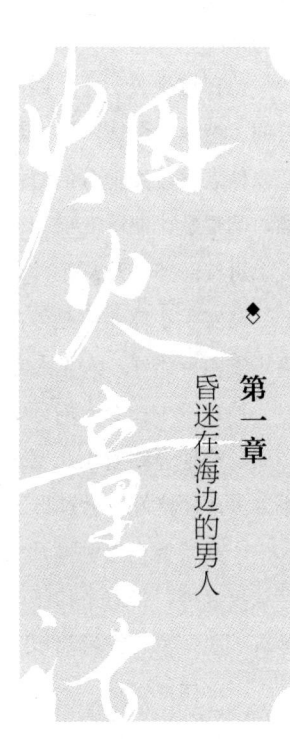

第一章

昏迷在海边的男人

丁小伟在一家贸易公司做司机。

公司主要的经营业务是国外快销品牌的饰品代加工,也有自己的设计品牌,刚刚打开外贸的销路。公司虽然不大,但氛围和谐友爱,前景向好,上班时间也比较自由,除了工资有点儿低,他大体是满意的。

他在这家公司干了四年多,平素除了上班,几乎把剩下所有的时间、精力、金钱,都贡献给了自己的宝贝闺女。

他老婆没跟他分的时候,他还有时间在下班之后跟同事去喝喝酒、唱唱歌、胡吹海侃一番,现在每天一大早把闺女送到幼儿园,晚上再接回家,天天既当爹又当妈,再英武的男人都被磨得萎靡了。

其实丁小伟要不是差在离了婚带着孩子还没什么钱上,就凭他盘正条顺身体好,人见人夸一帅哥,还是不愁找不到女朋友的。

他也没少在个人问题上使劲儿,经常积极主动地让周围的同事和朋友给他介绍对象,要求也不高,女方年纪别比他大太多,也别小太多,性格好,会过日子,对孩子好就行。

一开始他也接触过几个人,但大部分人一听他都三十三岁了,存款没多少,带着个孩子,孩子还不会说话,长得再帅气这条件也是真"次"了,最后都不了了之。

丁小伟很发愁。

一个大老爷们独自带孩子,孩子还是个丫头,实在太辛苦了。闺女不会说话,对他来说已经是重大的打击,万一闺女心理发育再出问题,长大了可怎么办呢?

有一天,他偶然惊觉他的小玲玲坐着的时候居然学他一样敞着大腿。女孩这个坐姿多难看哪,如果孩子有母亲教养肯定不会这样,他当时心里就特别难受,一晚上都没睡好觉。

被生活逼得极其窘迫的丁小伟尽管天生随性，此时却也有了明确的目标——赚钱，娶老婆。

至于怎么赚钱，怎么赚大钱，他还没想好。

口袋空、心里鼓的人，都有个通病——爱幻想。丁小伟就不止一次幻想自己中彩票了、天上掉钱了、被富婆一眼相中死缠烂打了，或者……或者，比如他不小心帮了某个落魄贵族，贵族华丽变身之后对他感恩戴德，死乞白赖地要报答他，这不也是电视上经常演的桥段吗？

什么时候他能走一回大运呢？

做完了梦他还是该干吗干吗，依然要起早贪黑地伺候闺女和老板。他怎么都不会想到，幻想中的戏码真的会发生在自己身上。

那天，他把闺女接回家后，又被老板一个电话叫了过去。老板让他把自己的儿子送去海边，参加班上组织的烧烤活动。

丁小伟本来打算陪闺女玩会儿，但司机这个工作就是要随叫随到，他忙不迭地去了老板家，载着老板的儿子往海边跑去。

把孩子送到之后，丁小伟便降下车窗。

车子顺着长长的海岸线飞驰。

此时正是盛夏时节，白天闷热难耐，晚间的海风夹杂着温热的湿气，扑在口鼻上带来一种奇妙的湿润感，他还能闻到微咸的水汽，皮肤上的毛孔都舒张开来，十分凉爽舒适。

海边人少，路面又宽又平，还没遇上红灯，丁小伟感受到了久违的驾驶的快乐。

耳边除呼呼灌进来的海风之外，还偶尔伴随着烟花升空的欢快鸣叫声。

丁小伟看着天空中绽开的绚烂烟火，心里一动，想起临走前玲玲那委屈的表情。

他掉转方向，车子往海边公园拐去。那地方常年有人卖烟花，去年过年的时候他带玲玲来玩儿过。

这地方说是公园，其实就是个露天的观景台，有一个大大的遮阳亭和向两边延伸的长长步道，除此之外没有多余的设施，人也少，但情侣就喜欢这种光线昏暗到处都是死角的地方。丁小伟路过一对卿卿我我的情侣，心里一阵泛酸。

丁小伟找到推着小车卖烟花的人，指着一小捆仙女棒问："这个多少钱？"

"五块。"

"这玩意儿都涨价了？"

小贩笑了笑："现在啥不涨啊？"

丁小伟心里直叹气，自己怎么会想要买这种一烧就没的东西，这不是烧钱吗？有这钱他不如给玲玲买牛奶。

他转身想走，可踏出一步又犹豫了。不就比预期贵了一两块钱吗？他买回去闺女肯定高兴，平时也没给她买什么玩具，带回去奖励她乖乖地在家写作业吧。

丁小伟又走回来，拿起一捆仙女棒放在手里掂了掂，咧嘴说道："这样吧，我买一捆，你再送我一个这个吧。"他说着就要去拿那个像小筒炮一样的东西。

"哎呀老板！"小贩连忙按住他的手，"你可真会开玩笑，这个要十五块钱一个呢。"

丁小伟嘴都乐歪了："这么个破玩意儿十五块钱一个？"

"这个能蹿天，能炸开很大的花，很漂亮的。"

丁小伟笑了："能上天的就是贵啊。"

小贩也笑了起来。

丁小伟付了钱，拆开仙女棒的包装，凑到鼻子前闻了闻："老板，你这个没臭吧？我拿回去给我闺女玩儿，要是点了火不着怎办？我也不能为了这点儿钱大老远再回来找你呀。"

"哎呀放心吧，都是好的。"

丁小伟闻着一股霉味，不大放心："不行，我得试试，你有打火机没？"

小贩递给他一个打火机："你上下边的沙滩那里试去，这里不让点。"

丁小伟踩着石阶就下去了。

沙滩上三三两两地站了几对情侣，在那儿又笑又闹的，幸福得不得了。

丁小伟十分不爽，索性眼不见为净，绕过一块儿大石头，挑了个僻静没人的角落，蹲在地上点燃了仙女棒。

那玩意儿一遇火，"刺"的一声就着，连火花带闪电的，还挺好看，把周围一小片空间都照亮了。

丁小伟忍不住傻笑起来，用手挥动着仙女棒在夜空下写字，直到火光将要燃尽时……

他大叫了一声，吓得一屁股坐倒在地，身上汗毛都竖了起来。最后一点儿光亮熄灭前，他似乎看到离他不远处的石头边躺了个……人，那个人脑袋上全是血！

丁小伟借着月光往那边看了看，那边确实有个人，穿着一身黑衣，没有光线的时候很难注意到，他在这儿蹲了半天都没发现。

他其实是个胆大的主，刚才实在是毫无防备才被吓着了。冷静下来后，他把剩下的仙女棒塞进屁股后面的口袋里，咽了口唾沫，一步一步朝那个人挪了过去。

离得近了，他才发现那是个男人，穿着一身黑西装，身材颀长，肩膀很宽，偏着脑袋趴在地上，浑身湿漉漉的，脑袋上的血把旁边的沙子都给染透了。

这人是活的还是死的？

这人是活的还是死的？

这人是活的还是死的？

丁小伟的心跳得跟打鼓一样，贼快。

不管怎么样，作为一个良好公民，他觉得自己有义务查看一下这个人是死是活。

人死了好办，他打电话报警。

人要是活的呢？

丁小伟愁了，人要是活的，他不能见死不救，救了就得送医院，送医院就得给人垫付医药费。现在感冒发烧动辄几百上千元，这个人脑袋上开了口子，得花多少钱啊？他真没钱。万一再倒霉点儿，这个人也没钱，他找谁要医药费去？

丁小伟又犹豫，又有点儿紧张。他胆子再大，也怕把人翻过来看到一张缺鼻子、少眼睛、满是血的脸。

他正踌躇呢，突然听到一声细不可闻的呻吟声。

丁小伟的神经一下子绷了起来。

得，人是活的，救人吧！

丁小伟赶紧把人翻了过来。

这个人的身体虽然冷得跟冰块儿似的，但口鼻还冒着热气，只是看上去很虚弱。

丁小伟借着月光打量着，尽管这哥们脸上沾着血污和沙子，依然能看出那轮廓跟画出来的一样，又立体又漂亮，眉骨和鼻梁高耸，紧闭着的眼睛上浓长的睫毛微颤，冻得发青的嘴唇抿成一条完美的弧线，光滑的皮肤反射着银辉。

怎么会有人在这么落魄的时候都能呈现出顶级相貌？丁小伟长这么大都没摸过这么好看的人。

不过现在也不是想这个的时候，丁小伟轻轻地拍他的脸："哎，兄弟，兄弟，你还好吗？"

那人痛苦地呻吟了几声，竟缓缓睁开了眼睛。

丁小伟喜道："太好了，你醒着呀，你还好吧？我现在送你去医院，怎么通知你的家人哪？得叫你的家人送钱来啊……"

这个在丁小伟眼里几近垂死的人突然不知道哪里来的力气，一把擒住他的手腕，力道大得丁小伟觉得自己的骨头都快断了。

"不能去医院……"

"不去，不去，你松手啊！"丁小伟疼得龇牙咧嘴的。

这回光返照般的爆发力自然持续不了多久，但男人依然在半昏迷的状态下重复着："不去医院……"然后又晕了过去。

丁小伟松了一口气，方才推拉时好像有什么东西闪了一下。他把这个人的手抬起来一看，虽然光线很暗，但在夜空中依然闪耀着高贵光芒的东西，是正常人都不会认错的钻石——一枚钻石袖扣。

丁小伟心里一动，把他的袖子撸了上去，又发现一块闪闪发亮的钻石手表，一看就是贵得离谱的东西。

丁小伟这辈子虽然没接触过什么奢侈品，但拜他的工作所赐，他认识很多值钱的石头。

虽然他们公司的饰品用的都是人工合成材料，但老板很狡猾，设计的东西都无底线地模仿国际大牌，其实那也不叫设计，就叫抄袭。大牌好呀，又漂亮又时尚，上官网点击搜索，图片一堆。他在公司干了这么多年，没见过真正的珠宝，图片倒是见了不少，各种彩色宝石、钻石他都叫得出一二，如果这个人身上的东西都是真的，那该多值钱哪？

丁小伟激动了，这个陌生的倒霉鬼脑门上突然刻了金光闪闪的两个大字："大款。"

这不就是传说中的"有钱人落难他拔刀相助，事后必感恩戴德地双手捧金报恩"的经典戏码吗？

他憋足了劲儿把人从地上抱起来，扛在肩上，摇摇晃晃地往石阶走去。沙滩上的几对小情侣都惊讶地看着他，纷纷问这是怎么了。

丁小伟讪笑道：“我朋友，我朋友，喝醉了头被撞破了。”

费了九牛二虎之力把人弄上车后，丁小伟立刻意识到了新的问题。

这人一身海水掺着沙子，脑袋上还直冒血，真皮座椅不是完了？他怎么跟老板交代啊？但是把一个活人放在后备厢里，这是不是太不人道了？万一这人死在车上就更可怕了。

现在再想把人弄出来也晚了，丁小伟迅速将车子往家的方向开去。

他家附近有个诊所，医生就住楼上，那老医生特别喜欢玲玲，跟他也挺熟。

其实就算这个人不说，丁小伟也没打算送他去医院，他伤得应该不是很重，不但能说话还那么大劲儿，就冲这点也肯定没事，去医院就显得自己太像冤大头了。

一路上，丁小伟的思维朝着不能控制的方向狂奔而去。

他开始猜测这个人的身份。

在综合了相貌、打扮和遭遇后，他判断此人是位"少爷"。

不能怪他想人不往好处想，实在是这座城市第三产业过于发达，就连他都曾经被人挖过墙脚，但他那时候是正经良民，现在就算想"下海"，这个年纪也没人要了。

这个人看着就不对劲儿，他身上那些东西八成是富婆送的。然后他被富婆的老公抓奸，痛揍一顿扔下海，命大才活了下来。

原谅丁小伟想象力贫乏，一个男人，长得这么帅，打扮得这么好，穿着正式像去参加宴会的，却脑袋露个窟窿被扔在海边，他觉得他的推测很合理。

丁小伟才不管他从事什么职业，反正自己怎么说都是救了他，到时候他肯定得意思意思地报答一下自己吧，身上那些东西随便给个什么就够了,多了丁小伟也不好意思真要。

丁小伟心里有些兴奋,不能怪他爱贪小便宜,他是在做好事,做好事就该有好报嘛。

把人拉到诊所后,诊所果然关门了,不过楼上的灯还亮着,丁小伟就在楼下扯着嗓子叫了两声。

门被打开,一张小脸探了出来:"丁叔?"

"赶紧给叔开门,我有个朋友跟人打架受了点儿伤,叫你外公给看看。"

孩子把大门给打开了:"你把人弄进来吧,你等等,我去叫我外公。"

丁小伟又费了大力气把那个倒霉鬼从车里拖出来,把他歪歪斜斜地背到了床上。看着这个人高马大的大帅哥,丁小伟累得直抹汗。

他心里骂道:累死你爹了,你可得好好报答我啊。

不一会儿,老医生下来了。

"哎呀小丁,这大半夜的,你从哪儿弄了这么个人来呀?"

丁小伟拿卫生纸擦着手:"王大夫,不好意思啊,把你的床单弄脏了。你赶紧给人看看吧,脑袋都出血了。"

王大夫很快将注意力放到了病人身上,他查看了一下伤口:"伤口不深,头皮上毛细血管多,所以看着很多血,得清创、缝针。"他对自己的外孙说:"把剃刀找出来,把他的这块头发剃干净。"

丁小伟刚要说什么,电话突然响了。他一看来电显示就慌了,是老板的儿子打来的电话。他强自镇定下来,接了电话。

"喂,丁叔叔,我们还有差不多半个小时就结束了。"

"哎,没问题,没问题。"丁小伟挂了电话,连忙说道:"王大夫,这个人就交给你了,我过一个小时就回来,我现在有急事先走了。"

王大夫叫了几声也没留住他。

丁小伟冲出去之后拿着抹布使劲儿快速清洁后车座,先把水吸干,再把沙子往外弄,可不管怎么弄,沙子都弄不干净。

丁小伟急得满头是汗,眼看时间要到了,也顾不得那么多了,赶紧开着车往海边赶去。

他紧赶慢赶还是让老板的儿子等了十来分钟。

丁小伟一路提心吊胆地把孩子送回了家。

上楼跟老板交完差之后,丁小伟一个人躲在车库里把后车座仔仔细细地又擦了一遍,直到确定应该看不出异样之后,才骑着单车往家的方向赶去。

他这一晚上折腾得够呛,还好赶到诊所的时候,那人的伤口已经被处理好了,人也没什么大碍,虽然脸色很差,但看着睡得挺香的。

王大夫的小外孙子趴在床边拿手指比画那个人的轮廓,语带新奇地说:"外公,他好好看呀,他是不是混血儿?"

丁小伟凑近去看,那高鼻、阔额、深眼窝,又长又密的睫毛,优越的骨相,确实挺像混血儿的。他忍不住想象这双眼睛在阳光下睁开时,会呈现怎样瑰丽的瞳色。

王大夫和丁小伟商量道:"小丁啊,这个人没事,伤口不深,血都止住了,不过他也不能睡这儿。他要是你的朋友,你把他弄回家吧。"

丁小伟为难地点了点头,想着回去怎么跟闺女解释。

王大夫的诊所和他家就一二十米的距离,丁小伟以前从来没觉得这点儿路远,但是背上驮着一个人,还是个比自己高壮的人,真的差点儿把他累吐血。

丁小伟一边喘,一边在心中暗骂着财迷心窍的自己。可他都把人弄到这儿了,要前功尽弃,又不甘心。再说大半夜的,他能把一个昏迷的病人扔路边去吗?

回到家他还没来得及掏钥匙,门就一下子被打开了。

小玲玲仰着小脸,不太高兴,在看到她爸爸背上还多了个人后,立时瞪大了眼睛。

丁小伟讪讪地笑了笑，费力地把人弄进屋，放到沙发上："玲玲，关门，把门反锁上。"

小姑娘听话地锁好门，然后蹦到他身边，用手语比画着问这人是谁。

丁小伟就说："这个叔叔是爸爸的朋友，他出了点儿事，受伤了，现在要暂时在咱们家住几天，这个叔叔很可怜的，玲玲别害怕。"

小姑娘点点头，看了一眼那个人，又问道："他碰到坏人了吗？"

丁小伟点了点头。

"他也是坏人吗？"

丁小伟傻眼了，一拍脑门，觉得自己毛病又犯了。他怎么就没想过，万一这个人不是走正路的怎么办？！

万一这人是混黑社会的，万一是小偷，万一是……

丁小伟不敢想了，越想越头大。他怎么就这么蠢，当时就该直接报警，还把人弄家里来，他家里还有个孩子呢，这是想钱想疯了呀！

丁小伟懊恼地坐在沙发上，看着那个人发愁。

他的小闺女摇着他的膝盖，眨巴着眼睛看着他。

丁小伟摸了摸玲玲的头："洗澡了吗？"

玲玲点了点头。

"这么晚了赶紧睡觉吧，即使明天不用上幼儿园，你也要养成早睡早起的好习惯。"

小丫头乖巧地点了点头，抱着丁小伟的脖子要亲他。

丁小伟故意拿下巴上的胡楂蹭了蹭小丫头娇嫩的皮肤。小丫头发出模糊的笑声，亲了他的脸颊一下就"噔噔噔"地跑回自己的房间了。

丁小伟看着沙发上依然昏迷不醒的人，开始发愁。

他先把这个倒霉蛋的衣服给脱了。

看起来很贵的西装,现在皱得跟霉干菜似的,而且潮乎乎的,就这么裹在身上一晚上,保准这个人得发烧。

丁小伟脱这个人的衣服的时候,目光根本无法从这人身上移开。这副躯壳太完美了,将近一米九的身长,有着宽阔的肩膀和厚实的胸肌,腿长到半截搭在了沙发外面,哪怕是完全放松的状态下,也能看到皮肉包裹下的结实肌肉。他寻觅了半天形容词,才华有限,只能想到修长、健美,如此好看的身体他只在电视里见过。他不由自主地有些忌妒,心想这倒霉蛋可真够敬业的,就这身材、这脸蛋,平时没少下功夫锻炼吧。所谓干一行爱一行,这么优越的一副皮囊,得多招富婆喜欢呀,这个人穿金戴银可不是没有道理的。

还好两个人身高没有相差太多,丁小伟给他换上自己的睡衣后,开始考虑他是个坏蛋的可能性。

最后,丁小伟想出个损招——把人拿绳子绑了起来。

他也没多损,就是把这个人的两只手绑在一起,再把其一只脚绑在茶几上,如果晚上有动静,丁小伟在房间里就能听着。

做完这一切之后,丁小伟终于安安心心地睡觉去了。

睡意正酣,丁小伟就被一阵乒乒乓乓的声音吵醒了。他一个激灵从床上跳起来,看着外边的天正蒙蒙亮,也就五六点的样子。

他赶紧跑到客厅打开灯。

打开灯的一瞬间丁小伟听到一声闷哼,愣怔地看着摔在地上、手脚缠着绳子狼狈不堪的男人。

他脸色惨白,神情透着几分狠戾,正拿冰冷而戒备的目光瞪着他,一张嘴,声音嘶哑地问:"你是谁?"

昏黄的灯光下,这个人头发蓬乱潮湿,额上有没擦干净的血迹,穿着起毛球的旧睡衣,嘴唇几乎不见血色。如此狼狈的模样,可他凭着一张立体俊美的脸蛋成功转移了丁小伟的注意力，暗淡的背景中突显出一种苍白病态的美感，再配上那异域血统的五官，让眼前的构图充满了故事感。

丁小伟这样缺乏艺术感知力的人，也被这幅画面震慑住了。这个人睁开了眼睛，比他想象中还好看，好看到给自己早已看厌烦的环境都赋予了新鲜感。他轻咳一声，蹲下身去："你……你不是昏过去了吗？怎么样，脑袋还疼吗？"带这个人回来的时候天太黑了，而且自己又累又紧张，就没怎么留意这个人的脑袋，现在才发现那头发被剃得乱七八糟的，可即使这样都无损这副容貌，怎么会有真人长成这样啊？

"你想怎么样？"

丁小伟笑了一下："怕什么？我还能绑架你呀？你还不赶紧谢谢我？你脑袋开瓢地躺在海边，要不是我把你捡回来，明天你该上报纸了。"

男人愣了愣，举起双手："这是什么意思？"

丁小伟看了一眼绳子，也有些不好意思。换成是谁，一觉醒来发现自己被五花大绑，肯定会激动。

"我这不是怕你睡相不好摔地上去吗？"

男人瞪着眼睛，明显不信这话。

丁小伟也没有给他解开绳子的意思，问道："哎，你是干什么的，你这得罪谁了呀？你要打个电话给家人，让人来接你不？"

男人看了他几秒，慢慢恢复了平静，把手举到丁小伟面前："给我解开绳子。"

丁小伟"啧"了一声，搓了搓自己短短的头发："兄弟，我一时好心把你弄回来了，连你是什么来路都不知道，不是我信不过你，我家里还有孩子呢……"

男人闻言，缓缓地靠在沙发上，沉默地看着他。

丁小伟被他看得有点儿发慌。

男人的目光深沉且犀利，并没有带上情绪，却好像能直直地盯进人心里。

丁小伟被他看得发毛："不是，你好歹跟我说说你叫什么、干什么的、哪儿的人之类的。"

男人慢慢地歪了歪脑袋，眼中波光流转，半晌，轻声开口道："我不记得了。"

丁小伟一下子没明白过来："什么？"

"我什么都不记得了。"他神色十分平静，完全不像在陈述一件正常人会抓狂的事。

丁小伟傻眼了。

他这是什么意思？不记得了？那脑袋上的窟窿往外漏的是"智商"吧，这就是传说中的……失忆？真的假的？！

丁小伟不信，直愣愣地拿手在他眼前晃了晃："哥们，你没事吧？我看你挺清醒的。"

男人点了点头："我现在是清醒，可是什么都想不起来了。"

丁小伟一屁股坐在了地上，看怪物似的看着他。

他脑子里第一个想法就是：这个人不会是想讹上自己吧？这个人是想假装失忆，在他家白吃白住吧，不然这么扯淡的事，真的会发生在这个人身上？

男人依旧很淡定，目光一片清明。

"哥们，你开玩笑的吧？"

男人摇了摇头："我真的不记得了，你认识我吗？"

丁小伟呆呆地看了他半晌，才站起身来："不行，有点儿蒙，我得睡醒了再说。"

男人叫道："绳子。"

丁小伟回头冲他僵硬地笑了笑："先绑着吧你。"

"应该是受猛烈撞击造成的暂时性失忆，也许过段时间就会恢复了。"

医生看着CT，皱着眉头琢磨了一下，得出了这样的结论。

丁小伟捏着兜里的检查单子，正心疼钱呢，就听到这么句模糊的诊断，真是气不打一处来。

"那他这样，什么时候能恢复啊？"

"这就不好说了，看他的片子颅内没什么问题，一般暂时性失忆很快就会恢复，但也可能需要很长时间，看运气了。"

丁小伟咒骂了一声，泄了气的皮球一般半瘫在椅子上，看着表情无辜地坐在他旁边的俊俏男人，脑门"突突"地疼。

如果时光能倒流，他一定揪着昨晚上的自己扇两个大耳刮子。

让你财迷心窍！

让你财迷心窍！

捡了个记不起自己姓甚名谁的大活人回来，还是个男的，如今赶走吧，自己太不是东西，留着吧，是能当吃的还是能当喝的呀？

丁小伟愁得直叹气。

两个人一前一后地往家走的时候，丁小伟是三步一回头，用探究的眼神盯着对方，试图从他的表情看出些端倪。

结果人家相当镇定，说失忆就失忆，一点儿不含糊。

到家之后，丁小伟把昨天从他身上脱下来的湿衣服递到他面前："看看这个，再看看你手上那些值钱玩意儿，我可一样没动你的。看到这些东西你能不能想起什么事？说不定你有个身家百亿的爸爸，他还等着你回去继承遗产呢，你要真想不起来，可就亏大发了啊。"

那人接过外套拍了拍，突然把手伸进内袋里。

丁小伟看着他从里面掏出一张红色的卡片，卡片已经被水浸得变了样子，软成一团，应该是请柬之类的东西。

他把那团纸展开，上面的字已经模糊不清，只有抬头的名字勉强能辨认。

"周……谨行先生？"丁小伟歪着脖子念出来，"这是你的名字吗？"

男人摇了摇头，又点了点头："大概吧。"

"行吧，你就暂时先用这个名字吧。"丁小伟站起身，"走，我带你去公安局，上报一下失踪人口。"

周谨行把外套扔到一边，表情泰然地靠在沙发上："真的要去？"

"为什么不去？得早点儿找着你的家人把你领走呀，你的家人该多着急呀。"

周谨行用修长的手指一下一下地摸着指节上那枚蓝宝石戒指，冲着丁小伟温和地笑了笑："我还没问你的名字呢。"

丁小伟愣了一下："我姓丁，丁小伟，你叫我丁哥就行。"这长得好看的人就是不一样，笑起来一下子有种蓬荜生辉的感觉。

"丁哥。"周谨行把戒指从手上摘了下来，"你救了我，还把我带回家收留，我不知道怎么感谢你才好，这枚戒指请你收着吧。"

丁小伟咽了一口口水，眼神闪躲："那什么，也不是什么大不了的事，换成谁看你那样都得帮一把是吧，大家都是中国人嘛，你是中国人吧？"

周谨行似笑非笑地看着他，把戒指塞到他的手里："谢谢你。"

丁小伟有点儿脸红，以前觉得结婚戒指戴着都硌手，现在这戒指握在手里，别提多舒服自在了。

"其实你不用这么客气，也就是顺手，嘿。"丁小伟一边说，一边把戒指揣进兜里，心里高兴得"嗷嗷"叫。

本来被他视为大麻烦的倒霉蛋，顿时金光闪耀得让他想敬礼，就连那头发乱糟糟的脑袋瓜,看上去都贼英俊。

"那咱们现在去警察局?"

周谨行轻叹一声,忧虑地说:"我不想去。我不知道他们会怎么安排我,尤其是我受伤了,说不定以前就处在危险的环境中。我现在谁都不认识,只认识你……其实我有些害怕,想在你家借住一段时间,可以吗?丁哥。"

丁小伟此时心里、眼里全是那枚戒指,这时候周谨行说什么不行啊?尤其这个人左一声"丁哥"右一声"丁哥"地叫,叫得他很受用,他连忙点头说道:"你考虑的事也不是没有道理。行,没问题,你愿意住多久都行,别跟我客气。"

周谨行支着下巴看着他,也笑了起来。

两个人正说话呢,玲玲的房门"吱呀"一声被打开了,小姑娘将身体躲在门后边,探出一个脑袋好奇地看着他们。

丁小伟冲她招手:"闺女,来。"

玲玲跑过来,被丁小伟抱到大腿上,眼睛滴溜溜地看着周谨行。

周谨行也饶有兴趣地看着她。

小丫头被看得不好意思了,就把脸埋进丁小伟的胸口,逗得丁小伟直笑。

周谨行笑道:"孩子叫什么名字?"

"玲玲,丁玲。"丁小伟把孩子放下,"你陪玲玲待一会儿,我去给她弄点儿东西吃,吃完了我带你去诊所换药。"

丁小伟去厨房快速煎了两个荷包蛋,热了一个面包,一顿饭就算捣鼓出来了。

他端着东西出来的时候,发现玲玲正好奇地揪着周谨行被剃得深一块浅一块的头发,乐得直笑。

丁小伟喝道:"玲玲。"

小丫头立刻缩回了手。

周谨行脸上依然挂着淡然的笑容:"没关系,她很可爱。"

丁小伟把盘子放到桌上:"玲玲,来吃饭。"

周谨行瞄了一眼盘子里的东西,微微蹙眉道:"你就给孩子吃这个?"

丁小伟看了看那两个煎得看起来十分碜碜的荷包蛋,不好意思地笑了笑:"我哪里会做饭?都是她妈走之后我自己琢磨出来的。"说完,脸上的表情蒙了几分落寞感。他也知道他不会照顾人,玲玲跟着他确实委屈。

周谨行"哦"了一声:"你离婚了?"

丁小伟摸了摸脑袋:"嗯,她妈跟有钱的人跑了……嘿,旧的不去新的不来。走吧,我带你换药去。"

周谨行看了看自己身上的衣服。

他穿的自然是丁小伟的衣服,裤腿还有点儿短。他是个相当在意形象的人,头发被弄成这样已经够难受了,还要穿如此劣质的衣服,根本不想出门。

丁小伟看出他在嫌弃那身衣服:"你进来,我给你找找合身的衣服。"

周谨行跟着他进了卧室。

丁小伟在衣柜里翻找着,他的衣服本来就少,翻来覆去就那么几件,一时还真找不出像样的,何况周谨行还比他大一圈。

丁小伟看了看自己身上的运动裤,也就这条裤子的裤腿长一点儿。

"要不你穿我身上这条吧,运动服宽松一点儿。"

周谨行轻轻皱了皱眉头,对比了一下自己身上的裤子,无奈地说道:"好吧。"

丁小伟直接弯腰脱裤子。

周谨行怔了怔,下意识地往后退了一步。

丁小伟抬头看了他一眼,把裤子脱下来递给他,看着他不自在的表情,调侃道:"哟,还不好意思啊。"

周谨行接过裤子,一动不动地看着丁小伟,神色有几分尴尬。

丁小伟哈哈大笑道:"你小子属大姑娘的吧,不好意思什么?赶紧换。"

周谨行还是没动:"浴室在哪里?"

丁小伟嗤笑道:"你怎么这么多事?赶紧把裤子脱了,我要穿你身上这条,省得我多洗一条裤子,赶紧,赶紧的。"

周谨行微微垂下眼睑,长长的睫毛在眼窝上打下一片阴影,看上去好像有那么点儿委屈的意味。

丁小伟又催了他一句,他才不情不愿地把裤子脱了下来,然后马上换上运动裤。

两个人换好了衣服,丁小伟又给他找了顶帽子让他戴上,这才出了门。

带他换好药之后,丁小伟又给他买了些日用品和衣服。

丁小伟这么抠门的人难得地大方了一回,只要一想到兜里的那枚蓝宝石戒指,花钱就有了底气。

忙活了一下午,两个人回家的时候手里已经提溜了一堆袋子,吃的、穿的、用的东西一应俱全。

丁小伟一进门就高兴地喊:"玲玲,爸爸今天给你做好吃的。"

小姑娘高兴地围着他们乱蹦。

丁小伟放好东西,拿出一本家常菜谱,进厨房捣鼓去了。

周谨行把自己的东西规整好,一抬头,看到了丁小伟放在桌子上的手机。

他拿起手机,果然有密码,便默默地把手机放回原位,起身进了厨房。

019

丁小伟听到声音也没空回头,一边手忙脚乱,一边叫着:"你坐着吧,一会儿就好……"还没说完,就骂了一句,他把肉扔进锅里时,溅起来的油全落胳膊上了,倒是一点儿没浪费。

周谨行走过去接过铲子:"我来吧。"

丁小伟一边搓胳膊,一边惊奇地看着他:"你会做饭?"

周谨行动作娴熟地切菜下锅,放料翻炒,别提多专业了,看得丁小伟眼睛都亮了。

他在电视上看过不少美女展示厨艺的场景,看帅哥下厨倒是头一回,没想到画面会如此养眼。

周谨行即使是做饭的时候,背脊也挺得笔直,修长的臂膀游刃有余地驾驭着各种厨具,竟自有一股优雅的气质,仿佛不是在做饭,而是在雕琢一件艺术品。

这人和人就是不一样,丁小伟心想。

他随口问道:"哎,你是中国人吗?"

周谨行歪着脖子看了他一眼:"是吧,不记得了,但我这不是会说中文?"

"你是混血儿吧。"

周谨行头都没抬,含混地"嗯"了一声。

"你这样的人不去当明星都浪费了。"

周谨行笑了笑,没说话。

"你没事多用用脑,赶紧把自己忘了的事想起来,谁家丢了你这么个漂亮儿子,不得着急死?"

周谨行专注地看着锅里的菜,嘴角缓缓扯出一个不易察觉的讽刺微笑。

他把一盘盘菜端上桌的时候,玲玲眼睛都直了。

她打着手语问她爸爸:"是你做的吗?"

丁小伟回道:"是周叔叔做的。"

玲玲看了周谨行一眼，飞快地跑到自己的小书桌前，拿笔写了几个字，然后跑回来，把纸递给周谨行。

纸上面歪歪扭扭地写着几个字："叔叔以后也做饭吧。"

周谨行露出温柔的笑容，摸了摸玲玲的脑袋："好。"

丁小伟愧疚地说："闺女，爸爸做的东西是不太好吃。"

小丫头咧嘴笑了笑，跑到厨房去拿碗筷了。

周谨行看着她的背影，随口问道："几岁了？"

"快五岁了，上学前班呢。"

"能听见，但是不能说话？"

"嗯。"丁小伟闷声答道，"小时候发烧给烧坏了，不是先天的。"他不想多说，夹了口菜吃了，眼前一亮，"哇，做得这么好吃，你生前……不是，呸，你以前到底是干什么的呀？"

周谨行耸了耸肩："完全想不起来，吃饭吧。"

玲玲大概是很久没吃过像样的饭菜了，她的小象碗被填满了两次，她都吃得干干净净的。

丁小伟在厨房里收拾碗筷的时候，一回头就能看见周谨行和玲玲在客厅里玩儿。

玲玲把自己堆好的积木"哗啦"一声推倒，冲着周谨行"咯咯"笑，然后手把手地教他怎么组装，周谨行也十分耐心地陪她玩儿。

丁小伟心中涌入暖意，没想到这个人还挺会哄孩子的。原本丁小伟还迟疑把一个陌生人留在家里是不是不太妥当，但现在就冲这一桌子像样的饭菜，他就真切地希望这个萍水相逢的朋友能多住几天。

只是晚上睡觉的时候，丁小伟有点儿犯难。

家里一共就两间卧室，谁也不可能去跟玲玲挤小床，天天睡沙发也太难受了，但要两个大老爷们睡一张双人床，虽然不算挤，但太别扭了。

周谨行似乎也挺愁的,看着那张床发呆。

丁小伟也没有办法:"咱们就先挤一挤吧,你还别不乐意,这张床除了我前妻还没外人睡过呢。"

周谨行说道:"我睡地上吧。"

丁小伟已经开始脱衣服了:"别折腾了,家里没多余的被褥给你打地铺,这一米八的床睡两个人没问题,我们一人一头。哎,你睡觉不爱挤人吧?"

丁小伟直接躺倒在床上:"今天累死我了,你说女人怎么那么能逛街呢?我今天陪你买这么点儿东西,比开长途车还累。我先睡了啊。"

周谨行迟疑地问道:"你不去洗个澡吗?"

丁小伟嘟囔了一句:"累了。"

周谨行拿着自己的睡衣,进浴室冲了个澡。

他出来的时候,丁小伟呼吸平稳,好像已经睡着了。因为天气热,他就拉过被子的一角盖在肚子上,四肢和胸膛全露在外边。

丁小伟是那种长得非常板正的东方帅哥,眼睛不大但黑亮黑亮的,鼻梁很挺,皮肤和下颌都紧绷着,笑起来有一点点漫不经心的痞气,五块钱剃出来的板寸长在他脑袋上,英气又利落,身材更是高挑健硕,要是仔细收拾收拾,一定气质超群。

可惜一个离了婚带着孩子的男人,没把家弄成狗窝已经算勤快了,哪里还有时间捯饬自己,几天不换衣服、不刮胡子都是常事。这稀里糊涂的日子过得连丁小伟都忘了自己上学的时候还是"校草",特别招小姑娘喜欢来着。

此时此刻,周谨行意识到自己可能做了一个错误的决定。

躲在一个让他们很难找到的地方,目前确实对自己有利,但要他每天和一个男人睡在一张床上,实在太别扭了。

周谨行深吸一口气,拍了拍丁小伟的肩膀:"丁哥。"

"呃？"丁小伟一下子醒了过来，迷迷糊糊地看了他一眼，"哦，你洗完了。"

"嗯，你睡过去点儿。"

丁小伟打着哈欠翻了个身。

周谨行翻身躺在床边，拉过被子盖在身上，强迫自己睡觉。

他刚躺下，丁小伟就翻了一下身。

"热死了。"

周谨行没说话，皱着眉头闭着眼睛。

忙活了一天他们都累了，过了一会儿就都睡着了。

睡到半夜，周谨行是被呼噜声吵醒的。

他迷迷糊糊地睁开眼睛，觉得身上黏糊糊的全是汗，还有什么特别沉的东西压在胸口上，喘气都难受。而且那呼噜声虽然不算大，但抑扬顿挫，十分有节奏。

周谨行本来想再往旁边退一下，却发现自己已经被挤到了床沿，再退就得滚到床底下了。

他从小到大都没跟人睡过一张床，头一回体验，就碰上个睡相如此差的人，真难为他了。

周谨行深吸一口气，照着丁小伟狠狠踹了一脚。

丁小伟打了一个激灵，呼噜声立刻停了，人却没醒。周谨行趁机把他踹到了一边去。

眼看着外边天还是黑的，旁边却睡着个不老实的人，这觉明显是睡不下去了。

周谨行翻身下床，倒了杯水，站到阳台上，若有所思地看着破晓前的天空。

丁小伟被闹钟叫醒的时候，发现自己旁边的位置早空了。

他起来一看，周谨行已经穿戴得整整齐齐，坐在沙发上看过期的报纸，早餐在桌子上摆好了。

丁小伟激动得不行，指着桌上的粥："这……这是你做的？"

周谨行头都没抬："嗯，你今天要上班吧？我已经把玲玲叫起来了，她正洗脸呢。"

丁小伟不可思议地看着他，感动得差点儿哭出来。

自从老婆跑了，这还是头一次早上起来有人给他做饭。周谨行怎么看都像天生需要别人伺候的主儿，居然会大清早起来给他和女儿准备早餐，这种冲击感，直接把他震傻了。

丁小伟不好意思地说："小周，谢谢你呀，自从我离婚之后，头一次有人给我做饭。"

周谨行抬起头冲着他笑了笑："去吃饭吧。"

"好，你吃了吗？"

"我吃过了。"

"那我等玲玲出来一起吃，哎，你看什么呢？"

"新闻。"

丁小伟瞄了一眼那份过期报纸的娱乐版，上面报道的是某周姓豪门的八卦新闻："嘿，这老头都七八十岁了还这么风流，真不要命，早晚有一天死在床上。"

周谨行露出一个讽刺的笑容："大概吧。"

丁小伟随口说道："他要是死了，他那些儿孙争遗产得争破脑袋。"

周谨行放下报纸，眼中闪烁着莫名其妙的精光，缓缓说道："会吧……"

## 第二章 酒后的蠢事

把玲玲送去学校后，丁小伟就上班去了。

他趁着没事的时候，跟同事打听哪里可以鉴定宝石。丁小伟在这件事上还是留了个心眼的，毕竟没见识过好东西，哪里知道那玩意儿是真是假，还是要找专业的人看看比较放心。

同事给了他一个珠宝店的地址，店里免费鉴定。

丁小伟看了看地址，还不近，就想着出车的时候再顺便去一趟。

晚上回家他一进门，居然看见周谨行和一个陌生的中年男人在自己家里的沙发上坐着，茶几上摆着一个小巧的笔记本电脑，还摊着几份文件。

周谨行看到他也颇意外，看了看表："才四点多，这么早下班？"

丁小伟骂了一声："别提了，今天憋了一肚子气。哎，这位是谁呀？"

周谨行轻描淡写地说道："推销保险的。"

那个男人明显怔了怔，然后连忙把桌上的电脑和文件都收了起来，起身笑道："那我就不打扰了，周先生，您可以再考虑考虑。"

周谨行站起来跟他握了握手："谢谢，你的电话我留下了，改天再联系。"

那个人走后，丁小伟一屁股坐在沙发上，没好气地说道："推销保险的，你让他进屋干什么？他们都是瞎扯淡的。"

周谨行淡淡地说道："我一个人在家里待着没意思，就当他陪我聊天了……说说你自己吧，怎么了，工作上的事？"

丁小伟喝了一口水："今天一上午都没事，我还想着怎么今天这么闲呢？结果老板的秘书就着急忙慌地跟我说，让我去机场接一个客人我怎么没去呢？我说我根本没接到通知，她说她今天一早就给我发短信了，我说我没收到，她说不可能，她早就发了。我说'你发了你给我看看你的发件箱',她一下子有些就不自在了,说她的手机都是自动清理的。这娘儿们真有意思,明显就是自己忘了跟我说,把事情赖到我头上。我今天赶到机场的时候,那个客人已经等了半个多小时了,我把他送到酒店,老板在那儿等得脸都黑了,让我明天去跟他谈谈……气死我了!"

周谨行轻笑道:"这不是什么大不了的事,很好解决啊。"

丁小伟把腿往茶几上一搭,气呼呼地说:"怎么解决?这事就是死无对证,那娘儿们成天和老板眉来眼去的,在办公室里特别不招人待见,但老板就是偏袒她。明天我不管说什么,肯定都是我的错。这事确实没什么大不了的,就是憋气。"

周谨行说道:"明天老板问你,你就一口咬定你没收到短信,他要是不信,就让那个秘书当场给你发信息,看她手机的发件箱究竟是不是自动清理的。"

丁小伟皱眉问道:"要真是呢?"

周谨行耸肩道:"真是的话,你还是打死不承认,老板能拿你怎么办?她没有通知到位是她的失职。"

丁小伟还是皱着眉头:"要是不是自动清理,那她不是直接下不来台了?这是不是不太好啊?她毕竟是个女的。"

周谨行笑道:"你究竟是想保自己呢,还是想要绅士风度呢?"

丁小伟"啧"了一声:"没有其他办法了吗?再说这次我得罪了她,以后她还得给我穿小鞋。"

"你要是怕她以后给你找麻烦,就拿个陌生号码给老板娘发条短信。"

丁小伟愣住了,说道:"发什么?不是,这也太损了吧?"

周谨行闲适地靠在沙发上:"这有什么?你们不是都讨厌她吗?"

丁小伟迟疑说道:"我再怎么烦她,也没想让人家丢饭碗,大家都挺不容易的,听说她也离婚带着孩子呢。"

周谨行露出意味不明的笑容:"这么说你和她同病相怜了?"

不知道为什么,丁小伟觉得周谨行说这话的语气让他很不舒服,也说不上哪里不对,就是不舒服,对方好像在逗小狗似的,也不知道是不是自己多心了。

他多看了周谨行一眼,突然就觉得这个人怎么皮笑肉不笑的,不知道在想什么?他甩甩脑袋,拍了拍大腿站起来:"算了,不说了,我接玲玲去。"

周谨行也站了起来:"我跟你一起去吧,反正闲着也是闲着。"

"别,我的车子坐不下,你去了玲玲坐哪儿?"

周谨行无奈地重新坐回沙发上:"那么我准备晚饭。"

丁小伟这才高兴起来,揣上钥匙就出门了。

周谨行摸了摸自己的脸,看着丁小伟挺拔的背影,若有所思。

接了玲玲回到家,饭菜早被摆桌上了,丁小伟觉得这日子简直就是神仙过的。

丁小伟盯着周谨行的脸直乐。

周谨行微微蹙眉:"怎么了,笑什么?"

丁小伟哈哈笑道:"你说你要是个女的多好?我等于捡了个漂亮又贤惠的媳妇儿回来。"

周谨行抿着嘴笑了笑,没说话。

丁小伟这人性格爽朗,天生嘴比较欠,特别爱调戏小辈,碰上越正儿八经的人他越来劲儿。像周谨行这样长得好看又沉默寡言的人,简直是他最佳的取乐对象。

丁小伟"嘿嘿"地笑了两声:"我看你也有二十五六岁了,说不定已经结婚了,家里有个大美人等着你,天天抹眼泪呢,你真的一点儿想不起来?"

周谨行优雅地往嘴里送了口菜,眼睛都没抬地摇了摇头。

"你就没想过去公安局报个案,查查自己是在哪儿丢的?你看你之前穿得那么好,肯定小日子过得不错,何必跟我在这儿挤着?你就一点儿都不好奇自己是谁,从哪儿来的?"

周谨行顿了顿,放下碗筷,明亮的双目静静地看着他,直看得丁小伟发毛,他才低声说道:"丁哥,不怕你笑话,其实我害怕。"

丁小伟心里"咯噔"一下。

不行了,这小眼神儿,怎么就这么无辜这么可怜呢?眼前的人明明是个比他还高壮的老爷们,这时候看上去好像特别脆弱。

"你也知道,你捡到我的时候我被人打伤了。我不知道我之前是什么人,也不知道我招惹了什么人,我怕一旦我想起自己是谁了,就得面对那些人和事……而且不知道为什么,我一听到公安局就很反感,甚至有些恐惧。我很不想去那个地方,也不想听到,你能理解吗?"

周谨行眼中透着淡淡的忧愁,丁小伟都看愣了。

"这个……能,我能,可能你以前……"丁小伟又想起来自己对他的身份的猜测了。

丁小伟连忙安慰着他:"丁哥理解你,我知道你现在挺迷茫,虽然心里很好奇自己到底是谁,从哪儿来,但是又害怕去求证,怕自己的身份自己接受不了……丁哥就是随口说说,也没逼你去的意思。丁哥等你想通了再说,你就在我这儿好好住着,你丁哥是挣不了大钱,不过多管你一口饭还是没问题的。"说完丁小伟还重重地拍了拍周谨行的肩膀,那一瞬间他觉得自己特仗义、特伟大。

周谨行感激地看着他:"谢谢你,丁哥。"

"别,不客气,送佛也得送到西天呢,我既然把你捡回来了,一定对你负责到底。"丁小伟想了想那枚闪闪发亮的戒指,再看了看这一桌子美味的饭菜,眼前这个人就怎么看怎么喜欢了。

家里多一张吃饭的嘴他还是养得起的,哪天周谨行恢复记忆了,指不定怎么酬谢自己呢?

丁小伟将心里的小算盘打得"啪啪"响,觉得前途一片光明。

周谨行看着他掩不住笑意的脸,也露出一个颇具深意的笑容,说道:"丁哥,家里有备用钥匙吗?你给我一把吧,我白天想出去走走。"

丁小伟痛快地扒了一大口饭:"行,一会儿我给你找。对,再给你拿点儿钱,你别走丢了回不来了,丁哥该心疼了,哈哈哈。"

周谨行抿嘴笑了笑:"谢谢丁哥。"

第二天丁小伟去上班,和刘秘书一起被叫去了老板的办公室。

他们公司小,什么事老板都亲力亲为地解决,所以员工一犯错误,事情就会被直接捅到老板那儿去。

事就是那么个事,挺简单的。老板先是发了一阵牢骚,说昨天那个客人多么多么重要,要不是他有其他不能推的事,肯定亲自去接之类的,然后问到底原因出在哪儿。

丁小伟吸了一口气,想起昨天周谨行跟他说的话,心里觉得很解恨,可是再看了看有些紧张的刘秘书,又有些不忍。

他最后也没狠下心来跟一个女人死磕到底,就说自己没收着短信,也不知道问题出在哪儿,反正自己工作失职,请老板见谅之类的。

老板最后也没办法,教训了他们几句就放他们出去了。

两个人出去之后,刘秘书的神色就有些不自然,明显她是过意不去,但也没说什么。

中午吃饭的时候,丁小伟正托着托盘排队呢,刘秘书就排在他的后边了。

丁小伟不是小鼻子小眼睛的人,回头冲她"嘿"了一声。

刘秘书开口说道:"丁哥,昨天的事挺乱的,说不清……过去就过去了啊。"

丁小伟咧嘴笑了笑："行，过去了就过去了。"

刘秘书突然问道："丁哥，你姑娘多大了？"

"哦，五岁了。"

"我女儿都上小学了。她以前玩儿的一些玩具都不爱玩儿了，小孩子就是没个常性。其实东西都挺好的，挺多都是新的，我身边没有人有小女孩，东西扔了太浪费，你要是不介意的话，把玩具拿给你女儿行吗？"

丁小伟乐了："行啊，太好了。"

刘秘书露出一丝放松的笑容。

丁小伟晚上回家的时候，简直是意气风发。

周谨行早就坐在家里，在纸上涂涂画画的，不知道在写什么。

丁小伟走过去一看，纸上一堆莫名其妙的数据和公式，就奇怪地问道："这是什么？"

周谨行放下笔："我也不知道，脑子里很乱。"

丁小伟也没在意，舒服地倒在沙发上："小周，跟你说个事，太痛快了。"

"哦，什么？"

"昨儿我不是跟你说我们那老板的秘书欺负人嘛，今天我本来也想让她好看的，后来觉得我一个男的跟女人一般见识，太难看了，就什么也没说。从老板那儿出来之后，她就有点儿过意不去了，中午的时候跟我说想把她闺女的玩具送给我。嘿，你别说，我平时看她特别硌硬人，但她毕竟是女人，一软下来看着也挺顺眼的。"

周谨行靠在沙发上，眼神有些黯，看到丁小伟那半眯着的眼睛，是个男人都知道丁小伟心里有着什么样的绮思："哦，她长得漂亮吗？"

"还不错，嘿，你说她不能是看上我了吧？"

周谨行皮笑肉不笑地说："说不定呢。"

031

丁小伟在脑子里猥琐地幻想了一番后，才反应过来自己有点儿失态，尴尬地笑了两声："我跟玲玲她妈都分了有两年了，个人问题还在这儿悬着呢，小周啊，要是什么时候你想起自己的事了，别忘了给丁哥介绍个对象啊。"

周谨行点了点头："没问题，你想要什么样的女人？"

丁小伟摸着下巴，认真地想了起来："对玲玲好那是肯定的，自己有孩子也没事，对方别亏待我闺女就行。年纪也别太大吧，跟我差不多就行，丰满一点儿，得是个正经女人，差不多就这些吧。"

周谨行笑道："哦，那挺好找的。"

丁小伟点头说道："是吧，我也觉得挺好找的，怎么我就找不着呢？丁哥都独守空房这么久了……哎，不说了，反正你给我留意着点儿就行。"

周谨行点了点头，支着下巴，定定地看着他："放心，我一定把这件事当成自己的事一样上心。"

周谨行这话说得丁小伟可感动了。

他觉得这个小周吧，虽然平时总是一副高深莫测让人猜不透的样子，但是人够仗义，他没什么兄弟姐妹，觉得自己好像一下子多了个兄弟，还挺好的。

丁小伟觉得这个人没白救。

晚上要睡觉的时候，周谨行正在浴室里洗澡呢，丁小伟大大咧咧地就进来了。

周谨行没想到他能这么毫无顾忌，吓了一跳，回头一看，人家若无其事地站在他后边："小周，我今天跑了好几个地方，有点儿累，你让我先冲一冲，我就赶紧睡觉了。"

也不是他愿意跟个老爷们一起洗澡，实在是这个小周跟个大姑娘似的，一个澡能洗半个小时，他晚说了一步，人家就进来了，他实在不想等了，就直接进来了。

丁小伟凑过去说道:"我洗澡快,你让我冲一冲就行,完了你接着洗。你洗澡太慢了,我想早点儿睡。"

周谨行僵在当场。

丁小伟把毛巾往背上一甩,催促道:"让一让啊,我很快的。"

周谨行很少碰到连他都觉得难以应付的场面。即使是被一屋子董事集体弹劾,他都能脸不红心不跳,淡定自若,却觉得眼前这个状况实在太过尴尬。

打从住进来那天起,他就知道丁小伟是个非常"不拘小节"的人,既然决定借住在这里避避风头,就只能主动适应环境。他肩上压着太多事,没有余地考虑其他的事。

只是丁小伟这个人,实在太无所顾忌了。

周谨行一时之间对丁小伟生出了一些不满情绪。如果这个人能有些基本的礼仪概念,就不会让他陷入如此难堪的境地了。

丁小伟见他半天没反应,不耐烦了,甩着膀子就过去了,要站在莲蓬头底下。

周谨行扭过头,拽过毛巾开始擦身子:"你洗吧,我洗完了。"

他洗完澡出来,就见周谨行背对着他躺着,一动不动。

丁小伟觉得挺有意思的,就推了他一下:"哎,闹别扭了?你不好意思什么呀?"

周谨行闷声说道:"睡觉吧。"

丁小伟咧嘴笑了一下,年轻小伙子脸皮薄了点儿,自己不小心刺激到人家了。他拍着周谨行的肩,调侃道:"你别不好意思啊。算了,哥给你看点儿好东西啊。"说完他突然把半个身子越过周谨行,伸着胳膊想去够床底下的东西。

周谨行的神经一直紧绷着,丁小伟这么毫无预兆地探身过来,更是火上添油。周谨行条件反射地推了丁小伟一把,下意识地就要跳起来。丁小伟此时大半个身体都在床外边,正好横在周谨行身上,被这么一推,整个人控制不住地往床下翻去,摔的时候自然不能落下周谨行,于是两个人一起栽下了床。

一阵"扑通"乱响,伴随着丁小伟"嗷"地痛叫出声和周谨行的闷哼声。

丁小伟的脑袋正好磕在床头柜上,一时蒙了,待他反应过来,才发现周谨行正压着自己,这小子又高又壮,压得他快喘不上气来了。

丁小伟的脸都绿了。

周谨行也面色阴沉地看着他。

丁小伟的脑袋确实被撞晕了,他顺手拿出床底下的东西,举到周谨行面前,想解释什么一样,尴尬地说:"我就想给你拿这个。"

那是一本杂志。

丁小伟也意识到自己这样太奇怪了,把杂志扔了,骂道:"你赶紧起来,重死了。"

周谨行皱了皱眉,努力想撑着身子起来,却没成功。

丁小伟头皮发麻:"起来呀,磨蹭什么?!"

周谨行叹了一口气:"我的脚扭着了。"

他的脚一抽一抽地疼,他要翻身起来,没有支撑点,往另一边翻开吧,他们就在床底下,没空间。

丁小伟直翻白眼,一把把人从身上推了下去,骂骂咧咧地站了起来:"你有病啊,我拿个东西你把我推床底下去,这下好了,我后脑勺都肿了,不会脑震荡吧?……"

周谨行也不悦地说道:"你拿东西为什么不下床拿,横过来做什么?"

"这不是方便吗?多大点儿事啊,我说你到底激动个什么?"

周谨行也正好看向他,脸上有几分无奈之色,冲他伸手,说道:"扶我起来。"

丁小伟真想让他在地上凑合一晚上，但还是抓着那只手把他从地上拽了起来。

周谨行坐回床上，皱着眉头揉着脚踝。

丁小伟从床头柜里拿出一瓶活络油，倒在手上搓热了，给周谨行按摩。

周谨行低头看着他，双眸深沉又明亮。

丁小伟一边按一边嘟囔："这玩意儿不能过期吧？这瓶还是我老婆在的时候买的。她性子急，一天到晚不是磕这儿就是碰那儿，腿上经常青一块紫一块，我这一手绝活都是在她身上练出来的，其实我对她真的挺好的，她就是心浮了点儿，有钱就一定能过好日子吗？也未必吧……我跟你唠叨这些干什么？真是年纪大了。"

周谨行也不知道说什么好，就问道："玲玲不想妈妈吗？"

"她走的时候，玲玲还不记事，连她的脸都没记住。这样也好，省得玲玲要妈妈，不过我还是得抓紧给她找个妈，女孩还是得有妈，不然长大了就成假小子了。"

周谨行心里有些烦，敷衍道："你会找到的。"

丁小伟给周谨行按摩完，两个人才躺下睡觉。可惜这回各有心事，都睡不着了。

自从上次刘秘书送了些玩具给玲玲后，丁小伟和她渐渐熟络了起来。

丁小伟在公司人缘很好，性格不拘小节，爱开玩笑，跟谁都能聊到一起去，长得又高又帅，公司从保洁阿姨到刚毕业的实习生，都喜欢和他说话，刘秘书现在也跟他有说有笑的。

刘秘书虽然大小毛病不少，做人做事都不太招人喜欢，但丁小伟跟她相处一段时间后，发现她人并不坏，长得又好看，就有些动心。

他也不想显得太着急，实在是日子过得太不容易了。身心寂寞就不说了,光是担负教育培养孩子这一项使命,就让他喘不过气来。婚姻的本质还是合作互惠,他希望能有一个互相扶持的战友,在风雨难测的人生路上有一个知冷知热的同行人。

他单身的时间越久,想要个伴的欲望就越强烈。于是在公司,丁小伟对刘秘书就越发热情起来。

刘秘书有自己的考量。她虽然也觉得丁小伟又帅又幽默,但现实的条件摆在眼前,让她犹豫了。

于是两个人有些暧昧,但没有实质进展。

丁小伟难得有了点儿女性的滋润,一时间意气风发起来,回到家就跟周谨行念叨,说今天又和人家聊天了、一起吃午饭了之类的,最后往往会加一句"不过人家也未必看得上我"之类的话给自己留条后路。

男人到了三十来岁,哪里还有资格天真?他也知道自己条件不好,不敢抱太大希望。

周谨行每次都不咸不淡地鼓励他几句。

没过多久,丁小伟迎来一个机会。

公司组织聚餐,一起去海鲜火锅店吃火锅。

丁小伟有意坐在刘秘书身边,帮她剥虾壳、挡酒,他以前照顾老婆的时候也一样得心应手。

同事又拿他们开玩笑,刘秘书笑而不语,但笑容已经有些僵硬了。

其实丁小伟酒量一般,应付普通场合还行,但这次大家都喝开了,开始到处敬酒、拼酒,丁小伟喝得走路都直晃悠。饶是如此,结束之后,他还想绅士地送刘秘书回家。

刘秘书很无奈:"你醉得比我厉害,你还送我?"

"我没事,怕你一个人不安全。"

"不用了，我自己打车就行。"

"我送你吧，太晚了的，你一个人坐车也不安全。"

刘秘书的语气变得生硬："我说不用了。"

丁小伟愣了愣，尽管喝了酒，但也能感觉到对方口吻中的抗拒之意。

恰巧这时一个女同事的男朋友来接她，她提出捎带着刘秘书回去，毕竟顺路。

丁小伟看着刘秘书坐上车，夜晚的凉风伴着一阵尾气吹入鼻间，让他的酒醒了大半。他很清楚自己被拒绝了，哪怕他还没正式说什么或做什么。

一个人晃晃悠悠，丁小伟感到很落寞。

他想自己的酒量什么时候变得这么差了？年轻的时候他也是千杯不倒的呀。年轻的时候，他又帅又会逗女孩子开心，喜欢他的人可不少。年轻的时候，他觉得考试不及格就是最大的坎，但篮球打得好足够赢得所有人的尊重，是啊，年轻的时候……

他意气风发、相信自己未来必有出息的时候，他爱上一个女孩、相信有情饮水饱的时候，他初为人父、相信靠双手能给她世间所有东西的时候，都是年轻的时候。

可他现在不年轻了，信念啊，理想啊，爱情啊，都在风卷落叶般一路向前的时光里被折腾得索然无味。

丁小伟自嘲地笑了笑。

到了家门口，他拿着钥匙比画着锁眼，却半天插不进去。

他捣鼓了一会儿，门突然从里边被打开了，周谨行皱眉看着一身酒气的他。

丁小伟一下子扑到他身上，含混地说着："小周啊，陪哥喝点儿酒。"

周谨行条件反射地往后退稳住他，免得两个人一起倒在地上，然后将他搀扶进屋,放在了沙发上。

丁小伟进屋就开始嚷嚷:"我闺女呢?我闺女呢?"

周谨行给他倒了杯水:"别吵,玲玲睡觉呢。"

丁小伟在沙发上东倒西歪:"不行,我要跟玲玲玩儿一会儿……"

周谨行怕他吵醒玲玲,就重新把他架起来弄进了卧室。

丁小伟躺在床上还吵嚷着要玲玲,周谨行沉着一张脸,卡着他的下巴往他嘴里倒水,动作又狠又利落,全不见平日里的温和样子。

丁小伟呛得直咳嗽,这才不叫了。

周谨行不愿意跟一身酒臭味的人睡一张床,就想去睡沙发。丁小伟不干,拿了瓶酒非要周谨行陪他喝。

周谨行没办法,只好陪他。

丁小伟盘腿坐在地毯上,手里拿着一罐冰啤酒,就开始和周谨行念叨今天的事。

周谨行靠在床板上,安静地听着。

"喝呀。"丁小伟举起手,就要去碰周谨行的啤酒。

周谨行连手都懒得抬,仰头灌了一口啤酒。看着丁小伟东倒西歪的样子,他只觉得厌烦。他从小到大都没有喝醉过,掌控感是他的安全感的来源,酒精可能会让他失去掌控力,所以他不喜欢酒后失态的人。

丁小伟把手里的啤酒喝光之后,又开始满地划拉:"酒呢?酒呢?"

周谨行淡淡地说道:"别喝了,睡觉吧。"

丁小伟把头扭向他,可惜视线一片模糊,好不容易对准焦距,目光落在了周谨行手里的酒瓶上。他将手撑在地毯上,爬了过去。

"给我……"

周谨行蹙着眉,眼睁睁地看着丁小伟朝自己扑来。他后边就是床板,无路可退,只好把手举高,按捺着性子喝道:"别闹了。"

丁小伟眼里就剩下酒了，完全不理会周谨行的话，伸手去抢他手里的酒。

丁小伟去抢他的酒，口中嘟囔着："赶紧……给我……"

周谨行忍无可忍，抬手把大半瓶冰啤酒照着丁小伟的脑袋浇了下去。

丁小伟怒骂一声，这一晚上的挫败和失意情绪终于找到了发泄口，他一把打开周谨行的手，揪着对方的脖领子就往地上掼。

周谨行反握住他的手腕，用力一推，把他先按倒在地。

丁小伟被浇了一头一脸的啤酒，眼睛都睁不开，且他的力气远不如周谨行，被周谨行横着手臂死死地压着胸口，动弹不得。

两个人一上一下，暗暗较着劲儿，把地板撞得"咣咣"响，可惜直到累得筋疲力尽，姿势也没变。

丁小伟反抗不过，情绪被酒精放大，心中涌上一股又一股的委屈感，眼睛突然就有些发红，在昏黄的灯光中与周谨行对视。两个人喘着粗气，四目相接。周谨行看着他眼底的伤感之色，愣住了。

丁小伟平日里没心没肺粗线条，此时竟露出了这样脆弱的表情，让周谨行微微心悸。

周谨行轻叹一声，摸了摸丁小伟的头发："好了，好了，我陪你喝。"

丁小伟把脸一埋，他的脸本就是湿的，所以究竟有没有哭，谁也说不清楚。

第二天醒来，丁小伟有一头撞死的冲动。

他虽然喝了很多酒，但没完全断片，自然记得自己昨天有多蠢、多丢人。无论是非要献殷勤送刘秘书回家结果被拒，还是回家后拉着周谨行诉苦哭闹，都丢人丢到了姥姥家。

他最后悔的是没再多喝他一大缸酒，把自己干的那些事都忘光

039

了该多好！

他抱着脑袋无声地嚎了半天，突然，一个平静无波的声音传来。

"醒了？"

丁小伟的身子狠狠一抖，他缓缓抬头看向发声的人。

周谨行表情淡定地看着他。

丁小伟一张老脸青一阵紫一阵的，他半天说不出话来。

周谨行居然还笑了一下。

丁小伟下意识地往后挪了挪屁股，一时不知道该拿什么表情跟他说话。

"你……我们昨晚……"

周谨行笑着看着他："嗯？"

"我……我喝多了。"

"当然了。"

"所以说的那些蠢话，做的那些蠢事……"

"确实做了不少呢。"周谨行依然笑得十分得体。

丁小伟抱着脑袋哀号一声。

"就当我们增进了解了。"周谨行欣赏着他羞愤欲绝的样子，觉得实在有趣，"下次喝酒……"

"闭嘴，闭嘴。别说了。"

周谨行果然闭嘴，含笑不语地看着丁小伟，他的眼窝深陷，瞳孔呈淡淡的琥珀色，在清晨阳光的照射下，呈现出无比瑰丽又古典的金光，被这样一双漂亮的眼睛认真注视着，好像只是坐在这里也显得隆重。

丁小伟深吸一口气："我平时可没那么不着调，也不会胡说八道，我本人还是……还是……"他还想挽回一下形象，不让自己像个被女人拒绝就满腹牢骚的失败者。

周谨行挑了挑眉："你昨晚还好吗？"

丁小伟愣了愣。

周谨行露出一个异常蛊惑人心的笑容:"每个人都有失意的时候,我觉得真实的你也很可贵,你不用生出什么心理负担。"

丁小伟的脸还是烫的,他讪讪地支吾了一声:"我……我去洗个澡。"他跳下床,逃进了浴室。

丁小伟洗完澡出来,桌上已经摆好了早餐,周谨行居然蹲在地上教玲玲怎么洗自己的小袜子。

丁小伟的目光无法从这温馨的画面上移开。

周谨行身上充满了矛盾和反差感。

一方面,周谨行沉默寡言,情绪波动更是几乎没有,跟他开玩笑他也经常就一笑带过,让人完全不知道他在想什么,又神秘又挺爷们的;可另一方面,周谨行太有居家气息了,他来了之后,家务活全包全揽,做什么事都细致周到。做普普通通的家务活,他都透着一股专注的优雅气息。而他陪着玲玲玩儿的时候,连玲玲的亲生母亲恐怕都没有他那样有耐心。

丁小伟轻咳了一声。

一大一小两个人都把脸抬了起来。

玲玲赶紧把自己洗得干干净净的小兔袜子展示给他看。

丁小伟夸奖道:"哟,玲玲好厉害,会自己洗袜子了,洗得真干净。"

小女孩笑得别提多甜了。

丁小伟好奇地问道:"你以前是不是带过孩子呀?"

周谨行耸了耸肩:"可能吧,不记得了。"

丁小伟有些失望。他其实到现在还有些不相信周谨行真的失忆了,可无论是有意还是无意地试探,周谨行从来没露出过破绽。有一次丁小伟故意拉着周谨行聊天聊到了早上四点,想看对方在很困的时候会不会说漏嘴，结果周谨行还是滴水不漏，他只能归结为自己多心了。

丁小伟坐在一边，用手扒了扒半湿的头发："那个，昨天……就当什么事都没发生过。"

周谨行微微挑眉："什么意思？"

"就是这个意思，太丢人了，都忘了吧。"

"我以为这代表我们更亲近了。"

"我们有什么可亲近的？"丁小伟看了玲玲一眼，小声说，"我是喝多了，要是清醒的，肯定不会……"

"对了，我一会儿出去给你买个床垫，你以后就委屈一下，睡地上吧。"经过昨夜，他实在不能再和周谨行睡一张床了。

说完他就有点儿后悔。

丁小伟一直觉得这世上有两种人心理比较脆弱：一种是少数群体，一种就是长得好看的人。刚好这两样小周都占了。

果然，周谨行的脸色渐渐沉了下去。

丁小伟收不回自己说的话，只能尴尬地看着他。

周谨行点了点头："那随便你吧。"说完不再看他。

# 第三章
## 丁哥，谢谢你

丁小伟有点儿后悔了。

他性子比较直，是扛不住冷战的那种人，偏偏周谨行定力极佳，能完全把人当空气。丁小伟看着周谨行耷拉着脑袋和玲玲玩儿，精神明显比刚才差很多，心中生出一丝内疚感。

刚才说话说重了，他想。

昨晚他那样失态，主要原因还是喝多了。本来人家就心理脆弱，自己还刺激他。

丁小伟憋在屋子里玩儿了会儿手机，越想越不对劲儿，最后实在忍不住，就出去了。

周谨行正"丁零丁零"地叫着，逗得玲玲直笑。

不知道从什么时候开始，周谨行就喜欢这么叫他闺女，那声音轻快得像铃声，把尾音拉得长长的再上扬。每次他这样叫，小玲玲就笑，一大一小两个人玩儿得不亦乐乎。

丁小伟凑上去没话找话："小周，中午吃什么啊？"

周谨行不咸不淡地回了一句："冰箱里有什么做什么。"

丁小伟碰了个软钉子，也没气馁："要不今天丁哥下厨？你还没吃过我正经做的饭呢。"

玲玲突然仰起小脸，眉毛都皱到一起了，看着他拼命摇头。

丁小伟捏着他闺女的脸："你嫌弃爸爸，嗯？"

小玲玲一下跳了起来，钻进周谨行的怀里，伸着舌头冲着丁小伟笑。

丁小伟也笑了起来，把玲玲抱过来："你先进屋，我跟你周叔叔说句话。"

小丫头听话地跑回了屋里。

周谨行微微蹙着眉，歪着脑袋看着丁小伟。

丁小伟不自在地搓了搓手:"那什么,丁哥刚才话说重了,我这人就这样,你别往心里去。"

周谨行闷声说道:"我知道你不信任我。"

丁小伟讪讪地说道:"不是,我是觉得我昨天的样子太难看了,喝多了就是容易失态。"

"丁哥,我只认识你,你明白吗?在这个世界上,我只认识你。"

丁小伟看着周谨行黑葡萄似的眼睛,心立刻软了。周谨行现在在他眼里就像走丢了找不着家的小狗,谁给根火腿肠就跟定人家屁股后头了。

一个啥都想不起来的孤苦无依的人,对前途感到迷茫失措,于是对好心收留自己的仗义又英俊的大哥产生了过分依赖感,似乎也挺正常。丁小伟一时间感慨万千,拍着周谨行的肩膀说道:"小周啊,丁哥明白,你现在比较迷茫,咱们要有信心啊,你肯定能把以前的事想起来的。"

周谨行沉默地看着他,突然倾身向前。

丁小伟吓了一跳,僵在当场。

周谨行在他耳边说:"丁哥,谢谢你,要不是有你,我现在都不知道在哪儿呢。"

丁小伟的英雄主义情结在此时得到了极大满足,他连忙应道:"哪里,哪里,你别跟丁哥客气,我这样的人,怎么能见死不救呢?"

周谨行露出一个淡淡的笑容。

丁小伟豪迈地说:"我丁小伟既然把你捡回来了,肯定对你负责到底,你就放心住着,我总有一天会帮你找到家人。"

周谨行感激地说:"丁哥,你对我太好了,我只相信你。"

"哎呀——"丁小伟想到了什么,"你这是接触人接触得太少了,你看你在我家住了一个来月,都没跟别人说过话。这样吧,丁哥今晚带你去玩玩儿好不好,看能不能认识些朋友?"

周谨行摇了摇头:"没兴趣。"

"你都没去怎么知道没兴趣?对了,咱们去酒吧吧,好久没去了。"

周谨行还是不愿意去。

丁小伟也懒得跟他废话:"就这么定了,晚上你好好收拾一下,丁哥带你出去见见世面。"

晚上把玲玲哄睡了,丁小伟就催着周谨行捣鼓一下自己的行头。

他也是自结了婚之后,就没去过那些灯红酒绿的地方了,主要是怕花钱,而且平时除了上班就是带孩子,也没时间。周谨行的出现让他一下子从带孩子的压力中解脱了,他们是该出去玩玩儿,这也有助于周谨行恢复记忆。

想到一会儿会有一堆姑娘在他们身边转悠,他就有些兴奋。

周谨行一副索然无味的样子,懒洋洋地换了套衣服。

丁小伟看着周谨行,在心中感叹,也只有这样外形优越的人,能把自己的旧衣服穿得像名牌。

两个人到了酒吧,一群小姑娘看他们看得眼睛都直了。

周谨行长得有多么超凡脱俗就不提了,而丁小伟好好捯饬捯饬,极具男人味的五官配上些许颓废的气质,两条大长腿往那儿一站,也足够有杀伤力。

丁小伟好久没体会这种被人关注的感觉了,一时有些飘飘然,心想:老子还是很有魅力的,不愁找不着好姑娘。

周谨行似乎对周围的目光浑然不觉,往吧台前一坐,自顾自地点了杯鸡尾酒。

丁小伟凑到他身边,有些兴奋地说:"小周,你看着没有?这里美女真多,你觉得怎么样,有喜欢的没有?"

周谨行扫了他一眼:"没有。"

"那你接着看,现在还早呢。"丁小伟难掩兴奋地喝了口冰啤酒,顿时觉得通体舒畅。

周谨行眼中浮现一丝淡淡的讽刺之色。

这时,一个身材高挑的女孩笑盈盈地挤进他们之间,用轻快的语气问道:"帅哥,要不要过来和我们喝酒呀?"说完她指了指对面的卡座,丁小伟回头一看,那里全是姑娘。

丁小伟高兴得差点儿蹦起来,表面还得装一下含蓄,笑着说:"我没问题啊,哎,小周?"

周谨行瞟了他一眼:"无所谓。"那淡漠的神色和松弛的气度更让人着迷。

丁小伟迫不及待地站了起来,架着他的胳膊催促道:"走吧,过去吧。"

两个人跟着坐了过去。

周谨行一坐下,两边的女孩就围过来要跟他喝酒,七嘴八舌地问他是不是模特,会不会讲中文。

丁小伟顿时有些忌妒,看着周谨行还是爱搭不理的样子,就冲着他直翻白眼。

周谨行居然还回了他一个笑容,那笑容怎么看怎么不怀好意。

丁小伟瞥了周谨行一眼,跟身边的姑娘喝起酒来。

他这个人特别容易得意忘形,尤其是太久没有受过女性滋润了,此时的得意忘形还要加个"更"字。

看着眼前娇娇弱弱的女孩子,丁小伟开始轻敌,也忘了自己酒量不咋的,左一杯右一杯地跟人家拼酒。他早已经忘了今早宿醉起床时头痛欲裂,发誓再也不喝酒这回事了。

周谨行凑到他身边:"丁哥,别怪我没提醒你,不行就别喝了。"

丁小伟怎么可能承认自己"不行"？他打了个酒嗝，一挥手说："没事，喝你的去。"

"来，来，来，光喝酒没意思，来玩儿游戏。"

"来啊！"丁小伟撸起袖子，晃着色子，"我先来啊，七个四。"

"八个四。"

"九个二。"

"……"

几轮下来，丁小伟运气还不错，都没砸自己手里，但周谨行就不行了，那些姑娘故意想灌他喝酒，宁可自己喝，也要冒险开他的色子。

周谨行顶了几轮就顶不住了，终于输了。

一个女孩叫道："帅哥，不想喝酒就换个惩罚，在这里挑个人抱一下。"

一群人都跟着起哄。

周谨行晃着酒杯，轻轻笑着问："一定要吗？"

"要啊，一定要。"

丁小伟咧着嘴捶了他一下："你小子真走运，赶紧。"

周谨行放下酒杯："谁都行？"

"都行。"

"那可不许反悔。"

大家一起叫着"不会"，连丁小伟都跟着起哄。

周谨行抿嘴笑了笑，在众多女孩期待的目光中，大手牢牢掐住丁小伟的后脖颈儿，直接把他给拽了起来。

丁小伟眼睛都瞪圆了，大脑瞬间短路。

周谨行很快放开了他，同时站起身，拍了拍还在发愣的丁小伟，戏谑地说："回家吧。"

说完他不待众人做出反应，转身拍屁股走人。

惹了祸让别人收拾烂摊子，这招真够损的，丁小伟只觉得自己的脸跟着了火似的，烫得吓人。

周围投射来一道道饱含审视、探究、玩味等各种意味的目光，他窘迫得恨不得钻桌子底下。

他什么泡妞儿的心情都没了，逃也似的冲出了酒吧。

晚间的冷风兜头罩脸地吹来，丁小伟顿时酒醒了大半，想到刚才发生的事，气得想挠墙。

他朝周谨行追了过去："你给我站住！"

周谨行脚步一顿，回过身来，皱眉看着他。

丁小伟冲上去揪着他的脖领子把他摁到了树上，一脸煞气表情地吼道："你什么毛病，故意耍我是吧？！"

周谨行将手扣在他的手腕上。

明明看起来是轻轻地扣着，其实力道惊人，丁小伟一时汗都下来了。

周谨行冷声说道："我说了我不想来，对着一群陌生女人大献殷勤，究竟是谁比较丢人？"

丁小伟怒从心生，挥拳就朝他的脸上砸去。

周谨行一手抓住他的胳膊，用力一扭，丁小伟整个人不由自主地转了个身，被周谨行拦腰控制住。

平时丁小伟可不是这么容易被人制服的，只是这回喝多了，走路都直打晃。

周谨行在丁小伟耳边说："丁哥，我有点儿生气。"

"你生气？你让我当着那么多人的面丢人，你还敢生气？！"

周谨行紧紧地钳住他："我说了不想来，你非让我来，我不喜欢这种氛围。"

"我还不是为了你好，怕你在家待傻了，想让你多认识点儿人，早点儿恢复记忆？！"

周谨行沉默了一下，才又说："其实你就是想赶我走，但是拿了我的东西不好意思开口吧。"

丁小伟气得抬脚狠狠地踩在了周谨行的脚上。

周谨行闷哼一声，后退了一步。

丁小伟回身就一脚踹在他的腰上，周谨行往后倒的同时拉着他的腿把他也拽倒在地。

两个人一起滚倒在街心公园隐蔽的树丛里，不依不饶地打了起来。

丁小伟跟大多数男人一样，一喝上酒，行为就比较无赖，打起架来也顾不上好看不好看，什么拳打脚踹上嘴，只要够得着就没有他干不出来的事，谁碰上这么臭不要脸的人都得打出火来。

周谨行本来也没打算认真对付他，不然明天酒醒了面上不好过，可是当丁小伟开始咬他的头发时，他终于忍无可忍，决定先把这个耍酒疯的人制服。

周谨行揪着他的脖领子将他从自己身上推了下去，往他屁股上狠踹了两脚，然后就想站起来。丁小伟就地滚了一圈后一把抱住周谨行的大腿，拿手肘撞向他的腘窝，周谨行还没站稳就又跪了下去。

丁小伟扑到他身上，举起拳头要往他的脸上砸。

周谨行眉头紧锁，脸都绿了，抓着丁小伟的手腕狠狠一拧。

"啊啊！"

这一下周谨行是用了劲儿的，丁小伟疼得"嗷嗷"叫。

周谨行照着他的脸就"啪啪"扇了两个耳光："闹够了没有？"

丁小伟是吃软不吃硬的主儿，越激他他越是没完没了，这两巴掌在此时无疑是火上浇油。

"老子跟你拼了！"

丁小伟就跟上了发条似的，突然不知道哪儿来了一股劲儿，脑袋狠狠撞上周谨行的额头，把周谨行撞得眼冒金星。

丁小伟自己也晕乎乎的，眼前有些花，却不肯错失良机，抓到了一块儿冒着热气的软肉，鬼使神差地一口咬了下去。周谨行疼得一缩，揪着丁小伟的后脑勺的头发把他的脸拉了起来，两个人继续扭打在一起。男人的斗志在酒的作用下被放大，旺盛的精力在体内乱窜着寻求发泄口。

突然，一道刺眼的白光惊着了专注打斗的两个人。

他们本能地眯起眼睛，勉强往光源处看去，隐约看到一个穿着制服的、瘦巴巴的黑影。

下一秒一声惊叫传来："你们这……给……给我起来，这是公园，都给我起来！"

丁小伟犹如噩梦被惊醒，连滚带爬地从地上站了起来，脸色一阵红一阵白，好不难看。

周谨行就镇定多了，特别优雅地站起来后还不紧不慢地拍着衣服。

那人穿着保安制服，脸蛋稚气，看起来非常年轻，在发现他俩是男人后，又茫然又惊讶，拿手电筒比画着："你们……你们在干吗？打架呀？"

丁小伟此时灰头土脸的，感觉特别丢人，真巴不得也朝树上撞那么一下，失忆得了。

他"呸"地吐掉嘴里的草皮，朝那小保安怒道："我们干啥关你屁事，拿着手电筒当警灯啊，倒霉孩子趁早回家睡觉去，明早上学该迟到了。"

小保安脸憋得通红，估计没见过脸皮这么厚的人："我……我在执勤！公园不是让你们乱来的，跟我走，你们这样的人，得好好接受教育。"说完，他扯着袖子让丁小伟看他的袖章。

丁小伟咧嘴，露出白森森的牙："哟，你不是装的吧，才几岁呀，来给叔叔看看。"

小保安倔强地说道："我早成年了。"说着他凑近点儿把自己的胳膊递到丁小伟面前。

丁小伟突然抓着他的胳膊，一下子给抡了出去。

小保安还没叫一声呢，瘦弱的身子就直接被丁小伟甩进了草丛里。

丁小伟抓着一旁看戏的周谨行骂道："赶紧走，回头再跟你算账。"

两个人毕竟心虚，只想马上撤离现场，于是一路狂奔，直跑出了很远才气喘吁吁地停下来。

此时已经是半夜三点了，路上基本看不到行人，偶有一两辆车呼啸而过。

入夜了有点儿冷，他们并排走着，离得很近，彼此的体温仿佛隔着衣料也能清楚感觉到。

丁小伟感到自己的脑子里有一团糨糊，把神经都糊住了，什么都思考不了。

弄得两个人之间的关系变得这么尴尬，连丁小伟自己都想扇自己一下。

酒真不是个好东西，丁小伟在心里骂道。

沉默了很久，丁小伟叹了一口气，尴尬地开口："小周……"

周谨行抢先说道："是你先动手的。"

丁小伟讪讪地说道："是你先干了欠揍的事。"他当时确实是气糊涂了，觉得在美女们面前丢脸了，可现在酒醒了，觉得两个人做出这种蠢事太幼稚了，来道雷劈死他吧。他辩解道："我不是因为收了你的东西所以不好意思赶你走，我本来就没有要赶你走的意思，我这人有一说一，没跟你玩儿虚的。"

周谨行突然站定了脚步，转过身子定定地看着他："所以，丁哥，你喜欢我留在你家吗，和你还有玲玲在一起？我们确实相处得很好，对吗？"

丁小伟叹了一口气,一屁股坐在路边的栏杆上:"我当然喜欢你在,玲玲也喜欢你在,我只是觉得你不属于这里。你这么耀眼的人,不会是普通人的,我没有想过赶你走,可是有一天你一定会走的,你明白吗?我希望你早点儿想起以前的事是为你好,你逃避也没有用。"

周谨行看着他,瞳孔中折射出幽暗的光:"如果我说我不想想起以前的事,也不想走呢?"

丁小伟怔了一下,缓缓说道:"你早晚会想起来的,到时候你的想法就会变了。你总在我家,确实不是办法,你的家人该多着急啊?实在不行,咱们还是去一趟公安局,至少去立个案吧。"

周谨行半蹲下身子,琉璃般剔透的眼眸简直能望进人心里,他幽怨地说:"丁哥,我舍不得你和玲玲。"

丁小伟的鼻子突然就有点儿酸。

他想到周谨行在厨房做饭时回头冲着他笑的样子,想到周谨行微笑着叫"丁零"的样子,甚至想到周谨行在自己身边熟睡时那湿润的、长长的睫毛。

周谨行柔声说道:"丁哥,我走了玲玲该哭了。"

两个人回了家。

经过一晚上折腾,他们之间的气氛有些奇怪。

丁小伟把外衣脱了,直接往床上一躺,逃避现实般拿被子蒙住脑袋:"睡了,有事起来再说。"

周谨行没说话。

丁小伟其实根本没睡,一直竖着耳朵呢。

随后他就听到周谨行说:"不嫌脏,赶紧起来洗澡。"

丁小伟转过身背对着他:"别吵,我要睡了。"

周谨行拽了拽他的被角:"至少把衣服脱了,你浑身都是烟酒味。"

丁小伟嘟囔了一句："不爱闻你睡沙发去呗。"

"我凭什么睡沙发？你这么臭，你睡沙发还差不多。"周谨行话音未落，突然一把掀开他的被子，喝道，"要么洗澡，要么脱衣服，否则别睡了。"

丁小伟"啧"了一声，赶紧把被子拽了回来，七手八脚地在被子里把衣服裤子脱了，还示威似的往地上狠狠一扔："这行了吧？"

周谨行低笑两声，进浴室洗澡去了。

丁小伟听着"哗啦啦"的水声，瞪着眼睛就是睡不着。

周谨行洗完澡出来，一眼就看穿了丁小伟在装睡："丁哥，你没睡吧？"

丁小伟动都不敢动，假装自己睡着了。

周谨行笑了一下："你睡着了会打呼噜，你自己不会不知道吧？"

丁小伟"哼"了一声："你烦不烦人，还不赶紧睡觉？"

周谨行拍了拍他的背。

丁小伟不耐烦地问道："干吗呀？"

周谨行说道："幸好捡到我的人是你。"

这温情的一句话让丁小伟有些不知所措，他慢慢地转过身来，看着周谨行饱含情绪的眼眸，小声说："不客气，谁叫咱们有缘？"

周谨行淡淡地笑了笑，闭上了眼睛，长长的睫毛随着呼吸微微颤动。

丁小伟在心中愤愤地想着：一个男人凭什么长这么好看？

即使是平时上班的时候，周谨行也是家里第一个起来的人。丁小伟一直挺奇怪的，周谨行看着就不像伺候人的人，怎么就那么吃苦耐劳家务活一手包揽了？这弄得丁小伟有时候特别不好意思。

今天也是，丁小伟一觉睡到下午两点，起来之后身边的位置已经空了。

丁小伟在床上做了半天思想工作，才拖拖拉拉地起来。

他走出卧室，见周谨行在那儿看报纸。周谨行冲饭桌的地方仰了仰下巴："洗脸刷牙了吗？我给你热一下饭菜。"

丁小伟那一瞬间特别感慨，就连他明媒正娶的老婆在的时候，也从来没这么伺候过他。

他随便扒了几口饭，就收拾了桌子准备去洗碗。

他正洗着，周谨行进来了，站到他身边温和地说："我来吧。"

"不用，不用，我洗就行。"

"我帮你？"

"不用，不用，你坐着去吧。"

周谨行很自然地接过他手里的碗，目光深沉地静静看着他："你紧张什么？"

"谁紧张了？"

周谨行轻声说："我来吧，你去打开电视，一会儿我们一起看电影。"

丁小伟又感到暖心不已，笑了笑："好。"

不一会儿，周谨行忙完出来了，手里还端着两个碗，在他旁边坐下。

丁小伟接过碗一看，是一碗红豆汤。

周谨行很自然地说道："一会儿等玲玲醒了，咱们出去逛逛吧，她的小书包坏了，给她买个新的。"

丁小伟点了点头："行。"

玲玲睡了午觉起来，就缠着爸爸去给她买小书包。

丁小伟冲了个澡，领着两个人出门了。

他们家附近就有个挺大的商场，三个人散着步就过去了。一进商场玲玲就兴奋地乱跑,一会儿看看这个,一会儿摸摸那个,最后指着一个粉红色的小书包眼巴巴地看着她爸爸。

丁小伟笑道:"玲玲要美羊羊呀?"

小玲玲点着头。

"行,给我闺女买了。"

丁小伟掏钱的时候,周谨行已经帮玲玲把小书包背上了,小丫头美得直跳,周谨行就把她抱了起来,笑道:"玲玲真漂亮。"

丁小伟看着自己的闺女眉开眼笑的样子,心里有些发酸。

以前他老婆在的时候,一家三口吃完饭,没事就会来这儿转转,可自从他老婆走了以后,他们再也没来过。他也不知道玲玲能不能记得以前的事,但是自从家里多了一个周谨行,玲玲明显比以前开朗了许多。

丁小伟感到对玲玲有些亏欠,难得地大方一回,又给她买了一套衣服。

给玲玲买完东西,丁小伟看了看周谨行身上穿着的自己的地摊货,怎么看都不顺眼。

他扯了扯周谨行的衣袖:"走,去给你买两套衣服吧。"

周谨行愣了愣,笑道:"不用,你买吧,你还要上班。"

丁小伟大大咧咧地说道:"我无所谓,成天就那么几套衣服,我们公司的人都习惯了。走吧,你穿我的衣服白瞎你这身材了。"

说完他硬拽着周谨行去了男装区。

周谨行一进去,女店员便争先恐后地围了上来,把一件件衣服拿到他身前比画,得出的结论是"先生您穿什么衣服都好看,都试试吧"。

周谨行被推进去试衣服的时候,丁小伟就开始偷偷地看价钱,一看简直气血翻涌。

这么块布料怎么就这么贵呀?丁小伟心里都开始骂娘了。

周谨行很快就穿了一套衣服出来。

其实这不过是个杂牌子,也是一套普普通通的休闲服,可是穿在他身上,他就跟随时准备上电视似的,丁小伟都看愣了。

丁小伟揉着玲玲的脑袋:"闺女,你看你周叔叔帅不帅?"

玲玲猛点头。

丁小伟偷偷捂着往下滴血的心脏:"行了,买了。"

周谨行无奈地说道:"不用了,衣服够穿就行了。"

丁小伟咬牙说道:"别啰唆了,几件衣服丁哥还是买得起的,这套你穿着吧。来,美女,把这套衣服给打包了。"

出来一趟,短短两个多小时,丁小伟算了算,花去大半个月的工资,真是肉疼得厉害。

可是他想了想觉得这钱怎么都得花,周谨行在他家又做家务又带孩子,让他们父女俩的生活质量直线上升。再说,人家还给了他一枚闪耀的大戒指,他也不能太抠了。

说起戒指,丁小伟才想起来,还没拿去鉴定呢。

前段时间要么忙着工作,要么忙着向刘秘书献殷勤,他早将这事抛至脑后了。而且同事介绍的那个鉴定的地方有点儿远,他出车都没有顺路的时候。他得尽快找时间去一趟,能卖多少是多少,虽说他暂时也不缺钱,但考虑到万一周谨行要长期住下来,就不能不留点儿钱备用。

三个人回家的路上,天有些黑了。

周谨行问道:"今晚想吃什么?顺便去超市买点儿菜吧。"

丁小伟问玲玲:"闺女,晚上想吃什么?"

玲玲比画了一下,兴奋地看着他。

"想吃火锅呀,行。正好天气有点儿凉,换季容易感冒,咱们吃火锅暖暖身子。"

三个人去超市买了两大袋子食物和日用品,丁小伟和周谨行一手各提着两个袋子,另一只手都牵着玲玲的小手,往家的方向走。

玲玲美滋滋地背着新买的小书包,拉着丁小伟和周谨行的手一路荡秋千。

两个人就配合着她晃着胳膊,把小姑娘一会儿拉高一会儿晃低,她乐得嘴都合不上了。

丁小伟看了周谨行一眼,发现对方也在看他,两个人相视而笑,丁小伟感到心头涌入一股暖流。

他忍不住又想起他老婆在的时候,小丫头也喜欢这么玩儿,可她妈妈个子娇小,没什么劲儿,跟他配合不起来。哪像周谨行,比他高比他壮,两个人可以完美配合。

三个人晃荡回了家,周谨行忙着准备火锅,丁小伟就在旁边给他打下手。小玲玲一会儿换一套衣服,跑到厨房给他们看,等他们夸奖完了,就美滋滋地跑回去换另一套。

周谨行干活麻利,不一会儿锅里的汤料就滚了起来,一时间满屋子飘香,他们吃饭的桌子上各色待煮的食材花瓣一样摆满了盘子。

三个人围着冒着热气的电磁炉,热热闹闹地吃了起来。

如今天气渐凉,日落之后路上行人不多,窗外景色有几分萧瑟。这时候一家人窝在家中,围着暖暖的饭桌吃上一顿热腾腾的火锅,不知道多美。

这尘世间平凡的烟火气往往是人最终的追求。

丁小伟看着周谨行用刚学的手语和玲玲说话,还不时给她夹菜,心中一片柔软。

他折腾来折腾去,也不过就是想过这样的日子。

其实他已经拥有了好生活。

不过一个短短的双休日,丁小伟再回归公司,却觉得恍如隔世,尤其是在公司碰到面上犹有几分尴尬之色的刘秘书时，这种感觉更甚。

刘秘书似乎对自己那天酒后失言挺后悔的，见到丁小伟就主动打招呼。

丁小伟不是心胸狭窄的人，也礼貌地跟她打招呼，然后跟什么事都没发生一样，转头就去找新来的女同事聊天了。

快中午的时候，老板不知道发什么神经，要把一个杂物间改成茶水间，见丁小伟闲着没事，就让他和几个人去收拾。

同事在收拾里边的东西，丁小伟则拿了个扳手修理水龙头。

这水龙头不晓得多久没用了，锈得厉害，他捣鼓了半天，打开水闸的瞬间，掺着铁锈的水喷了他一身一脸。

他这副狼狈相把同事们给逗坏了，大家一边给他递纸巾一边哈哈大笑。

老板看到他那样子，也忍不住笑，让他赶紧回家洗澡换衣服。

丁小伟自认倒霉，沮丧地开着老板的车回了家。

他刚进家门，就听到里面传来有些激动的声音，还有人暴躁地踱步的声音。丁小伟心里一惊，随即听出其中一个低沉的声音是周谨行，这才放下心来。

屋内的两个人听到开门声都愣住了，齐齐看向门口。

那个和周谨行站在一起的中年人又陌生又有些面熟，丁小伟仔细一回想，好像是之前见过的那个卖保险的人？

他皱眉嘀咕道："怎么还没死心啊？你看我们像买得起商业险的人家吗？"

周谨行面色不太好，似乎刚才情绪有所波动，看到丁小伟回来，才勉励克制住。他不着痕迹地把桌上的文件遮住，笑道："你今天怎么这时候回来了？"

丁小伟指了指身上："修水龙头，被喷了一身锈水，恶心死我了。"说完，他故意把门推开，"我说这位兄弟，做买卖讲究你情我愿,我们觉得不需要,你上多少次门我们都不会花这钱,你差不多行了吧。"任何人对家里凭空出现个陌生人都会感到不舒服。

那个中年人态度极佳,急忙收拾起桌上的东西,恢复平静的神色说道:"打扰了。"他回头看了周谨行一眼,急忙走了。

丁小伟关上门后,心里仍有些怀疑,总觉得这人相貌堂堂,衣着不俗,看着真不像是推销保险的,而且刚才那略微激动的声音又是怎么回事?

他狐疑地看了周谨行一眼,刚要开口问,周谨行抢先问道:"吃饭了吗,饿不饿?"

丁小伟回道:"在公司吃过了,刚刚那个人怎么回事?你们吵起来了?他真是卖保险的?"

周谨行轻描淡写地说道:"嗯,他说话容易亢奋,很多销售都有这个毛病,我们没吵架,我刚才已叫他以后别来了。"

丁小伟"啧"了一声:"你也太好说话了吧,按说你别给他开门就是了,以后他再来,你就当不在家,不给开门就行了,你跟他客气什么?"

周谨行含笑点头:"快去洗澡,免得着凉了。"

丁小伟应了一声,拿了换洗的衣服就进去了。

他出来的时候,周谨行已经切好了水果。

丁小伟一边擦头发一边随口问道:"你也吃过了?"

"当然了,来吃点儿水果。"

丁小伟坐在桌子前:"刚才那个人看着真不像是卖保险的,倒像个老板什么的,挺有派头的。"

周谨行不愿意多谈,没说话。

"哎,他都跟你说什么了,是不是挺能忽悠人的?我两次见他他都西装革履的,一打照面我还以为是什么大人物。"

"这是为了给客户营造好的形象,不奇怪。"周谨行避重就轻地说,"我以后不会再让他进门了。"

丁小伟心中虽然有疑惑,觉得一个成年人不该随便让陌生人进家门,但也没多想,或许周谨行就是在家闲着无聊,想和人聊聊天呢。

## 第四章 心中的疑团

丁小伟一直想着鉴定戒指的事,这天终于有了时间。

老板今天去拜访客户的地方离那个鉴定珠宝的地方很近,趁着老板去开会,丁小伟开车过去了。

给他鉴定的人看起来有模有样,他刚把东西拿出来,那人就轻轻皱起眉头,戴着手套看了一会儿,又将戒指放在仪器的下方检测,然后很肯定地对他说:"假的。"

丁小伟怀疑自己听错了:"什么?"

"这不是天然蓝宝石,只是做工精良的人造宝石。"

丁小伟顿时气得七窍生烟,第一反应是不信,口气不太好地问:"你没看错吧?"

那个人客气地说:"没看错,这确实不是天然宝石,不过这个戒指很奇怪,宝石是假的,戒指却是真的铂金,一般没有这样搭配的。"

丁小伟听得脑子"嗡嗡"直响,难以置信地看着手里他宝贝一样供了两个月的戒指。

那个人又说:"这戒指里面不知道镶嵌了什么东西,很小的一个黑点儿,可能是做工的瑕疵。"

最后一句话丁小伟根本没听进去,他晃晃悠悠地出了门,开车转了两圈,又找了另一家珠宝店,得到的答案是一样的:"假货。"

这回由不得丁小伟不信了。

他看着那枚流光溢彩的戒指,有种将其生吞下去把自己噎死的冲动。

他想象中这枚至少值六位数的戒指,居然就是个好看的装饰品,最多也就能卖几千块钱?!这种巨大的心理落差,美梦破碎的痛苦,以及被欺骗的愤怒,一时全都堵到了胸口。

他想起把周谨行捡回来的这两个月发生的种种事情,气得差点儿吐血。

他开始认认真真地一笔一笔算账,算他打肿脸充胖子地在周谨行身上花了多少冤枉钱。

一算下来,他更是气血翻涌,目眦欲裂,肉疼得厉害。

等把老板送回公司,他心头实在堵得厉害,兜里的戒指就像一颗定时炸弹,他怎么都静不下心来,干脆称病提前下班,气势汹汹地回了家。

此时周谨行悠闲地看着书,见他回来有些惊讶:"怎么又提前下班了?"

丁小伟看着自己供了两个月的"大款",有种上去掐死他的冲动。

他愤怒地把戒指往周谨行身上扔去,嘴唇哆嗦着说不出话来。

周谨行捡起戒指看了看,不解地问道:"怎么了?"

"怎么了?假的!"

周谨行似乎也相当惊讶,低头仔细打量着那枚戒指,随即尴尬地露出苦笑:"我也不知道是假的,不是你自己说的,我像是有钱人吗?"

丁小伟一时语塞,随即恼羞成怒:"我怎么知道?看你穿金戴银的,我自然以为你有钱,谁知道身上戴的是假货。"

周谨行的脸色变了变,他缓缓说道:"不然我把手表什么的都给你吧,也许……"

"拉倒吧,保证都是假的,拿出去让我再丢一次人啊?!"丁小伟浑身的毛都乍了起来,气呼呼地一屁股坐在沙发上,还瞪了他一眼。

周谨行眨了眨眼睛,伸手搭在他的肩膀上:"丁哥。"

丁小伟正憋了一肚子窝囊气,不耐烦地挥开他的手:"别烦我。"

他也知道这事不能怪周谨行,毕竟人家都失忆了,但是这火不冲着周谨行发,冲着谁发?

周谨行迟疑地唤道:"丁哥……"

丁小伟喝道:"你现在别跟我说话,我看到你就来气。"

周谨行不说话了,把书合上,半晌,突然站起身进了卧室。

丁小伟开始没在意,后来听着开衣柜、关衣柜的声音,觉得有点儿不对劲儿。他进卧室一看,周谨行正闷头收拾东西,拿了个纸袋子,往里面放了随身的衣服和洗漱用品。

丁小伟心里紧了紧:"你干什么?"

周谨行头也不抬地说:"我觉得很抱歉,不在这里给你添麻烦了。"这声音冰冷又生疏,听得丁小伟一阵不自在。

丁小伟以为他在闹别扭,也意识到自己刚才说话重了些,放软了口气说:"别闹了,刚才丁哥口气不好,你别往心里去。"

周谨行抬头看了他一眼,眼神有些飘忽:"丁哥,我在这里就是个累赘,我们非亲非故,你收留我已经仁至义尽,以后我就不再给你添麻烦了。"

丁小伟一听这话更上火了:"我什么时候说你是个累赘了?我今天就是心情不太好说错话了,你别跟我一般见识行不行?你把东西给我放回去!"

周谨行充耳不闻,拿起东西就要走。

丁小伟上去拦住他,心里突然紧张起来。他从来没想过周谨行会走,他以为周谨行会一直赖下去,而他觉得家里有这么个人也挺好。

哪怕自己要往里搭钱多养活一个人,可是他回家能有一口热乎饭吃,能看着玲玲每天高高兴兴的,也挺好的。

没想到周谨行脾气这么大,他就迁怒了几句,周谨行就闹着要离家出走。他心里也知道自己不对,但是拉不下脸来哄一个男的,就铁青着脸堵着人不让走。

周谨行定定地看着他:"戒指的事是我不对,我也不知道它不值钱,等我以后有钱了,一定会加倍奉还。"

这阴阳怪气的话听在丁小伟耳朵里更是让他大为光火:"咱们能把那页翻过去不?我承认,我开始把你弄回家确实是想着你应该挺有钱的。那……那你没有就没有呗,没有你也是你,我也不是养不起你,咱们现在就像家人一样,我能为了一枚戒指跟你过不去吗?"丁小伟虽然平时胡吹海侃看着挺能说,真要正经煽情地说几句,感觉老脸都红了。

周谨行眼中流露出些许哀伤之色:"丁哥,我知道你瞧不起我,我连身份都没有,也没办法出去工作,全靠你养着……我心里很难受。"

丁小伟龇牙道:"你是不是有被害妄想症啊,我什么时候瞧不起你了?"

周谨行垂下眼帘,长长的睫毛扑闪着:"你心里一定觉得我没用,只会做饭哄孩子,你是把我当女人了吧?"

丁小伟气得嘴都快歪了:"我什么时候把你当女的了?就你这大个子谁能把你当女的?哪个女的长你这身板儿还嫁得出去啊?你今天怎么回事?婆婆妈妈的,你心里有什么不痛快的地方,你就直说,说出来咱们一起解决。也得允许人说错话吧,你也不能一声不响地提着行李就走啊,你这么婆婆妈妈的我真的会瞧不起你。"

周谨行低着头要绕过他。

丁小伟气得伸手抢过他手上的袋子扔到了地上,然后揪着他的脖领子就把他按墙上了:"你闹够了没有?!啊?"

周谨行面无表情地说道:"你放开我。"

"放开你?你想去哪儿?流落街头啊,真潇洒啊。"

周谨行倔强地说道:"没想好,反正死不了。"

丁小伟拍了一下他的脑袋:"你几岁呀你?!"丁小伟调整了一下面部表情,控制住想抽他的冲动,心里宽慰自己,就当哄孩子了,尽量缓缓说道,"丁哥今天冲你发火,是我不对,我向你道歉,你大人有大量,不跟我计较行不行?"

周谨行摇了摇头:"丁哥,我不想再待在这里让你瞧不起了。"

丁小伟就差咬他了:"我没瞧不起你!你哪儿来的,地球话不熟练是不是?!"

周谨行黯然地低着头:"你真的觉得我是你的家人?"

"当然。"

丁小伟觉得戒指的真假一点儿都不重要了,只希望周谨行留在这个家里。

既然请了假,丁小伟也不打算回公司了,能休息半天是半天。

周谨行要去接玲玲,丁小伟本来也想一起去,但有点儿困,打算打个盹:"那你自己去,我歇一会儿就起来洗菜,等你回来做。"

周谨行笑道:"你要是累了就睡吧,我自己弄也很快。"

"等你回来。"

周谨行走后,丁小伟也就眯了半个小时,现在毕竟不是睡觉的时间。

他进厨房忙活了起来,把米饭煮上了,又开始择豆角。

这时,门铃响了。

丁小伟以为是周谨行他们回来了,从猫眼里一看,居然是那个他见过两次的推销保险的人。他心里顿生反感情绪,这个人怎么还没完没了?

他打开门,那个人看到他的瞬间明显愣了一下,身子微微后仰,眉头也皱了起来。

丁小伟一看他这反应更不爽了,也不说话,就抱胸看着他。

那个人有些尴尬地往里瞄了瞄:"周先生不在呀?"

丁小伟从鼻子里"哼"了一声:"不在,你有事跟我说吧。"

"既然如此就不打扰了。"

丁小伟叫道："哎，你站住。你要推销保险，总找他干吗？你不知道他就是住我家，他不管钱的，最后出不出钱还是我说了算。"

那个人愣了愣，随即点了点头。

"不过真的，你以后别来了，我们家不买保险。天灾人祸什么的，都是命里带的，真是老天爷要磨炼磨炼你，怎么买保险都没用。不过我可以给你指一条明路，你看到我家对面那栋楼没有？正对面窗台上养了花的那家，对，就那个，他们一家子人都炒股票，隔一段时间就哭天抹泪地要上吊，隔一段时间又欢天喜地得恨不得放鞭炮，你去他家吧。就这样的人说不得哪天就得出点儿什么事，就算没赔得要自杀，这么大起大落的人心脏也受不了。那家里还有个两岁的小孙子，我都替他们愁，你去他家吧，他们才需要买保险呢。"

那个人嘴角微微抽动着，含混地应了两声就急忙告辞，转身跑了。

丁小伟看着他的背影直乐，转身也进了屋。

他走到厨房里继续择豆角，正好能透过厨房的窗户看到那个卖保险的人走出他们小区。

只见他站在小区门口，似乎在等什么人，前后不过一分钟，一辆车停在他面前，那个人从容地坐了进去。

丁小伟眼睛都看直了。

他没什么嗜好，就是喜欢车，虽然买不起，可是对车比对女人了解得可透彻多了。

像这种等级的宾利，他一年到头也见不到几台。

他早就觉得这人衣着不凡，还以为是因为这人长得有派头穿什么衣服都像高级货，现在看来，人家穿的可能真是高级货。

这人坐的还是宾利，丁小伟不淡定了。

这年头到处跑的保险业务员都能坐宾利？他干脆把现在的工作

辞了去保险公司开车算了，起码能过过瘾。

丁小伟愤愤不平，越想越觉得这事不对劲儿。他只是有点儿粗枝大叶，又不是傻。

那个人怎么看都不像保险公司的员工，哪个推销产品的业务员，不盯着出钱的人忽悠，偏偏一次次地找没钱的人？

难道周谨行在撒谎？可是丁小伟又实在猜不出周谨行有什么好骗他的。

他很后悔把人吓跑了，早知道该将人留下来了解了解情况的。

虽然他觉得周谨行没必要骗他，可心中的疑点算是埋下了。

没过多久，周谨行接了玲玲回来了。

小姑娘亲热地扑到丁小伟怀里，用手语比画着今天在学校发生的趣事。

周谨行说道："你去陪玲玲写作业吧，我来做饭。"

丁小伟抱着玲玲坐在自己的大腿上，陪她看老师布置的作业。

他一扭头，就能看到周谨行修长英挺的背影，周谨行即使是在做饭的时候，腰板也挺得笔直，透着一股不经修饰的优雅气度。

周谨行现在可以说是彻底融入了他们的生活，他有些无法想象，万一有一天周谨行恢复记忆了，从这个家门走出去了，玲玲会怎么样？

丁小伟心中微酸，不知道自己为什么会想到这些事。

吃完饭，丁小伟说起今天那个推销保险的人又来了的事。

周谨行面上无波无澜："我已经跟他说别来了，没想到他还不死心。"

丁小伟一直仔细观察着他的表情，却什么异样的地方也没看出来，不禁有些失望："你知道吗？他走出小区的时候，我正在厨房里做饭，我看到他上了一辆宾利，那车四百多万呢，他真的是保险业务员？"

周谨行露出意外的神色:"你看错了吧。"

"不可能,我把我妈认错了都不会认错车。"

周谨行笑了笑,显然不太信,但也没反驳,表现出对这个话题丝毫不感兴趣的样子。

丁小伟心里的疑惑更深了,他总觉得周谨行像是在刻意装作不在意,皱眉问道:"哎,你不是有什么事瞒着我吧?"

周谨行坦然地看着他:"我有什么事可瞒着你的?"

丁小伟点头说道:"我也是这么想的,我没钱没势的,要说吧,就是长得帅点儿。"

周谨行哈哈大笑起来。

"喊。"丁小伟还是不安心,"你要是有什么事,必须和我说啊,你什么都不记得了,万一被人骗了怎么办?"

"放心吧,我只是失忆,没有失去常识。"周谨行犀利的目光在昏黄的灯光下看着忽明忽暗的。

细心的同事不难发现,丁小伟最近意气风发、红光满面,办公室的人都私下猜测他肯定是找到女朋友了,可问他他又不肯承认。

丁小伟知道他们私底下肯定有诸多猜测,但一点儿也不在意。

他觉得现在一天天过得太舒坦了,简直跟做梦一样。

家里有人给他打理得井井有条,他除了上班和哄哄孩子,基本上什么事都不用操心,回到家还有热乎饭菜,这样的生活让他感到非常满足。

虽然小日子过得幸福美满,可丁小伟也有发愁的事,和芸芸众生发愁一样的事——钱。

多养活一个人,可不是多一双筷子那么简单,他最近给周谨行买了不少东西,衣服、手机、健身用品、书,他怕周谨行在家无聊,甚至想买台电脑。

丁小伟虽然不算大富大贵，但生活过得也不窘迫，有父母给他备好的房子和积蓄，有稳定收入和保险，平时主要的开销就是吃饭和玲玲的教育开支，额外养一个基本没什么要求的大活人，其实并不是很吃力。

只是他克制不住地想要给周谨行花钱，手头就不那么宽裕了。

他现在是宁肯自己穿洗得掉色的衣服，也想要把周谨行打扮得漂漂亮亮的。他觉得周谨行这样好看的人，只有好东西才配得上。

丁小伟看着存折上飞速递减的数字，开始焦虑起来。

终于有一天，他有些为难地对周谨行说："小周，跟你商量个事。"

"嗯？"周谨行懒洋洋地应了一声，目光还盯着手机上的股票大盘。

"那个……"丁小伟觉得有些口干舌燥的，"你……你想不想出去找个活干？"

周谨行慢慢扭过头来："工作吗？"

"嗯。"丁小伟注意观察着他的神色，"我这不是怕你在家里待着无聊吗？有时候我回来你也不在家，你说闷得慌出去逛逛，我知道你一个人总待在家里没意思，你要是想出去干点儿什么事，我觉得也挺好的。"

周谨行想了想，说："可是我没有证件，能干什么呢？"

丁小伟说道："我给你弄个吧，我知道哪里能办。"

"如果我出去工作了，谁照顾你和玲玲呢？"

丁小伟愣了愣，这确实是个挺现实的问题。

可是一个男的成天在家里待着也不是个事啊。一天两天可以，一个月两个月也可以，时间久了，丁小伟也觉得有些不对味。

周谨行见他神情尴尬，轻叹了一口气："好，你帮我弄一个证件吧，我去找工作。"

丁小伟知道他不大情愿,不由有些心虚。他想着如果自己有能耐,一年能挣个百八十万的,还用周谨行出去受累吗?他心一软,又改口说道:"你要是不想去就算了,你也不知道能干什么,丁哥也养得起你,我就是随口说说。"

周谨行摇了摇头:"我去找份工作吧,多我一个人,开销也多了不少。"

丁小伟心里的愧疚感更深了:"算了,算了,我就是随口说说。你这脾气也不是能受委屈的,出去打工还得看人脸色,算了吧,当我没说吧。"

周谨行看着他,微微一笑:"你心疼啊?"

丁小伟:"那怎么能不心疼,算了吧。"

周谨行突然轻轻叹了一口气,神色有些古怪:"丁哥,你对我真好。"

不知怎么的,丁小伟觉得他的语气有些奇怪,又说不上来哪儿不对,就开玩笑说:"你丁哥可是个超级好男人,为家庭鞠躬尽瘁死而后已。"

丁小伟还是没舍得让周谨行出去看人脸色。他本来就猜周谨行以前是做那行的,有些好吃懒做、不思进取也是很正常的。

丁小伟一直坚信,优秀的老爷们就该一肩扛起家庭的重担,让家人无忧无虑。周谨行愿意在家里待着,那就在家里待着吧。

他这么想着,更体现了他高大伟岸的男子气概,胸中顿时豪气万丈,开始琢磨有什么路子能多挣点儿钱。

这天下午,老板让丁小伟去自己家里帮老板娘搬些东西,然后送去岳母家。

丁小伟搬东西的时候不小心扭到了手腕,虽然不严重,但安全起见,老板娘决定自己开车,没想到车刚开出小区大门就出事了。

她没注意一辆侧方驶过来的电动车,把人带倒了。

老板娘顿时吓傻了。

丁小伟急得冷汗都下来了,赶紧下车去看,虽然按交通规则来说,电动车要负主要责任,但伤到人对谁来说都是坏事。

骑车的是个年轻男子,正趴在地上"哎哟"直叫,车子压在他的脚上了。

丁小伟跑过去把电动车挪开,然后小心翼翼地问:"哥们,你没事吧?"

那人龇牙咧嘴地叫唤:"没事?没事你试试,我的脚趾头给砸着了,疼死我了。"

那声音特别脆,丁小伟一听头都大了,这好像还是个小孩。

老板娘也下了车,跟丁小伟一起把人扶起来,紧张地直问:"怎么样?怎么样?要不要去医院?"

倒霉鬼哭丧着一张脸:"还好车速不快,要不我今天得交待了。"

看上去问题不大,两个人同时松了一口气。

丁小伟无奈地说道:"小孩,你自己也有责任,这么骑车很危险的。"

老板娘还是怕出事:"我送你去医院看看。"

男孩直摇头:"不用,我最讨厌去医院,我就是被砸着脚了,没什么大事,但是我的车坏了,你得赔我!"

老板娘点头说道:"你放心,我赔你。"她也知道主要责任不在自己,但不想和一个小孩子拉扯,能花点儿小钱解决麻烦是最好的。

丁小伟落下了心头的一块大石,这孩子涉世不深,也不是什么刁钻的人,要是诚心讹他们,可有他们受的。

他和老板娘一商量,老板娘叫人来拖车去维修,丁小伟送人去诊所。

上车后丁小伟把顶灯打开,两个人这才看清彼此。

他们的脸上同时浮现些微疑惑的表情,两个人都觉得在哪儿见过对方……

"啊!你!"那男孩指着他的鼻子大叫了一声。

丁小伟脑仁一阵发疼。

这个人竟是那天他和周谨行在公园里打架时碰上的那个小保安。

小保安顿时脸都憋红了,扑上来就要掐他的脖子:"你这个浑蛋,我跟你命里犯冲!"

丁小伟不耐烦地抓着他的两只细瘦的手腕按到座位上:"行了,行了,别闹了,以前的事咱们回头再说,我先送你去诊所。"

"你个浑蛋,上次把我甩到草丛里去,我脑袋上被磕了一个好大的包,两个多星期才消下去,我跟你没完!"

丁小伟有些心虚地转过脸去:"对,上次是我不对,我那时候喝多了,我给你赔不是了啊。"

男孩眼里直冒火:"你上次推我,这回撞我,我要再跟你去医院,指不定有命去没命回了。"

丁小伟辩解道:"这回真不是我撞的,是我的老板娘撞的,再说你自己也有错,一码归一码,你别乱冤枉人。"

"你俩都跟我犯冲,我要下车!"

丁小伟不耐烦地再次把他按回椅子里,拉过安全带给他扣上:"你这孩子怎么这么多事呢?别闹!老实地坐着,你再动,我把你塞到后备厢里去。"

小保安一脸愤慨的表情:"你还威胁我!"

"对,我就威胁你,你要是下了车,可别想再上来,到时候你爱找谁赔找谁赔去。"

孩子气得五官都快扭曲了,狠狠挣扎了一番,终于气呼呼地坐了回去。

丁小伟拉着人去了医院。

男孩脱下鞋,几根脚趾肿得跟紫馒头似的,看着挺吓人。

医生给他处理的时候他疼得"嗞嗞"直抽气,眼睛拼命瞪着丁小伟。

丁小伟心里有愧,就只能赔笑脸:"忍一忍啊,马上好了。"

快处理完伤势的时候,老板娘来了,进来就把一个纸袋子塞到男孩手里。

男孩接过袋子掂了掂,有几分天真地问:"你给我钱?这是多少?"

老板娘有些尴尬,以为他嫌少:"五千,你看够吗?"

男孩白白净净的脸蛋立刻红了:"这个,太……太多了,用不了这么多,那车子是 N 手的,修理也花不了这么多钱。"

丁小伟在心里大骂,傻呀,赶紧在后边悄悄地捅了一下他的背。

老板娘脸上露出古怪的神色,似乎心里在挣扎,最后她还算有良心地说道:"你留着吧,你也受伤了。"

男孩别别扭扭地说:"不行,这真的太多了,好像我讹诈你似的。你给我……一千五吧,应该差不多了。"

丁小伟都快翻白眼了。他好久没见过这样的人了,听这孩子的口音是外地人,年纪这么小就出来工作,家境肯定一般,白给的钱都不要,这孩子真是……

老板娘更加不好意思了,两个人推推搡搡,最后老板娘硬是给留了两千块钱。

老板娘走之前把丁小伟拉到门外,把剩下的三千块钱给他了,表情惭愧地嘱咐着:"这孩子真是好孩子,你帮我照料一下。"

丁小伟应和完了,回到诊室里,见那男孩仍然一副不安的样子,这单纯的性子让他顿生好感。

"包好了？还疼吗？"

男孩心不在焉地摇了摇头，显然还在纠结钱的事。

丁小伟咧嘴笑道："你傻呀，我家老板娘有钱着呢，白给你都不要。"

"该我的就是我的，不该我的花着心里还难受，何苦呢？我又不缺钱。"

丁小伟摸了摸他的脑袋："你还小，以后有的是用钱的时候。来，能起来吗？我送你回家。"

男孩撑着床沿站了起来，一瘸一拐地被丁小伟扶上了车。

把人送到家后，丁小伟要了他的电话："在你的脚伤好之前，我会负责照顾你。"就算他没收老板娘的钱，出于良心也不能撒手不管，"等你的车子修好了我给你送过来。"

"嗯，好。"

丁小伟摆了摆手："那我走了啊。"

男孩小声说："谢谢你啊。"

丁小伟笑了一下："早点儿休息吧。"


丁小伟一身疲惫地回到家时，已经快十二点了。虽然事先给周谨行打了电话，但当时忙，只说"出了点儿事"，没仔细解释，他回到家，就见周谨行一脸的担忧表情。

丁小伟一边换衣服，一边告诉他今天发生的事，但没说那个被撞的人就是当时在公园里的那个小保安，一是没必要，二是当时的情况挺尴尬的，没什么好回忆的。

周谨行放下心来。

丁小伟累得洗完澡就倒在了床上。

周谨行凑过去给他捏着肩膀。

"丁哥。"

"嗯？"

"我想了想，我还是出去工作吧。"

丁小伟睁开眼睛："怎么了？你还介意我那天说的话啊？"

"不是，我知道你辛苦，我想帮忙。"

丁小伟有些感动地看着他："那个……你要是不愿意就别去，我说这话是真心的。大富大贵的我不敢说，但普通日子咱们还是能过的。"

周谨行温和地笑了笑："我知道，但是我想帮帮你。"

丁小伟心里很高兴："那好啊。"

"我想明天去人才市场看看，你有西装吗？"

"西装？还真没有，你去人才市场，你会干什么呀？"

"我也不知道，但我看电视上讲什么财经的内容，我听得懂一些，也许我以前学过。我先去看看有什么适合我的工作吧。"

"我看你适合去模特公司、网红公司之类的地方，你这皮囊真是老天爷赏饭吃。明天下班我带你去买西装，买一套好点儿的，把场面撑起来。"

"谢谢丁哥。"

丁小伟豪气地说道："一家人说什么谢？"

## 第五章
周谨行不见了

丁小伟一大早爬起来，去取了维修的电动车，送去给它的主人。

他到那个男孩家时，男孩还睡懒觉呢，一接电话稀里糊涂的，哼唧半天才爬起来给丁小伟开门。

这个小区很有年头了，但他的屋子翻新过，收拾得很是整洁温馨，完全不像一个年轻男孩的住处。

丁小伟随口说道："你租的房子啊，不错啊。"

男孩揉着眼睛说："不是，是我舅老爷的……你怎么这么早过来呀？我都请了假了，也不让我睡个懒觉。"

"我带你换完药还要上班呢，就早上有空。"

孩子一瘸一拐地进了浴室，洗漱起来。

丁小伟喊道："吃饭了没有？"

"当然没有啊。"

"我给你弄点儿东西吃吧。"

里边的人洗脸的动作顿了顿，从浴室里伸出一颗头发乱翘的脑袋，男孩眨巴着眼睛看着他："好呀。"

丁小伟忍不住笑了一下，去冰箱里翻东西："哎，你几岁了？"

"二十。"

"说实话。"

"就二十。"

"瞎说，上次你不是这么说的，说实话。"

里面的水声渐弱，不一会儿孩子嘟囔了一声："马上十八岁了。"

"公园招童工啊？"

"你可别跟别人说啊，我是靠我舅老爷的关系才进去的。"

丁小伟失笑道："我跟谁说啊？我认识你舅老爷是谁？不是，你这个年纪不好好上学，跑这儿来干吗？"

"没考上好大学,我不愿意复读,我妈就让我先出来打工,我一边赚钱一边学,明年再考。"

丁小伟动作麻利地煮上粥,又煎了两个荷包蛋,洒上点儿酱油,一顿早饭就这么对付出来了。

周谨行没来以前,他早上经常这么做,可吃惯了周谨行变着花样的中式、西式早餐,再看自己弄出来的东西,心里都觉得对不起他水灵灵的小闺女。

男孩洗漱完,气色看起来不错:"你做得好快呀。"

"嗯,习惯了,你坐着吧,站着不疼啊?"

"哪儿那么娇气?"他一蹦一跳地坐下了,看了看有点儿煳的荷包蛋,露出一个腼腆的笑容,"谢谢你呀,其实你人也不坏。"

丁小伟一屁股坐在他对面:"我本来就是好人,你对我有偏见。"

"什么偏见?你当街斗殴,还把我扔到了草丛里。"说完,他孩子气地"哼"了一声。

"什么当街斗殴?我和我朋友喝多了闹着玩儿呢,都是你吓唬我们。"想起那晚的事,丁小伟也觉得好笑。

男孩白了丁小伟一眼:"其实我那时候没想真罚你们,我一个小保安能罚你们什么?"

丁小伟长长地"哦"了一声:"我那不是心虚嘛,而且还喝酒了。咱俩这么有缘分,恩怨就一笔勾销了吧。"

男孩忍不住笑了一下:"行吧,我怎么称呼你?"

"我叫丁小伟,你叫我……叫我丁叔吧。"

"丁叔?你没这么老吧。"

"我比你大了一旬不止呢,叫叔吧。你呢,叫什么名字?"

"我叫詹及雨,詹天佑那个'詹',及时雨的'及雨'。"

"哎,这名字有意思,谁给你取的?"丁小伟逗他,"是不是你家那时候吃不上肉,正好你生下来了?"

詹及雨笑骂道:"去你的,是我爷爷沉迷《水浒传》才给我取的这个名字。"

丁小伟哈哈笑了起来。

等詹及雨吃完饭,丁小伟带他去了附近的诊所。拆纱布的时候血都粘在了肉上,詹及雨疼得直敲床板,丁小伟看着也怪难受的。

忙完后,一上午也过去了,丁小伟把人送回家后,詹及雨留他吃午饭。

丁小伟看了看表,这个时间回家有点儿晚,去公司又太早,在这儿吃点儿东西正合适。

他还没开口呢,手机响了,是周谨行打来的电话。

"回来吃饭吧,你老板不是放了你半天假吗?"

"是啊,你做饭了?"

"做了,回来吧。"

丁小伟感动得快哭了,觉得周谨行都贤惠得上天了:"行,我半个小时就到家。"

挂了电话,丁小伟扭头就见詹及雨一脸失望的表情:"那你不跟我吃饭了?"

丁小伟刚要张嘴,又有些不忍心。

他想着自己刚来这座城市的时候,朋友、亲人都不在身边,平时连个说说话、吃吃饭的人都没有,詹及雨比那时候的他要小多了:"要不,你去我家吃吧,你脚这样也不方便做饭。"

詹及雨眼睛一亮:"真的?"

"嗯,真的,我那兄弟做饭可好吃了。"

詹及雨笑了起来:"好呀。"

丁小伟在路上给周谨行打了个电话,说带个朋友回去吃饭,让他多做点儿饭菜。

待他把詹及雨领到楼下,詹及雨反而有些扭捏了。

"怎么了？"

詹及雨冲楼上抬了抬下巴："他会不会觉得挺尴尬的？"

丁小伟愣了一下，自己是彻底把他们三个人的"初遇"情景忘到脑后去了。他顿时有点儿后悔。周谨行在外人面前可正经了，要是看到自己带回来一个曾经目睹两个人酒后失态样子的人，不知道会不会生气，而且自己事前都没跟周谨行说。

可人都领来了，也不能再送回去，丁小伟只好硬着头皮进了门。

果然，两个人一打照面，周谨行的眉头就皱起来了，詹及雨也挺不自在的。

丁小伟干笑两声，把周谨行拉到一边去："你说巧不巧，我老板娘撞的人就是上次那个小保安，老板娘命令我照顾好他。"

周谨行的语气明显不悦："你怎么不跟我说？"

"我觉得也不是什么大不了的事，他现在脚还没好，干什么事都不方便，有点儿可怜。其实这孩子特别单纯，那天的事我也跟他解释过了。"

周谨行扭头看了詹及雨一眼，发现他正眼巴巴地看着他们呢，两个人对视的瞬间，他就把脸转到一旁假装看天花板了。

周谨行也不再说什么，招呼詹及雨吃饭。

丁小伟这才松了一口气。

詹及雨小朋友起初有些拘谨，但丁小伟自来熟，很会活跃气氛，哪怕詹及雨时不时地偷瞄周谨行，而周谨行视若无睹地淡定吃饭，总之周谨行和詹及雨都不说话，有丁小伟的嘴边吃饭边唠叨，一顿饭吃得也并不沉闷。

吃完饭，丁小伟看了看表，发现没时间睡午觉了，起身收拾碗筷："我把碗刷了，然后就去上班了啊。"

周谨行也站了起来："你直接去吧，我来就好。"

"刷个碗的时间还是有的。"

周谨行从他手里接过碗,笑道:"去上班吧。"

丁小伟搓了搓手:"晚上回来咱们就去买西装。"

丁小伟搀着詹及雨下楼的时候,詹及雨好奇地问道:"你们是什么关系啊?他看着好像外国人,好好看啊,我从来没见过这么好看的人。"

丁小伟"嘿嘿"一笑:"朋友嘛,他现在因为出了一些事情住我家。"要是说他在海边捡回来个人,詹及雨也不会相信吧。

"好奇怪啊。"詹及雨喃喃道,"你们看着完全不像是一个世界的人,但是竟然相处得这么好。"

丁小伟怔了一下,詹及雨年纪小,有什么就会说什么,而说的往往也是事实。是啊,他和周谨行,从外表到气质再到谈吐,哪里像是一个世界的人?周谨行的光芒更是和周遭的一切事物都格格不入。

可是他们就是相遇了,丁小伟在感到欣慰的同时也觉得心慌。

不合理的东西早晚会被纠正,他知道周谨行早晚有一天会离开这里,回到属于自己的世界。他只希望那一天来得晚一些。

回到公司,丁小伟找了个借口,没到下班时间就溜了。

他打电话跟周谨行约在商场见,自己先过去了。平时他们出来都会带着玲玲,这次就两个人,偷偷摸摸的。

这时,周谨行远远地走过来了。街上熙熙攘攘,到处都是人,可所有人都能在人群中一眼找到最瞩目的那一个——周谨行高大俊美,沉稳优雅的气质浑然天成,有他在的画面就不再是平平无奇的生活剪影,而是艺术品。

哪怕这张脸丁小伟看了几个月了,可时不时还是会被惊艳。

周谨行也看到了他,微微一笑,抬手冲他招呼了一下。

丁小伟笑道:"速度挺快呀,冷不冷?"

周谨行回道:"怕你等久了,不冷。"他看了看手机上的时间,"咱们抓紧,买完东西还要去接玲玲。"

"还有两个小时呢,不急,难得咱俩单独出来一趟,好好逛逛。"

周谨行也笑道:"好,不带孩子自己出来玩儿,果然很放松。"

两个人相视一笑。

进了商场,他们直奔男装区。

周谨行试衣服的时候,丁小伟就在外边翻看价签,看得胃疼。

他不禁感叹:现在吃喝拉撒衣食住行,没有一样不贵啊,不就那么几米布料吗?敢卖好几千块钱?!

他虽然早就做好了心理准备,可心还是在滴血。

周谨行左右是穿什么衣服都好看,最后还是体谅丁小伟,挑了套便宜的。

丁小伟冲着周谨行干笑:"好看,这套太帅了。"他扭头就问售货员:"小姐,有折扣吗?"

售货员小姐微笑着摇头。

丁小伟一咬牙说:"刷卡吧。"他想着老板娘刚给了他三千块钱的意外之财,用这钱就没那么心疼了。

和周谨行一起去接玲玲的路上,丁小伟有些心不在焉。想到自己把本该用在詹及雨身上的钱给周谨行买了衣服,就有些心虚和惭愧。

虽然数额不大,但丁小伟想到詹及雨那么单纯正义,对比之下,自己难免自惭形秽。这钱花是花了,也不会有人知道,可丁小伟的良心有些过意不去。

几天后,周谨行准备妥当,换上一身笔挺的西装,跟丁小伟一起出了门。

两个人在楼下分手前,丁小伟上下打量周谨行,"啧啧"称赞:"你小子太帅了,怎么长的?你现在这模样、这派头,绝对不愁找不着工作。"

周谨行低头看了看自己的衣服，淡淡地笑了笑。

"哎，要是有女老板看上你怎么办？"丁小伟调侃道。

周谨行挑了挑眉："说得好像我要出去卖身。"

丁小伟从鼻子里"哼"了一声："真忌妒，我要有这条件，我也想卖身。"

周谨行双手环胸，不无讽刺地说："你天天带着我做的饭菜去照顾那小孩，不知道的人还以为老板娘把你买了然后转手卖给他了。人不是你撞的，你也不欠他什么，有必要做到这个程度吗？"

一说到这事丁小伟就心虚，自从那三千块钱被他用了后，他总觉得对詹及雨有负罪感。詹及雨的脚还没好，他多照应一下，才能稍微抵消一点儿内心的不安感。

丁小伟讪笑道："你看你说的什么话？他受伤了我不是有责任嘛。我跟你开开玩笑，你扯这些干什么？行了，我快迟到了，走了啊。"

周谨行眯着眼睛，看着丁小伟扭头跑了。

等丁小伟彻底消失在他的视线中，他才走进最近的一个小卖铺，用固定电话拨了个电话号码："现在可以来接我了，找一台普通的车，你太不小心了，上次被他看到了……"

晚上回到家，丁小伟发现周谨行还没回来。玲玲满屋子找她的周叔叔，发现人不在后，失望地坐在沙发上。

丁小伟掏出手机给周谨行打了个电话，电话响了两声就被挂掉了。

丁小伟心里有些奇怪，再拨了一次，同样很快就被挂断。他想周谨行可能在忙，难道已经找到工作了？不会这么快吧？

他给周谨行发了条信息，问周谨行什么时候回来，然后就去厨房做饭了。

不一会儿，他就收到了回信，只有简单的两个字："很快。"

丁小伟这才放下心来，开始准备食材。难得他回家比周谨行早，他决定好好露一手，让周谨行也一进屋就能吃上热乎饭菜。他知道这种家庭氛围有多么美好，自然也想让重要的人体会到。

没想到他饭菜都做好了，又等了一个小时，周谨行都没回来。玲玲已经饿了，丁小伟只好陪着她先吃。

这还是周谨行来到他家以后，第一次这么晚了还没回来。

丁小伟一个人看电视的时候，心里空落落的。原来周谨行已经在不知不觉间变成了这个家的一分子，没有周谨行，家里像是少了很大的一块儿东西。

等到晚上十点，丁小伟都有些着急了，周谨行才回来。

听到有人用钥匙拧开门锁的时候，丁小伟就急不可待地从里面打开门，皱着眉看过去。

周谨行的脸上有掩不住的倦色，他淡淡地看了丁小伟一眼。

丁小伟把他拽进屋里："你可急死我了，现在才回来。"

周谨行坐到沙发上，低声说道："不好意思。"

丁小伟看他这么累，挺心疼的，便给他揉着肩膀："怎么了，不太顺利是吧？工作哪儿是那么好找的？你别急，慢慢儿来，实在不行咱就不找呗。"

周谨行那对狭长的眼睛微眯成一条缝，他看着丁小伟笑了笑："哪有第一天就放弃的？我再试试，这几天我都要出去。"

"都要出去啊？"丁小伟有些失望。

"嗯。"

"你不要这么着急，慢慢儿来嘛。"

周谨行摇了摇头，似乎是在自言自语道："时间有限。"

"什么有限？"

"没什么。"

"你吃饭了吗？"

"吃过了。"

"那早点儿睡吧。"丁小伟有些失望,不过他做的饭菜味道也很一般,吃不到就吃不到吧,他把周谨行的外套脱了,"你去洗澡,我帮你拿睡衣。"

周谨行一副欲言又止的样子:"丁哥……"

"怎么了?"丁小伟直觉周谨行有心事,而且是不太好的事,这个想法让他的心头也有些堵。

"没事。"

两个人虽然住在同一个屋檐下,最近竟然有了聚少离多的趋势。

丁小伟既要上班又要照顾詹及雨,而一直闲在家里的周谨行也忙了起来,每天都出去找工作,往往到很晚才回来。

丁小伟虽然没见过谁找工作找得这么勤的,但周谨行这么有劲头,他也不好泼冷水,只是每次问到工作的事,周谨行都回答得很含糊。

这样的日子过了半个来月,这一天,周谨行突然笑着跟他说,找不着工作,不想再出去了。

丁小伟挺诧异的。

这段时间周谨行的状态和心情都不甚好,丁小伟以为他是找工作受气了,可今天他整个人的状态都很松弛,好像遇到了什么好事,丁小伟还以为他终于找到工作了。

丁小伟看着周谨行的脸,不解地问道:"那你高兴什么?"

周谨行笑道:"我想我还是不适合出去工作,就在家里照顾你和玲玲吧,好吗?"

丁小伟一时说不上是喜是忧,毕竟自己说过豪言壮语,不好反悔,而且周谨行天天往外跑,他和玲玲的生活质量也直线下降。周谨行待在家里也好,无非就是自己累点儿。丁小伟拍了拍周谨行的肩膀,宽慰道:"没问题,我早说了你别费那事,在家里待着就行了。"

"不算白费,我收获很大。"周谨行露出一个高深莫测的笑容。

丁小伟刚想和他聊聊收获了什么,手机突然响了:"喂,小詹啊。"

詹及雨的大嗓门在听筒里响起:"丁叔,丁叔,我家水管子破了,我快被淹了,你快来呀,救救我。"

丁小伟无奈地说道:"你还能不能有点儿出息?别一惊一乍的。行了,你别乱动,我现在马上过去。"他挂了电话,拿上钥匙就要出门。

周谨行皱眉看着他:"连这么点儿小事他都要找你吗?"

丁小伟摊了摊手:"小孩嘛。"

"你现在一天在他那儿的时间,快比在家的还多了。"

丁小伟干笑道:"你也太夸张了,他的脚快好了,他马上就能上班了,到时候我就不用管他了。"

周谨行起身进了屋,不咸不淡地撂下一句话:"随便你。"

丁小伟愣愣地看着他的背影,随即低笑两声。他看了看表,想着自己要速去速回,把那小子的事解决了。

丁小伟其实也不会修水管,只是"有什么事找你丁叔"这种大话已经说出去了,詹及雨只要有求于他,他硬着头皮也得去。

他一进屋,就见小孩拿着个扳手在那里费劲地拧水管子,身上湿透了。

丁小伟"哎呀"叫道:"你是不是属猪的啊?修水管你不把水闸先关了。"

詹及雨一见他就像见了救星,哭丧着脸说:"我找不着水闸。"

丁小伟直翻白眼。他找了半天,终于在厕所里找到了水闸,把水闸关掉后,才撸起袖子研究水管,詹及雨就在一边看着。

"你还不赶紧去换身衣服,该感冒了。"丁小伟见他身上都湿了,催促道。

詹及雨听话地进去换衣服，过了一会儿，手里拿着花生米、牛肉干、鸭脖子和冰啤酒出来了，笑嘻嘻地蹲在丁小伟旁边："丁叔，等你修完了咱们喝酒啊。"

丁小伟笑骂道："跟你喝酒？我不得落个教唆未成年人的罪？"

詹及雨不乐意地说道："你别把我当小孩，我最烦你这样倚老卖老了。"

"你还烦我？我还没烦你呢。"

詹及雨"哼"了一声，一屁股坐在他旁边，解开零食的口袋，拿了块儿鸭脖子往丁小伟的嘴里塞："丁叔你尝尝，我家楼下买的，可好吃了。"

丁小伟张嘴将鸭脖吃了下去："哟，挺辣的，够味，好吃，好吃。"

"好吃吧，这个比我老家的做得差远了，不过也算不错了，以后你去我老家玩儿，我保证把你养胖十斤再放回来。"

丁小伟笑道："行，一定去。"

詹及雨又高兴地打开牛肉干的袋子，照样喂了丁小伟一口，看他吃得挺香的样子，笑得眼睛都眯起来了。

"小詹啊，我看你这一天天的，什么好吃的、好玩儿的东西都买，你那点儿工资够你花呀？"

詹及雨满不在乎地说道："还成吧，这房子又不用花钱，出去就骑车，除了吃和上网，我也没其他的花销。"

丁小伟不赞同道："你果然是小孩，就不想想以后，不给自己存点儿钱？"

"存了呀，只是不多，我爸妈都不用我养，还给我准备好学费了，"说到这里，詹及雨有些失落，"如果我明年能考上大学的话。"

丁小伟安慰他道："你以前成绩不错，无非就是没考上理想的学校，努努力，明年绝对能行。"

"你怎么知道？"

"我看人准啊。"丁小伟笑道,"相信你丁叔。"

詹及雨"嘿嘿"笑了起来:"我争取考这里的学校,以后还能见到你。"

"行,我等着你变成大学生。"

丁小伟一通捣鼓,居然把水管修好了。两个人边吃边喝边聊天,不大的房间里充斥着欢快的笑声和啤酒瓶撞击的声音。

到了晚上,詹及雨想留丁小伟吃饭。

丁小伟本来要回家,但是喝了两瓶酒,有点儿晕乎乎的。见此,詹及雨更是不让他走了。他没办法,只好给周谨行打了个电话,说自己晚上不回去吃饭了。

周谨行在那边沉默了。

丁小伟有点儿心虚,小声说道:"你不高兴了?你不会已经做好饭了吧?我帮他修好了水管,他非要感谢我,盛情难却嘛。再说他明天就上班了,以后我保证不天天往他这儿跑了。"

周谨行轻叹了一口气:"算了,你早点儿回来吧。"

丁小伟连连答应。

詹及雨亲自下厨,做了几样家乡菜,一水的辣椒,吃得丁小伟大呼过瘾。

两个人吃饭的时候,一旁的电视正在放娱乐新闻,说的是某周姓大富豪突然住院了。

詹及雨就顺嘴聊起了八卦新闻:"丁叔你知道他吧?这老头几百亿的身家,不知道跟多少个女明星传过绯闻,有好多孩子和孙子,还有私生子什么的。"

丁小伟随便瞟了一眼电视,对此不太感兴趣:"你们这些小孩,不好好学习,天天看这些。你知道吗?我女儿才五岁,什么练习本书皮儿都要买那种带男明星照片的,一个个长得跟小白脸似的,有什么好看的？"

詹及雨"扑哧"一声笑了："吃你女儿的醋啊。我跟你说啊，这老头要是不行了，他们家的遗产争夺战一定会非常精彩。你看电视上这个，是他的其中一个孙子，很帅吧，他们家的人都长得好看。这个是他最宠的孙子，听说是他的接班人。"

丁小伟随意地瞄了一眼，总觉得电视上那个眉宇间凝着一团阴云的年轻男子，和周谨行长得有点儿像，不过他也没往心里去，还老有人说他长得像哪个哪个明星呢。他拿筷子敲了敲盘子："吃你的饭吧，研究这些没用的东西干什么？"

"你怎么一点儿娱乐精神都没有？"

"除非他家分钱给我，不然我才懒得关注呢。"

晚上丁小伟回到家，已经十一点了，他跟詹及雨扯皮扯得忘了时间，一进屋灯都灭了。

他轻手轻脚地关上门，边脱衣服边往房间走去。

他刚进房间，灯"啪"的一声被打开了，丁小伟一下子不太适应光线，眯起了眼睛。

周谨行明显是在等他，口气不太好："回来了？"

"那小孩的嘴跟机关枪似的，聊起来没完没了。"

周谨行用一种审视的目光看着他。

丁小伟被他看得难受，凑到他身边："你生气了呀？玲玲晚上有没有挑食？"

周谨行的情绪令人猜不透，丁小伟莫名其妙地紧张不已。周谨行平日里温和优雅，可是一旦调动起情绪，气场非常让人有压迫感，让人大气都不敢出。

丁小伟还试图开玩笑来缓和气氛："咱们谈谈行不行？"

周谨行的脸色缓和了一些："玲玲今天吃得不好，因为你没回家陪她吃饭。"

丁小伟双手合十："再也不会了。"

为了补偿玲玲，丁小伟打算趁着周末天气好，三个人一起出去玩儿。

玲玲起床后，听说要出去玩儿，单选衣服都选了半个小时，把自己打扮得粉嘟嘟的，特别可爱。

就在他们要出门时，丁小伟的手机响了，又是詹及雨打来的电话。他刚要接电话，周谨行抓住他的手腕，睨了手机屏幕一眼，又看着他。

丁小伟讨好地笑了笑："好，不理他。"说完把电话挂掉了，将手机揣进了兜里。

可手机马上又响了起来。

丁小伟为难地说道："说不定真有事，我还是听一听吧。"

周谨行的脸色立刻沉了下去。

丁小伟硬着头皮按下了通话键："喂，小詹啊。"

詹及雨气急败坏的声音从电话那头传来："丁叔！我遇上点儿麻烦了，你能帮帮我吗？"

"怎么了？怎么了？你慢慢儿说。"

"我把别人的车剐了，对方非让我赔钱，不赔不让我走，就那么小一道，要上万。你……你能不能先借我点儿钱？"

丁小伟骂道："你这孩子能不能让人省心点儿？"

詹及雨也挺委屈的："谁知道我最近这么倒霉的？脚伤才刚好，出门又蹭了别人的车，我就说我跟你犯冲。"

"说什么屁话？你可真是……剐了一小道要一万，他以为他的车是鳄鱼皮的啊，人家说什么你信什么，你在哪儿呢？我马上过去。"

詹及雨给他说了个地方。

"你等我过去。"

丁小伟挂了电话，一扭头，就见周谨行黑着脸看着他。

丁小伟苦着脸说："这回真有事，这孩子肯定被人讹诈了，我不能看着不管，是不是？"

周谨行冷冷地说道："他怎么样跟我有什么关系？"

丁小伟有点儿不喜欢他这么不近人情："那小孩怎么说还跟你吃过饭呢，人也特别好，你别这样，理解一下好不好？我下次给你补上。"

周谨行露出一个讽刺的笑容："你怎么知道还有下次？"

"保证，绝对有下次！就下个星期，好不好？"丁小伟又矮下身去哄玲玲，玲玲倒是懂事，周谨行却一反常态地别扭起来。

周谨行冷着脸摇头："可我就想今天。"

丁小伟有些急了："小周你怎么回事，怎么突然这么幼稚啊？"

周谨行脸色微变，眼里射出锐利的光芒，直勾勾地瞪着丁小伟。

丁小伟急得满头是汗："小周，老大，大哥，你别为难我了行吗？他一个小孩子在这里无依无靠的，我真的做不到袖手旁观。"

周谨行微微抬起下巴，明亮如猎鹰般的眼睛一眨不眨地看着丁小伟，仿佛要把人嵌进眼里，然后点了点头，口吻分明带着一丝伤感："好吧，你去吧。"

丁小伟如获大赦，嘱咐两个人早点儿回家，注意安全，晚上想吃什么东西他去买，然后急急忙忙地往詹及雨那儿赶去了。

当时他怎么都不会想到，周谨行会毫无征兆地消失。

丁小伟赶到地方一看，差点儿没晕过去。

眼前赫然停着一辆劳斯莱斯魅影，别说鳄鱼皮了，这比人皮都贵。

詹及雨小兄弟正跟一个矮胖的中年男人争得面红耳赤，还好大中午的人不多,围观群众站得都比较松散。

丁小伟大步走了过去。

他上去先打量那中年男人几眼,确定他不是车主,而是司机。

詹及雨一见他过来,就哭丧着脸叫道:"丁叔……"

丁小伟狠狠拍了一下他的脑袋,骂道:"你这双眼睛真是雷达啊,专挑贵的剐蹭。"

詹及雨抖了一下,问:"这车真的很贵啊?"

那中年男人嚷嚷道:"我不是跟你说了?别废话了,赶紧拿钱。"

丁小伟转过脸来,慢慢靠近,眯着眼睛看着中年男人。

男人突然紧张起来,小詹那种鸡崽子似的体形他肯定不放在眼里,可一米八几的大个子丁小伟就不一样了,挽着的袖管露出来一截手臂,都是结实紧绷的肌肉,而且表情不善,看起来就不好惹。

丁小伟越过他,围着车走了一圈,走得特别慢,看得特别仔细。

看完了他又回到两个人中间,一手指着车,一手指着那中年男人:"大哥,你是不是欺负小孩啊?这车哪里只有一处划痕?全身都是,你敢说全是他划的?"

丁小伟第一次见到开豪车却这么不爱惜的,车上不少没来得及处理的痕迹,这钱要真给了就是冤大头,肯定都进司机兜里了。

那人硬气地说道:"别人划的是别人划的,跟他没关系,他划的他总要赔偿吧。"

詹及雨委屈地说:"丁叔,我就蹭了那么一小块儿。"

丁小伟长这么大什么样的人没见过?他瞪了詹及雨一眼,又瞪向那男人,皮笑肉不笑地说:"大哥,这孩子还没成年,你发发善心吧,这么小一点儿擦痕,你们老板不会发现的,我给你拿两千块钱买包烟,这事就算了吧。"

男人不干:"两千?你打发谁呢?不行让交警来。"

丁小伟突然一把抓住他的脖领子,把他狠狠压在车上,手臂卡着他的脖子，对方的脸立刻涨成了猪肝色。

丁小伟瞪着眼睛说道："让交警来是吧？行啊你叫啊，顺便把车主也叫来，咱们好好说道说道。"

男人眼里都是惊慌之色，他扒着丁小伟的手臂叫道："放开……放开我……"

"穷疯了是吧？跟一个十来岁的孩子过不去，你要不要脸啊？有种你把你老板叫来，我倒要看看是不是他缺这点儿钱送葬。"

男人脸上红一阵白一阵的，手臂拼命掰着丁小伟的胳膊。

丁小伟松开了他，掏出手机："转账。"

男人狠狠地瞪着丁小伟，还是把手机递了过来。

丁小伟转完钱，拽着詹及雨就走，生怕夜长梦多。

詹及雨连忙推着车子跟上他，脸兴奋得红扑扑的："丁叔，你真帅，你真帅。"

丁小伟拧着他的耳朵："你个白痴，骑车不长眼睛啊？什么车贵你碰什么。"

詹及雨"哎哟"地直叫唤："我真不是故意的。"

丁小伟狠狠地拧了他一下，詹及雨"嗷"地叫了一声，他这才松开手。

詹及雨小朋友也不敢随便说话了，默默跟在丁小伟后边。

丁小伟负气地说道："本来今天我们一家人出去玩儿的，都让你搅和了。"

詹及雨噘着嘴说："对不起呀丁叔。"

丁小伟叹了一口气，掏出手机给周谨行打电话，结果那边关机了。

周谨行果然生气了……丁小伟觉得头疼。

好好的一个周末碰到这么糟心的事，丁小伟想想就丧气。

詹及雨小声问道："他没接电话啊？"

"嗯，关机了。"

"要不你去我那儿吧。"

丁小伟愤愤地说道："还去你那儿，他要知道得更生气。"

詹及雨愣了一下，问："怎么，他不让你去我家？"

丁小伟这才意识到自己失言，支吾了一下，说："不是，我的意思是我应该早点儿回家，要是还往外跑，他该更生气了。"

詹及雨脸上有几分落寞之色："哦，那你回去吧。"

丁小伟看着他沮丧的样子，也不忍心再责怪他，就揉了揉他的脑袋，安慰道："以后干什么事都小心点儿，别这么毛毛躁躁的。"

詹及雨点点头，突然想起什么来："丁叔，那钱我一定还你。"

丁小伟快速算了笔账，发现老板娘给他的三千块钱根本不够，他还倒赔钱、时间和精力，但他也不可能跟一个小男孩计较："算了吧，没多少钱。"

詹及雨倔强地说道："不行，我一定会还你的。"

两个人推让了半天，詹及雨不依不饶，丁小伟没办法，也就随他去了。

丁小伟急急忙忙地回到家，周谨行却不在家，只把玲玲送回来了。

丁小伟问玲玲周谨行去哪儿了，玲玲也不知道。

也不知道周谨行会不会在晚饭前回来，丁小伟想，今天还是自己做饭吧。

丁小伟去了趟超市，一口气买了两大袋子东西，往回提的时候，他想怎么这么沉？他不禁怀念起他和周谨行一起逛超市的场景，一人一袋东西，还能牵着玲玲，一点儿都不觉得累。

回到家，他开始捣鼓饭菜。他这次可是相当认真，照着教程一气儿忙活了三个小时，一顿饭做得像模像样的。

接下来就是等,他中间又给周谨行打了两个电话,可对方还是关机。

玲玲饿了,他们只能先吃。吃完饭丁小伟又等到了九点多,周谨行依然不接电话、不回家,丁小伟开始心慌了。除了一个手机,他居然没有任何办法联系到周谨行,他不禁想,如果有一天周谨行消失了,他连能去找人的地方都没有。

等待的时间异常漫长,快到十二点时,丁小伟又气又急,就算闹脾气,周谨行也不至于离家出走吧?!

他已经给周谨行发了好几条短信,周谨行也该消气了吧?

丁小伟在焦急中生出更多恼怒情绪,不明白周谨行这回怎么会这么幼稚,本来就没多大点儿事,这人至于吗?

一个二十多岁的大男人,还需要他哄着?丁小伟越想越生气,干脆洗漱一番准备睡觉。

周谨行怎么也会回来睡觉吧?他身上又没多少钱,不可能露宿街头。

忙了一天丁小伟也累了,迷迷糊糊地就睡了过去。

也不知道睡了多久,半夜突然惊醒,他习惯性地往身旁摸去,空的,凉的。

丁小伟猛地从床上坐了起来,看了看表,四点多了。

他整颗心都揪在一起,再也坐不住了,抓了外套和钥匙,闷头冲出了家门。

出门之后,丁小伟茫然地看着空荡荡的街道。马路上偶尔有一两辆车呼啸而过,一盏盏路灯打下孤寂的阴影。

他不知道该去哪里找周谨行。他才意识到,这么大的世界,其实他和周谨行并没有任何真实的连接。

丁小伟心里难受得不行,一方面不相信周谨行就因为一点儿小事跟他置气到这个地步,另一方面又忍不住害怕,害怕周谨行真的就这么走了。

他一直都在害怕、担忧,怕万一有一天周谨行恢复记忆了,就把他和玲玲忘了。

周谨行以前的生活是怎么样的呢?他一定有自己的世界,有父母亲友,说不定还有爱人。

也许他一辈子都会失忆下去,可一旦想起什么,就会回到自己的世界去,到时候他们还能有交集吗?

丁小伟越想越难过。

这么长时间朝夕相处,他已经把周谨行当作家人一样,现在周谨行不见了,他就像失去了一个重要的家人。

他点了一根烟,沿着熟悉的街道一直往前走。他把家附近所有熟悉的地方都走了一遍,一直走到天亮,依然没有看到任何熟悉的身影。

丁小伟红着眼圈回了家。

他希望一开门就能看到周谨行站在厨房里的幻想也落空了。他疲倦地坐在沙发上,一遍遍地拨打周谨行的手机。

直到玲玲起床,他才想起来自己忘了给她做早餐。

他煮面条的时候,玲玲围着他追问周叔叔在哪儿,他只好骗女儿说周叔叔有事出去了。

小丫头失望地扁着嘴,把前天买的拼图"哗啦"一声倒在地上,埋着头玩儿了起来。

丁小伟哄着她吃完饭,就坐在地上陪她玩儿拼图。小丫头还是闷闷不乐的样子,问了好几次周叔叔什么时候回来。

丁小伟摸着她的脑袋,只能说很快,很快。

一整天丁小伟干什么都提不起劲儿来,神经质地反复看手机,生怕漏了一个电话、一条短信。

眼看着天色一点点暗下来,丁小伟的心也跟着凉了。难道周谨行出事了？他不相信周谨行因为一次不愉快的经历就这么走了。

他能去哪里？他又没多少钱，而且他不是不分轻重的人。

丁小伟手都抖了起来，打了电话去交警队，询问昨天到现在有没有什么车祸受害者的情况是跟周谨行符合的。

得到的答案让丁小伟放下心来，可很快又陷入更加烦恼的境地。

周谨行要是再不回来，他就打算报警。

他在客厅里坐了一天，到了晚上手脚冰凉。他像无头苍蝇一样满屋子乱转，急得不得了，却一点儿办法都没有。他觉得周谨行再不回来，他要急疯了。

玲玲围在他身边一遍遍地追问，这让丁小伟不胜其烦，他忍不住吼了她一声。小姑娘立刻就哭了，眼泪大颗大颗地从脸上滑下来，虽然发不出完整的声音，但喉咙里古怪的呜咽声直击丁小伟的心脏。

他连忙抱着女儿哄了起来，并跟她保证她的周叔叔很快就会回来。

小姑娘现在依赖周谨行的程度比依赖他都深。她往往回家第一件事就是找周叔叔，有什么好吃的、好玩儿的东西都会想到周叔叔。

如果周谨行就这么不见了，他不知道玲玲该怎么办。

她妈妈走的时候她还不怎么记事，也没有表现得太伤心，但周谨行她会记很久。周谨行就这么走了，他怎么跟女儿交代？他不能让女儿在短短几年的人生旅程中，接连经历两次被"抛弃"的命运。

如果时间能倒流，他那天绝对不走，哪怕良心上对詹及雨再过不去，也不会惹周谨行生气。

## 第六章 他的真实身份

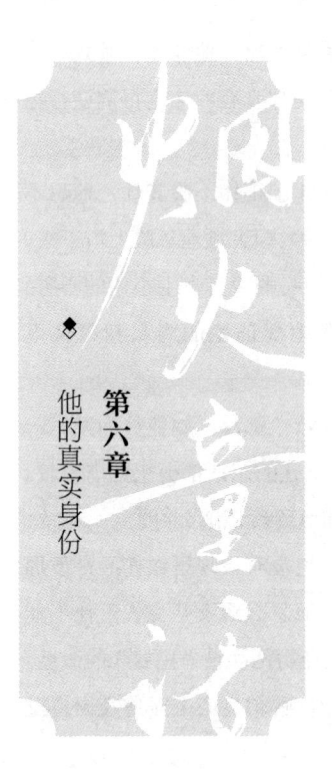

四天过去了，周谨行一点儿消息都没有。

丁小伟已经去过警察局，结果除了一个名字以外，籍贯、年龄、工作单位什么的一问三不知，甚至连张照片都提供不出来，警察同志除了给他备案，就无话可说。

丁小伟上班的时候，开车向来稳当从未出过事的他，在载着老板的时候追尾了。

老板很生气，还好车上了保险，看出丁小伟状态不好，也不敢再坐他的车，给他放了三天假。

丁小伟下午回到家，玲玲还没放学。他心里的无助和难过情绪，没有办法向人倾诉，也没有人可以帮他。

他实在太担心周谨行，却不知道从哪儿能得到哪怕一点儿消息。那个人就这么消失了，除了留在家里的东西，似乎没有什么能证明他来过。

他记得他老婆走的时候，他看着空下来的家和眨巴着眼睛一脸懵懂表情的小女儿，也像现在这般无助又彷徨。他以为他已经能够适应一个人了，可周谨行的贸然出现和突然离去，又给了他一次沉重的打击。

这半年的时光就像一场梦。

如果那天他没走，周谨行会不会现在还在家里，他一进门就能闻到扑鼻的饭香，能看到那永远挺得笔直的背影？

难道他丁小伟就这么失败吗？

他到底哪儿不好？哪儿做得不对？

玲玲呢？玲玲怎么办？她天天问她的周叔叔什么时候回来，昨天还又哭又闹，他怎么跟玲玲解释呢？难道他要跟她说周叔叔不要他们了？

丁小伟正难受着，手机响了，他都懒得看一眼。他经历了无数次期待是周谨行打来的电话最后却落空的失望，但手机响了又响，是他妈打来的电话。

这两天詹及雨也一直给他打电话和发信息，他都没回。虽然他知道这事不能怪詹及雨，可心里还是觉得如果不是因为詹及雨，周谨行不会走。

他擤了擤鼻涕，接了电话。

"小伟啊，上班呢？"

"妈，不忙，你说。"

"哦，我想去看看你和玲玲，明天不是星期六吗？我今晚去，明天早上能到。"

"妈，你别来了，坐火车要七个小时，太累了，我怕你受不了，马上国庆节了，到时候我带玲玲回家吧。"

"国庆节你们也得回来。这次吧，赶巧，老赵家的小子要去你那儿办事，他们几个小伙子轮流开车去，正好可以把我捎上，回来的时候再坐他们的车回，这不是省了车票吗？我大半年没见你们了，倒是不想你，就想我孙女儿呢。"

丁小伟还是不希望他妈这时候过来。他现在情绪太差，害怕老太太看出什么来："妈，坐汽车更累，你还是算了吧，国庆节我们就回去了，也就一个来月的事。"

老太太挺倔的："不行，我就想现在过去看看，难得有这个机会，为什么不去？再说你妈身体好着呢，这点儿路程不碍事，你就等着明天早上接我吧。我把小赵的电话给你，你给他说说你的地址。"

丁小伟挂了电话，仰躺在沙发上，觉得身心俱疲。

他看了看表，是时间去接玲玲了。他晃晃悠悠地走进浴室，用手掌接了水泼了几下脸。

他没有办法尽情地难过，不管是谁走了，日子都得照过不误。

第二天一大早,丁小伟去把老太太接了回来。

老太太一进屋就直奔玲玲的房间,欢天喜地的样子。玲玲看到奶奶也高兴了,缠着她要吃红烧肉。

老太太年纪大了,手语学得不是很好,玲玲比画出来的意思,她也得猜,但是一大一小两个人还是聊得不亦乐乎。

这是周谨行走了这么多天之后,玲玲第一次笑,丁小伟看在眼里,心酸不已。

老太太勤快了一辈子,到哪儿都闲不住,给他们做完饭,又开始给丁小伟收拾屋子,一边收拾一边念叨:"你呀,什么时候再找个媳妇儿?你看给我孙女儿照顾得都瘦了……"

"听说咱们老家也要开聋哑学校了,要是有了聋哑学校,你就回来吧。咱们那儿好对象多的是,都是会过日子的人。你说你在这大城市里,什么时候能混出头?玲玲跟着你过得也马马虎虎的,我一想心里就难受。"

老太太见他不说话,以为唠叨得他烦了,叹了一口气也不说话了。

打扫到浴室的时候,她"咦"了一声:"小伟啊,你这浴室里毛巾、牙刷什么的,怎么都是双份的?"

丁小伟回过神来,"啊"了一声。

老太太眉目间带着喜色:"你可别瞒着你妈啊,是不是有对象了?"

丁小伟尴尬地把牙刷从她手里拿过来:"妈,不是,是我有一个朋友过来住了几天,男的。"

老太太狐疑地看了他一眼,嘟囔了一句:"不说实话。"随即冲着外边喊道:"玲玲,过来。"

丁小伟有些紧张地看着玲玲跑了进来。

老太太就问玲玲,有没有阿姨来过。

玲玲摇着头,就开始说她周叔叔。

老太太奇怪地问道:"周叔叔?真是叔叔?"

丁小伟哭笑不得:"妈,真是叔叔。"

玲玲突然情绪就上来了,嘴一扁,一副要哭的样子,拉着奶奶的袖子要周叔叔。

丁小伟把她抱了过来,小声喝道:"玲玲。"

老太太瞪了他一眼,把自己的孙女儿拽过来:"孙女不怕,跟奶奶说。"

玲玲就开始说周叔叔多好,会做饭,陪她玩儿,教她写作业,说到后面就哭了,说周叔叔不回来了。

丁小伟勉强笑道:"妈,我那朋友会哄孩子,玲玲跟他感情好,没事,小孩嘛,过段时间就忘了。"

老太太奇怪地问道:"你那朋友在这儿住了挺长时间啊?"

"嗯,一个来月吧。"丁小伟轻描淡写地撒谎道。

老太太也没当回事,哄孙女儿去了。

丁小伟说了声"上厕所",就要往外走,这时候门铃响了。

丁小伟打开门,外面是詹及雨。詹及雨一脸气急败坏的样子,劈头盖脸地问:"你怎么不接电话啊?这都好几天了,我还以为你出事了,急死我了你。"

丁小伟对他自然没有好脸色,耷拉着眼皮看着他:"什么事?"

詹及雨狐疑地看了他两眼:"丁叔,你怎么了?看着不太对劲儿。"

丁小伟木然地看着他:"周谨行走了。"

詹及雨讶异地问道:"什么?走了,走去哪儿了?"

"不知道,就是不见了。"

詹及雨瞪大了眼睛:"不见了,什么意思啊?他回家了?"

丁小伟的肩膀垮了下来,他沉声说道:"那天我去找你,他生气了,然后再也没回来。"

詹及雨难以置信地看着他："可……怎么会？他因为生气就……"

丁小伟低吼道："我怎么知道他能为了这点儿破事就走了？我上哪儿都找不着人，一点儿消息都没有，他什么东西都没带。你说他能去哪儿？他身上没什么钱，连证件都没有，你说他能上哪儿去？"说到最后，丁小伟已经受不住地蹲了下来。

詹及雨也跟着蹲了下来，不知所措地看着他："丁叔，这么说是因为我……我……我对不起你，我帮你找他去。我……我真……真对不起你。"

丁小伟吸着鼻子："也不能赖你，算了吧，能找的地方我都找遍了，也去报警了，没用。他要是不想回来，我能上哪儿找他去？"

"你去他家呀，他是哪儿人啊？他总得有个亲戚朋友吧，不可能一辈子不联系他们吧？"

丁小伟摇了摇头："不知道，我什么都不知道。"

"你怎么能什么都不知道呢？你们住在一起这么长时间了，应该很熟悉啊。"

丁小伟茫然地看着地面。

是啊，他对周谨行的事一无所知，周谨行是他凭空捡来的，自然也可能凭空消失。

詹及雨拍着他的肩膀："丁哥，你别难过，我帮你找他好不好？咱们一定把他找出来。"

丁小伟刚要张嘴说什么，门突然从里边被打开了，老太太和玲玲都探了一个脑袋出来，疑惑地看着蹲在地上的两个人。

丁小伟"噌"地站了起来，不自在地叫了一声"妈"。

老太太看了看詹及雨："小伟，这孩子是谁呀？你们怎么不进来呀？"

丁小伟把詹及雨从地上拽起来："哦，这是我朋友的弟弟。小詹，这是我妈。"

"大娘，您好。"

老太太笑呵呵地说："你好，你好，进来呀，在外边蹲着干什么？"

玲玲也好奇地看着詹及雨。

詹及雨对玲玲笑道："你是玲玲吧，你好。"

玲玲冲他笑了笑，然后害羞地躲在奶奶身后。

丁小伟把詹及雨让进屋。老太太忙活着给他倒茶切水果，然后旁敲侧击地问他身边有什么合适丁小伟的人没有。

丁小伟无奈地说道："妈，他哪儿能知道？我俩相差了这么多岁，你难不成让我找个小姑娘啊？"

詹及雨连忙殷勤地说："您放心吧，我一定给我丁叔留意着。"

丁小伟以前真看不出来，这詹及雨嘴还挺甜，很会哄长辈，长得又白净乖巧，非常讨老太太喜欢，同时也很会哄小孩，很快就和玲玲混熟了。

晚上老太太做饭，丁小伟去帮忙，詹及雨也非要帮着削土豆。

丁小伟就问他怎么这么能聊，詹及雨狡黠地笑了笑："我家人多，什么爷爷奶奶七大姑八大姨的，还有好多弟弟妹妹，一到过年一屋子都是人，哄哄老人孩子算什么？"

丁小伟觉得今天詹及雨的出现，给自己减轻了不少压力，也不怎么怪他了。

詹及雨偷偷凑到他耳边说："丁叔，你别伤心，我会帮你找他的。"

丁小伟看着孩子亮晶晶的圆眼睛里全是认真和诚恳之色，心里很是感动，伤感地笑了笑："小詹，谢谢你。"

晚上詹及雨陪着他们打扑克牌，十点多才走。他走之前似乎已经跟老太太熟络得不行了，主动要求明天和丁小伟一起带老太太出去走走。

丁小伟其实一点儿心情都没有，但他妈难得来一趟，他怎么也要出去买点儿东西、转一转，只好答应。

詹及雨别看年纪小，却很周到细心。

他跟亲戚借了辆车，还给老太太买了个靠垫和一堆玲玲喜欢的水果、零食，四个人好像去春游一样。

丁小伟开车，詹及雨坐在副驾驶座上，老太太陪着玲玲坐在后面。丁小伟把音乐打开了，然后小声说："小詹，谢谢你啊。要不是你，老太太来了我都不知道怎么让她高兴。"

詹及雨笑道："你别跟我客气，你帮了我那么多忙，我还不知道怎么谢你呢。"

丁小伟有些不好意思。连自己的妈妈来了这种他该尽心尽力的事，都要让一个小孩帮他："等我妈走了，丁叔请你吃饭。"

"不用，在家吃吧，我来做，你做饭实在不怎么样。"

丁小伟勉强地笑了笑，连跟詹及雨扯皮的心情都没有。

詹及雨偷瞄了他一眼，轻叹道："丁叔，你别这样，看着你这样我很难受。"

丁小伟沉默地看着前方，过了半晌说："过段时间就好了。"

世上没有迈不过去的坎儿，只要时间足够长，总会迎来想起来就平淡如水的那一天吧。

他只求周谨行好好活着，他们各自安好。

一整天下来，老太太和小丫头都玩儿得特别开心。晚上回家后，老太太问丁小伟詹及雨几岁了，哪里人，有对象没有。

丁小伟无奈地说道："妈，他才十八岁，你要干吗呀？"

老太太自顾自地说着："我又没让他现在结婚，小詹这孩子好，人老实又会来事，长得还挺好看。你二姨家的小丽也是没考上大学，想来这儿打工，两个人年纪差不多，你说他们先处处看，不是挺好的？"

丁小伟头都大了，他妈这人，如果是没谱的事情，向来不乱说，既然说了，估计小丽是真的要来，而他妈也是真的要给小詹牵线。在他看来给人介绍对象是吃力不讨好的事，他也不希望他妈掺和。

老太太还说道："我都问过了，小詹没有女朋友。我今天问他想不想交，他就一个劲儿地笑，肯定是不好意思了。这事要是能成，多好呀。"

"妈，你别瞎折腾了，小詹现在在复习，明天要重考，没时间谈恋爱，你别乱来了。"

"哦。"老太太点了点头，"那是该好好复习。"

这时，正在一边看电视一边嗑瓜子的詹及雨突然叫了一下，声音都变了："丁叔！丁叔！"

"怎么了？"

"你看那个，你看那个，那是不是他？！"

丁小伟没反应过来"他"指的是谁，只是下意识地抬起头看向液晶电视。屏幕上有个熟悉的身影，他不过捕捉到了短短两秒，那个身影马上就不见了。

周谨行？！

丁小伟脑子"嗡"的一声，一下子从沙发上站了起来，把脸凑近电视，似乎希望能钻进去把人拽出来。

虽然看得不是很清楚，虽然那个身影出现的时间太短，但那张脸、那副身材，丁小伟不可能看错。

电视上的那个人是周谨行吗？

那篇娱乐报道的副标题是——"地产大亨周太安重病住院，子女纷纷前往探视表孝心"。

丁小伟整个人都僵住了。

詹及雨嘴都合不上了："丁叔？是吗？是吗？是不

是看错了？！"

丁小伟摇了摇头，晃晃悠悠地坐下，脑子里乱成一团。

詹及雨喃喃道："之前我还想过，这老头的孙子长得跟周谨行有点儿像……"

两个人都变了脸色，似乎才意识到周谨行是姓周的。

詹及雨迟疑地问道："丁叔，你怎么跟他认识的，他以前是干什么的？"

"我真的不知道。"丁小伟揉着眉心，一脸茫然无措的样子。

"那你俩是怎么认识的啊？朋友介绍的？工作上认识的？总不能他是你从大街上捡回来的吧？"

丁小伟苦笑一声，周谨行可不就是他捡回来的？只不过地点不是大街上，是海边。

"你真让人着急，这到底是怎么回事啊？"

丁小伟抹了把脸："小詹，你在网上搜一搜。"

"我马上……"詹及雨刚掏出手机，老太太就带着玲玲来到客厅，说要看动画片。

丁小伟给詹及雨使了个眼色，让他什么都别说。

詹及雨说道："那个，我有事先走了，你刚才问我那事，我晚上告诉你。"

"好。"丁小伟脸色白得跟纸一样，老人和孩子都在，他现在不敢查，害怕自己这几天伪装起来的情绪在他妈面前露馅儿。

之后他妈再跟他说什么话，他都没听进去，脑子里反反复复都是电视上那个西装革履、表情严肃的人疾步走过的画面。

尽管他不认为自己能把相处大半年的人看错，但也不敢确定。要他怎么相信，他捡回家的失忆可怜虫，给他做饭、带孩子半年多的人，会是那个巨富豪门周家的人？

周谨行不声不响地消失了，然后转眼间出现在电视上，跟一堆

109

人一起演着什么遗产争夺战。那么遥远的世界，跟他丁小伟有什么关系？电视上的人，怎么可能是周谨行呢？

丁小伟觉得头痛欲裂。

待把老太太和女儿都安顿好，两个人都睡下后，丁小伟把自己关进卧室，深呼吸了好几下，才打开手机搜索那条新闻。他浏览着那些图文信息，感觉血液都跟着一点点冷了下去。

詹及雨打来了电话，孩子的声音很激动："丁叔，你看到了吗？真的是他！"

丁小伟的手微微颤抖着，他感觉整个人都脱力了："嗯。"

"我查了好多资料，据说他是周太安的大儿子的私生子，瑞士和中国的混血儿，前两年才被允许进周家的门。有关他的消息很少，说前段时间因为健康问题他回瑞士疗养了，周太安生病了他才回的国。"

丁小伟的拳头握了又松开。瑞士疗养？周谨行明明是在他家！

"丁叔，这是怎么回事？你怎么会认识这种人？难道你之前都不知道他是谁吗？"

丁小伟颤声说道："小詹，我先不说了，我脑子有点儿乱，我回头……回头打电话给你。"说完他挂了电话。他此时觉得手脚冰凉，脑海中一片空白。

他到底是不是在做梦？！他丁小伟这辈子抽奖都只中过洗衣粉，怎么可能这么离谱的事都让他碰上了？

那个人不可能是那个周谨行啊……可是不是他的话，又是谁呢？

他不告而别，是回去抢夺遗产了？可他也不像那样的人啊。他是那么的稳重有分寸，为什么一声不吭，甚至不告别，让自己担心这么长时间？

会不会……丁小伟脑子里蹦出一个念头：会不会周谨行突然恢

复了记忆，然后把他忘了？

丁小伟被自己的想法弄得哭笑不得。

时间上如此凑巧，恰逢那老头病重的时候周谨行恢复记忆回去了，这种概率有多大呢？

可是叫他如何相信，周谨行从头到尾都在骗他？他丁小伟没钱没势，周谨行骗他有什么好处？

也许周谨行有什么不得已的苦衷？他当时被打破了脑袋扔在沙滩上，说不定是不敢回去？那他还会回来吗？等他忙完了，会联系自己吗？

丁小伟给周谨行找了无数理由，始终不愿意相信自己被骗了。

他的脑子纷乱成一团，理不出个头绪来。他彻夜难眠，想着必须找周谨行当面问清楚。

哪怕周谨行真的恢复记忆忘了他，哪怕他真的是被耍了一通，他也要当面问清楚。虽然他害怕周谨行真的翻脸不认人，但这么纠结下去也不会改变什么，早点儿把事情弄清楚，总比他这么提心吊胆来得好。

第二天一大早，丁小伟把他妈送走了，又把玲玲送去学校，然后回公司上班。

中午吃饭的时候，他凑到公司的年轻女同事圈里，打听起周家的八卦消息，从她们的讨论里，算是大致明白了周家的成员结构。

周太安有三个儿子、两个女儿，三个儿子都不是一个妈生的，最小的儿子才四岁，这五个子女又给他添了好几个孙子、孙女。

他打听到周谨行的时候，姑娘们更兴奋了，说周谨行是周太安的大儿子的私生子，是跟瑞士一个贵族女子生的，但周谨行的生父的亲家势力很大，不好得罪，所以周谨行长到十来岁都没回过国。后来大儿子唯一的儿子出车祸死了，没办法大儿子才把周谨行从瑞士招回来帮他抢夺家产。

丁小伟听得一愣一愣的,这么一出豪门伦理剧,真的不是在演电视剧吗?

一个女同事颇为遗憾地说:"周谨行长得多帅啊,真可惜居然结婚了。"

结婚了?周谨行结婚了?!

姑娘还自顾自地说着:"他老婆长得真的很美,听说也很有背景,他们是门当户对。"

"哪有很漂亮?他老婆看上去就很凶。"

"人家那是有气质……"

姑娘们的话题已经转移了,丁小伟还怔在原地反应不过来。

他想过周谨行以前或许有女朋友,却没想到周谨行已经结婚了。其实这有什么没想到的?他又能知道周谨行的什么消息呢?

丁小伟胸腔中有一股躁郁之气,无论他怎么告诫自己冷静都消散不去。他觉得既伤心又愤怒,这件事对他的冲击远远超出了他的自控范围,他现在最想做的事就是揪着周谨行的脖领子,问问这一切到底是怎么回事,是不是耍老子玩儿呢?

下午没事的时候,丁小伟又开始自虐般偷偷搜索周谨行的信息。

周谨行在网上的消息很少,只有寥寥几张照片,和一些混杂在周家的八卦帖子里的内容。媒体拍到的周谨行无一不是绅士得体地微笑着,非常迷人,只有丁小伟看得龇牙咧嘴,恨不得上去咬人。

他看到网上写着周谨行现在任职太安集团旗下一家投资公司的总裁,很轻易就搜到了这家公司的地址。

他如果不去找周谨行这孙子问个明白,就白活了。

詹及雨又打来电话,小心翼翼地斟酌着说辞:"丁叔,你好点儿了吗?"

丁小伟故作镇定地说道："我能有什么事？"

詹及雨喟叹了一声："你打算以后怎么办？"

丁小伟沉默了一下，说："去找他。"

詹及雨"啊"了一声，迟疑地问道："丁叔，你真的要去找他？他……他说不定……"

"不管怎么样，我得找他问个明白。"丁小伟咬牙说道，"他要是故意的，我打不死他。"

"丁叔，他跟我们不是一个世界的。"詹及雨小声说，"我有点儿担心……"

"我一定要去，我丁小伟不是这么白让人耍着玩儿的。他要是诚心耍我玩儿，我不教训他一顿，会睡不好觉。"

"那你去吧，我支持你！"

丁小伟勉强地笑了一下，突然鼻头一酸："小詹啊，我还好说，我这么大个人了，没什么是我扛不过去的，可是玲玲怎么办？她每天都想他。"

詹及雨倒吸一口气，轻声说："丁叔，你要是愿意，以后我陪玲玲玩儿吧，我不会突然消失，我也很喜欢小孩的。"

丁小伟微微一怔，随即笑道："谢谢你啊小詹，以后经常来我家玩儿吧，玲玲要是跟你混熟了，说不定就能忘了他。"

"没问题。"

丁小伟下了班去幼儿园接玲玲的时候，见她低垂着脑袋，一副闷闷不乐的样子。

丁小伟蹲到她面前，搂着她的小肩膀，温柔地问道："玲玲，怎么了？"

小女孩看着他，比画着问道："周叔叔是不是不要我们了？"

丁小伟一阵心酸，勉强笑道："周叔叔有自己的生活，他要工作，也有忙的时候，等过一段时间他忙完了，就会来看我们了。"

"可他为什么不打电话？我听得到的。"

"因为……"丁小伟艰涩地答道："他太忙了，抽不出时间。"

"你总说妈妈也很忙，可她也会给我打电话，为什么周叔叔不打电话？"

丁小伟觉得自己编不下去了，女儿的每一句话都是一记重拳捶在他的心口。可他怎么敢告诉他的宝贝女儿，周叔叔不要他们了，可能早就忘了他们，也不会再回来，因为人家有自己的家。

丁小伟把玲玲抱了起来，让她的小脑袋枕着自己的肩膀。他不敢让女儿看到他脸上的表情，只能重复说着底气不足的谎言："过段时间就打了，玲玲不要急。"


在打退堂鼓之前，丁小伟一鼓作气地来到了周谨行的公司。

他沉着脸走进大楼，门口的保安拦下了他："先生，您好，请问您找哪位？"

"我找周谨行。"

"先生，请您去前台，如果您有预约，有人会带您上去的。"

丁小伟往前台走去，穿着职业装的小姐微笑着看着他。

丁小伟拼命压抑着身上的戾气，礼貌地说："你好，我找周谨行。"

"请问您有预约吗？"

"没有。"

"先生，没有预约的话，我必须先跟周总请示，但周总现在不在，方便的话，您可以留下联系方式，我会跟周总汇报的。"

"他不在？"丁小伟一下子泄了气，紧绷的心弦一松，整个人都有种脱力的感觉。

他既迫切地想见周谨行，又害怕见到对方。

前台小姐把纸笔推到他面前："先生，请留下您的联系方式和姓名吧。"

"他什么时候回来？"

"这就不清楚了。"

丁小伟看了看表："那我在这儿等他。"

前台小姐为难地看着他，正要说话，眼睛突然瞟向他身后："哎，周总回来了。"

丁小伟身子一顿，僵硬地转过头去。

一群人浩浩荡荡地从大门走了进来，个个西装革履，表情严肃，被一群人簇拥在前的，正是周谨行。

他们都没往前台方向看，径直朝电梯走去。

丁小伟从看到周谨行的刹那，脑子里就一片空白。那是和他朝夕相处了半年的人，明明有着和记忆中一模一样的脸和身段，却又显得如此陌生和遥远。

周谨行穿着一看就价值不菲的三件套西装，羊毛面料织造出细致低调的暗纹，肩线的折角如刀削般利落，裤缝笔直不见一丝褶皱，黑色的皮鞋反射出油亮的光，仿佛连鞋底都纤尘不染。量体剪裁的衣服最大程度还原了他高大挺拔的身形，装点他雕塑般的俊颜，他步步生风，追随者们将他衬托得像一个桀骜的帝王。

丁小伟生出了怯意，那个人的的确确长着周谨行的脸，却有着生人勿近的气场，让他不敢贸然上前，但多日来的担忧和思念之情还是让他鼓起勇气喊道："周谨行！"

一群人都闻声看了过来，周谨行也转过脸来，脚步放缓，却没有停下。

丁小伟僵硬地立在一边，只有他自己知道，身体里的血液在沸腾。

他觉得自己应该质问周谨行为什么不告而别，是不是成心耍他，至少也要按照自己一贯的风格骂一句"你还没死啊"，可是他一句话都说不出来。

　　他想象中的重逢画面有很多个开头,他万万没想到,那个跟周谨行长得一模一样的人,竟然用陌生的眼神看着他:"你叫我?"

　　所有人都停下了脚步,十几双眼睛盯着丁小伟。

　　丁小伟觉得脸上发烫,嘴唇都有些哆嗦,勉强开口道:"还有谁叫周谨行?"

　　周谨行顿了顿,走了过来。

　　丁小伟所熟悉的关于这个人的一切样子都没变,对方依然俊美优雅得令人自惭形秽,只是那双眼睛里没有了他熟悉的温柔笑意。周谨行只是微微蹙眉,疏离但不失客气地问:"请问您是哪位?"

　　丁小伟只觉得脑子里"轰"的一声响。

　　请问您是哪位?!

　　周谨行问他是哪位?!

　　丁小伟哪怕之前心里还对周谨行抱有一些幻想,此刻也全都变成了愤怒,他咬牙问道:"你问我是谁?你再说一遍!"

　　现场气氛顿时紧张起来,所有人都戒备地看着一脸戾气的丁小伟,还有人招手让保安过来。

　　周谨行的眼眸清明锐利,他丝毫不躲闪,也不见心虚样子,依然得体地说道:"请问您是哪位?我并不记得我们接触过。"

　　丁小伟怒吼道:"我是你爹!"说话间他控制不住地冲了上去,几大步就到了周谨行面前。

　　周谨行的随行下属们从惊诧到恢复行动力,也没有花太多时间,在丁小伟的胳膊够到老板之前,两个保镖已经冲出来挡住了他。

　　丁小伟已经很久没有这么愤怒过,这种被人当众羞辱、践踏的感觉,糟糕透顶。自己辗转反侧念着的那点儿旧情,在人家眼里屁都不是,周谨行居然敢说不认识他!

　　他不相信什么突然恢复记忆就把失忆时的事忘了这种狗血戏

码,如今清醒过来回想他们这半年来相处的点滴,结合最近发生的一切事情,周谨行分明一直在假装失忆!他不是蠢,只是不习惯先把人往坏处想,也没有想到他当成家人的人,会在一开始就蓄意骗他。

他挥着拳头朝迎面而来的保镖砸了过去,那个保镖相当沉稳,一把抓住他的胳膊,用力一扭,将丁小伟的身体翻转过去。另一个保镖也冲上来,夹住了丁小伟的另一只胳膊。

丁小伟暴跳如雷,使劲挣扎着:"周谨行,你是不是耍老子?!你说,你是不是耍老子呢?!"这段时间的担忧和焦虑情绪都化成了一腔怒火。

保镖把丁小伟按在了地上,他涨得通红的脸贴着又冷又硬的大理石地板,颧骨生痛。他长这么大,头一次丢人现眼到这种地步,在这高级写字楼里被人当众按在地上,越发显得他像个傻子,饶是他脸皮再厚,也无法再骂下去了。

他听到有人问:"报警吗?"

周谨行的声音平静无波:"不用,这个时候别惹多余的事,把他赶出去就行了。"

一个带着嘲讽的声音冷冷地响起:"二哥,你真的不认识他吗?看起来你们有什么恩怨没解决啊。"

周谨行淡淡地说道:"见笑了,我也不知道这是怎么回事,写字楼的安保会不会有些疏于管理?"

立刻有人站出来说:"抱歉周总,我们一定严肃处理。"

两个保镖把丁小伟从地上架了起来,冷冷地说道:"先生,这边请。"

丁小伟被他们半推半拖着往门外走去,回头恶狠狠地瞪着周谨行,试图从那淡漠的表情和眼神中看出什么,然而周谨行只是仿若无物地扫了他一眼,转身走了,好像他真的只

117

是个无关紧要的陌生人。

丁小伟懒得挣扎了。他感到心脏疼得直抽搐,不明白曾经朝夕相处的人,曾经那么温和周到,让女儿忍不住依赖的人,怎么会这样翻脸无情?

丁小伟眼圈酸涩,胸口窒闷,一口完整的气都喘不上来,任凭保镖把他推出了门。

丁小伟抹了把脸,整了整狼狈不堪的衣服,红着眼睛看着他们问:"你们老板是不是被人打傻了?或者从楼上摔下来,或者被车撞了?"

保镖语气严厉地说:"你别敬酒不吃吃罚酒。"

丁小伟耸了耸肩,转身离开。两脚像踩在棉花上,处处不着力,如果不是地方不对,他真想躺在地上大睡一场,也许一觉醒来,他也能潇洒地放个屁把这件事忘了,那样世界该有多清静啊?他就不用如现在这般,明明告诉自己别这么窝囊,可还是控制不了地伤心、羞耻,伤心到了连自己都惊讶的程度。

接到詹及雨的电话的时候,丁小伟犹豫了半天,才按下通话键。

"喂,丁叔。"

"嗯。"

"你怎么样?你去了吗?"

丁小伟木然地说道:"没有。"

詹及雨松了一口气,又马上问道:"那你……"

"不打算去了,他跟我不是一个世界的人,就这样吧。"

詹及雨的声音中带着难掩的喜悦之意:"真的?丁叔你能这么想就好了,我知道你现在不好受,我带点儿酒去,咱们好好喝几杯。"

"行,你来吧,我买点儿菜,你喜欢吃芋头是吧?玲玲也喜欢,你来了多陪玲玲玩儿会儿。"

"没问题,没问题!"孩子相当高兴,"我下了班马上过去。"

丁小伟挂了电话,手指开始无意识地翻着手机联络人,当翻到"周谨行"三个字的时候,手指按下了删除键。屏幕上很快跳出一个小对话框,两个简单的选项——"确定""取消"。

丁小伟的手指开始颤抖,他挣扎半天,却始终没办法按下"确定"。他把手机摔到一边,疲倦地闭上了眼睛。

晚上丁小伟在家洗菜,詹及雨拎着小酒和熟食,屁颠屁颠地过来了。

玲玲已经跟他混熟了,上来就让他抱。

詹及雨抱着玲玲进了厨房,丁小伟回头冲他笑了一下,然后对玲玲说:"闺女,你现在这么重,别老叫人抱。"

詹及雨忙说道:"没事,看你说的,这点儿力气我还没有吗?"说完他还把玲玲往上托了托。

丁小伟有些好笑地看着詹及雨,一看这孩子就没什么劲儿。丁小伟记得小詹说过,他们家兄弟姐妹多,他从小就没干过什么活,家里人都挺宠他的,也难怪他性格会这么单纯开朗。

他怕詹及雨一会儿真抱不动了下不来台,就说:"你把她放下吧,帮我择菜。"

"哦,好。"詹及雨把玲玲放下:"玲玲,大哥带来的塑料袋里有给你买的玩具,你快去看看。"

小姑娘欢快地跑开了。

詹及雨站在丁小伟旁边削土豆皮,时不时偷看丁小伟一眼。

一来二去就被丁小伟发现了,他不禁失笑:"你那俩大眼睛挤弄什么呀?有话你就说。"

詹及雨不好意思地笑了笑:"丁叔,你要是难受,就跟我说说吧,说说心里好受点儿。"

119

丁小伟咧嘴笑了一下："放心吧，你丁叔什么没见过，没事。我之前只是担心玲玲，但小孩子忘得也快。"

詹及雨眨巴着眼睛："真的吗？"

丁小伟皱眉道："咱们别提这个了行不？提他我来气。"

"哦。"

两个人沉默了一会儿，詹及雨又说道："我以后不叫你叔了，叫哥成吗？"

"为什么？"

"都把你叫老了，你才三十出头，正是青壮年呢，干吗非得让我叫你叔啊，叫哥好不好？"

"别，你别叫我哥，我听人叫我丁哥我就脑瓜子疼。"

"你看，你还是忘不了他。"

"你没完了是吧？就是一只狗养了半年，丢了我还得伤心呢，何况是个人呢？我总得有点儿时间缓缓吧，你是不是故意刺激我呢？"

詹及雨"嘿嘿"一笑："真没有，你不愿意，我还叫你叔。"

丁小伟无奈地摇摇头，想到那个曾经围在厨房一口一个"丁哥"的人，心脏就隐隐作痛。

不过竹篮打水一场空，他即使再失望难过，到了这个年纪，也不想承认自己还会为了外人黯然伤神、彻夜难眠。他身上有很多责任，有太多更加重要的事情需要挂心，比如工资，比如社保，比如孩子上学，比如父母养老，哪一样都不允许他沉溺于伤感情绪里。

他是个上有老下有小的男人，不能一蹶不振，只能逼自己尽快忘了。

丁小伟做饭那两下子确实不怎么样，最后还是詹及雨帮忙才弄出了几个香喷喷的菜。

玲玲一边吃饭，一边被詹及雨逗得小脸红扑扑的，特别可爱。

丁小伟发现，玲玲只要有人陪着就高兴。小孩子都这样，他一天到晚上班，没时间陪她玩儿，难怪她那么想念周谨行。如果有个人能经常陪着她，她就不会那么寂寞，也就不会成天想她的周叔叔了。

丁小伟不禁又有了给玲玲找个妈妈的念头。

吃完饭，詹及雨在客厅里陪玲玲玩儿，丁小伟在厨房里刷碗。

他听到积木"哗啦"一声倒塌的声音，然后是玲玲模糊的笑声。他不禁回过头去，詹及雨背对着他坐在地上，就跟曾经的周谨行一样。

一瞬间，丁小伟感到有些恍惚，就好像一切都没变，只要他回过头来……

背对着他的人果然回过头来，笑着冲他说："丁叔，你快点儿，我买了个拼图，咱们一起玩儿。"

丁小伟怔了怔，看着那张年轻的、充满活力的脸，突然感到一阵钻心的痛。他从未像现在这一刻一般，这么清醒地意识到，周谨行再也不会回来了。

## 第七章 一场噩梦

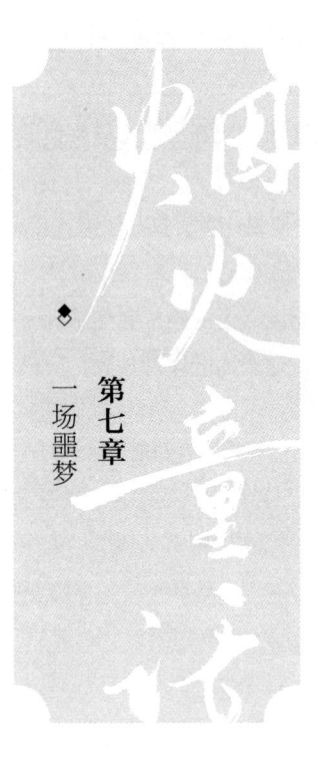

日子不咸不淡地过着。

以前从不关注娱乐新闻的丁小伟，现在闲着没事的时候也看看电视和报纸，虽然周家的消息不多，但能逮到一点儿，也够他琢磨很久了。

什么当家的病情恶化可能熬不过今年了，什么娱乐记者造谣要被告了。随着时间的流逝，丁小伟觉得自己的心越来越平静了，看着这些新闻就真的如同在看一出豪门狗血剧，除了看个乐和，跟他一点儿关系都没有。

他们之间，再不会有任何关系。

詹及雨经常往他家跑，他也很高兴。他知道小詹一个人寂寞，他和玲玲也寂寞，他们互相照应着，好歹有个依靠。詹及雨虽然年纪小，但是很懂事，有什么好吃的、好玩儿的东西，总是先想到他们，没事就过来帮他做饭、带孩子，成天乐呵呵的，那种颇具感染力的活力，真的只属于这个年纪的人，他单纯和质朴的性子也让丁小伟很感动。

这天，丁小伟接了玲玲回家，一上楼就傻眼了。

他家门户大开，门口围着邻居，大家正往里边看。

丁小伟疾步走过去："怎么了？怎么了？"

"小丁，你家遭贼了。"

丁小伟愣了一下，赶紧冲进去。

他家里果然一片狼藉，像遭了台风过境，所有东西都被翻得乱七八糟，每个房间、每个角落都没能幸免。

丁小伟气得狠狠踢了一下门板。

玲玲直接被吓哭了，站在门口不知所措地抽泣着。

丁小伟脑子里一团乱。他觉得自己这一年真是倒霉透了，过几天国庆节放假，他还想带着玲玲回一趟老家呢，这就是一笔开销，他家虽说没什么值钱东西，但丢了什么都够闹心的。

这贼也真是不长眼睛，偷谁不好偷他这个穷光蛋？

他把玲玲抱起来，轻轻拍着她的背安慰："宝贝不哭，没事啊，不哭，不哭，乖啊，爸爸在。"

邻居说道："小丁，你赶紧看看少了什么东西，然后报警吧。"

"好，吴婶，你能不能帮我看会儿孩子？我去看看。"

"你不要太着急啊，尽量别破坏现场，回头我帮你收拾收拾。"

"谢谢吴婶。"

丁小伟把玲玲交给她后，自己在屋子里转了好几圈。

这房子他住了这么多年了，什么乱七八糟的东西都有，真要清点起来，他一时都不知道从何下手。所幸大件的家电家具都在，家里也没什么现金或首饰，他真看不出来有什么明显的损失，连床头柜里放着的一两百的零钱都没被动。他一头雾水，似乎除所有东西都被翻乱之外，什么都还在。

丁小伟坐在沙发上想了半天，都不知道自己丢了什么。贼翻得这么彻底，会看不到钱吗？虽然钱有点儿少，但贼不走空啊，除非那贼不是冲钱来的。那是冲什么？

丁小伟立刻就想到了周谨行。

没办法，电影看多了，又碰上个那么戏剧性的人物，他很难阻止自己这么联想，而且越想越觉得有道理。

他一个平头小老百姓，要是有什么人想在他家找什么东西，唯一的可能就是因为周谨行在这个家里住过。

坐在沙发上想了半天，丁小伟突然想抽自己。

世界上每天发生那么多事，每件事都有那么多的可能，他为什么偏偏什么事都要往周谨行身上扯呢？

说不定那贼就是个睁眼瞎，就是看不着钱呢？

他都说了要把周谨行忘了，还想这人做什么？

丁小伟甩了甩脑袋。既然没丢什么东西，他也懒得报警了，起身去隔壁接玲玲回来。

玲玲已经在吴婶家吃完了饭，丁小伟把她领回家后，她问："爸爸，这么乱怎么睡觉？"

丁小伟看着一屋子狼藉的场景，头疼不已，从身到心都觉得累，手指头都懒得动，实在不想收拾。

丁小伟抱着玲玲坐在沙发上，玲玲乖巧地趴在他身上，眼皮直打架，他摸着那颗毛茸茸的小脑袋："困了就先睡一会儿，爸爸休息休息。"

小姑娘没一会儿就趴在爸爸身上睡着了。

丁小伟连灯也没开，借着月光看着凌乱的屋子，心中涌上无限的悲凉情绪。

玲玲睡着后，丁小伟把她放在沙发上，盖好被子，熬夜先把玲玲的房间收拾了出来。早上把孩子送去学校后，他请了一天假，回到家倒头大睡。

一觉睡到傍晚，他听到一阵铃声，迷迷糊糊看到是詹及雨的电话。

"喂，丁叔。"

"嗯……"

"哎？你怎么在睡觉啊？上班偷懒了吧。"

"怎么了？"

"我接上玲玲了。我舅老爷给我拿了一个好大的鱼头，有三斤多，可新鲜了，咱们今晚吃鱼头火锅吧。"

"哦，行啊。"

125

挂了电话丁小伟就后悔了,他还没收拾完屋子,这时候真不想让小詹看到。

他赶紧跳下床,洗了把脸。刚从浴室里出来,电话又响了,这回是他妈打来的。

"哎,妈。"

"下班了?"

"嗯,下了。"

"国庆节火车票不好买,你要趁早啊。"

"我知道,你放心吧。"

"小伟,妈给你说个事。"

"怎么了?"

老太太有些别扭:"江露给我汇钱了。"

"啊?"丁小伟愣了一下,才反应过来。江露是他前妻的名字。他心中不免觉得讽刺,曾经同床共枕四五年的人,现在听到这个名字,他居然感觉如此陌生。

什么情啊爱啊的也不过如此,时间久了,自然烟消云散。

"她给你汇钱?好事啊。"

老太太"哼"了一声:"谁知道她想什么呢?谁要她的钱?"

"她给你汇钱你就收着,江露现在是阔太太,她每年也给玲玲汇钱呢,不要白不要。"

老太太说道:"反正我不要她的钱,她给玲玲那是天经地义的,她欠玲玲的,给我我才不要。她现在装什么好人?哼。我把钱给你汇过去了,你给我宝贝孙女攒着吧。"

"也行。妈,说句心里话,江露从小没有妈妈,她心里真的还是把你当妈的。"

老太太有些火了:"放屁,丢下两岁多的女儿跟别的男人跑了,她就是这么把我当妈的?!"

丁小伟叹了一口气:"行了妈,咱们不说这个了。"

老太太也跟着叹气:"我就是跟你知会一声。还有啊,回家别买东西,什么也别带,家里什么都有,什么都不缺。你那点儿工资就别折腾了,我和你爸就想看看你们,你把人带回来就行了,啊。"

"我知道了。"

过了一会儿,詹及雨来了,一进门就"吱哇"乱叫:"哇,丁叔,你家这是怎么了,遭贼了吗乱成这样?"

丁小伟无奈地说道:"可不就是遭贼了。"

詹及雨瞪大眼睛:"真的?"

"真的啊。昨天我一回来就这样了,闹心死了。"

"报警了没有啊?"

"没,没丢什么东西。"

"啊?"

"呃……家里没什么现金,总之损失不大,就不想费那个事了。"

詹及雨一脸同情的样子:"丁叔,你怎么这么倒霉,锁换了吗?"

"换了,但屋子还没来得及收拾完。"

詹及雨装模作样地摸了摸丁小伟的头发:"不哭啊。没事,吃完饭我帮你一起收拾。"

丁小伟被他逗得笑了出来。

这天,丁小伟接了放学的玲玲回家,半路突然下起了雨,两个人赶紧往家跑,刚到家附近,两辆黑色轿车一前一后地拐到了他们面前。

丁小伟愣怔地看着车。

第一辆车上很快下来三个穿着黑西装的高大男人,大步向他们走来。

丁小伟把玲玲护到身后，皱眉看着这些人。

为首的人朝他点了点头："丁先生，你好。"

"你们是谁？"

"我们是周先生的下属，周先生有请。"

丁小伟虽然有了心理准备，但心脏还是猛地颤了一下，喉结上下滑动，平复了一下心跳，沉声问道："干什么？"

"这个我们不清楚，我们只负责带您去见周先生。"

丁小伟挑着眼角："凭什么他让我去，我就得去？"

那人面无表情地做了个请的姿势："丁先生，请吧。"

丁小伟看了看眼前三个彪形大汉，他就是再胆肥，也发怵，这架势明显容不得他拒绝，何况他女儿还在这里。

丁小伟胸中愤怒的小火苗"噌噌"往上冒，心里开始大骂周谨行，这个畜生，还来绑架这套了？周谨行想不认识他就不认识，想见他他就必须配合，凭什么？！他脸上青一阵紫一阵，真想抬脚把这帮人踢泥水坑里去，可是他不敢。

那三个人冷漠地看着他。

丁小伟骂了一声："走！"然后他抱起玲玲钻进了车里。

车子不知道开了多久，丁小伟都困了，玲玲更是直接在他怀里睡着了。

那些人一句废话都没有，他屁都问不出来。

好不容易车停了，丁小伟和玲玲被带到了一个完全陌生的地方。周围是些独栋别墅，占地面积都很大，一个赛一个地气派豪华。

丁小伟抱着玲玲进了屋。

屋外屋内的温差让他一进门就狠狠打了个喷嚏，他有点儿担心淋了这么一场雨，玲玲会感冒。

他本以为一进门就能看到周谨行，可空荡荡的客厅里一个人都没有。

丁小伟又心急又不耐烦:"他人呢?"

"周先生还没回来,请您随我来,去换一套衣服吧。"

丁小伟骂道:"是他想见我还是我想见他,还要我等他?"

那个人皱了皱眉头:"这边请。"

丁小伟愤愤地跟在那个人身后。

他想如果周谨行此刻就站在他面前,他会扑上去咬人。

他们被领进了一间卧室。

"丁先生,柜子里有换洗的衣服,但没有适合小孩穿的,浴室里有浴巾,可以暂时代替一下,你们先洗个澡,有什么需要告诉我,我先不打扰了。"说完那人个利落地退了出去。

丁小伟刚把玲玲放下,想问问周谨行到底什么时候回来,就清清楚楚地听到了门"咔嚓"锁上的声音。

丁小伟立刻炸了,冲到门前用力拽着门把手。房门真的被反锁了!他这回傻眼了,闹不明白这唱的是哪一出,泄愤般狠狠踹着门,大骂道:"开门!把我们关起来是什么意思?!开门啊!"

他只听到脚步声渐行渐远。

丁小伟气得狠狠砸了两下门,房门没怎么样,自己的手倒是疼得要命。

他没想到居然会碰到这种事,周谨行为什么要把他和玲玲关起来?

丁小伟又踢又捶地折腾了半天,也没人理他,他只好垂头丧气地放弃。

玲玲被她爸爸的疯狂举动吓着了,瞪大了眼睛看着他。

丁小伟摸了摸她的脑袋:"没事,爸爸跟那个叔叔玩儿呢。走,爸爸带你去洗个澡。"

丁小伟抱起玲玲进了浴室。一开灯吓了一跳,那浴室有他的半

129

个家那么大，金碧辉煌的。

玲玲一下子兴奋起来。

丁小伟想着不享受白不享受，就和玲玲泡了个澡，淋过雨后身上有些冷，泡在热水里发发汗，整个人都舒服了不少。

丁小伟闭着眼睛靠在浴缸上，脑子里乱糟糟的，理不出头绪来。他想着也许一会儿就能见到周谨行了，心里说不上是什么滋味。

要说人也是贱，他明明知道周谨行早就放弃他们，回到自己的世界，不会再回来了，可潜意识里还在偷偷期待——周谨行是真的失忆了，不是故意装作不认识他，也许现在想起自己来了，所以才把他们接过来，准备跟他道歉什么的。

丁小伟被自己的幻想弄得都臊得慌，可也没有办法，如果人脑能像电脑一样，说删除什么东西就删除什么，世界上哪儿还有那么多悲欢离合？

这个澡足足泡了一个小时，玲玲都玩儿累了，他们才出来。

他把玲玲用大浴巾包起来塞进被子里，给自己找了一套干爽的休闲服换上。

洗完澡他才发现桌子上多了几个餐盒，不知道是什么时候被送进来的。

丁小伟一边吃一边想，这服务够周到的，周谨行到底打算把他们关到什么时候？

玲玲吃完饭就睡着了。丁小伟眼看着时间一点一滴地流逝，转眼都十点多了，依然没有任何人出现，不禁越等越心烦，索性也上床睡觉了。

睡了不知道多久，丁小伟起床上了个厕所，回来掀开被子躺下后，突然就觉得身边怎么这么热？

他猛地坐了起来，小心翼翼地摸了摸玲玲的脖子。

好烫！玲玲发烧了！

丁小伟的心都揪了起来。他的小丫头生了一场病，就失去了说话的能力。这件事让他一辈子都无法释怀，从那以后但凡玲玲有一点儿小病小灾，他都紧张，害怕得要命。

他赶紧跳下床，用力地捶起了房门："开门！开门！来个人，我女儿发烧了！"他狠狠踹着那道结实的木门，破口大骂道，"给我来个人！我女儿发烧了！"

过了一会儿，门外响起脚步声和说话声："丁先生。"

丁小伟怒道："你们打算把我关到什么时候？！我女儿发烧了，快放我们出去，我要马上去医院。"

那个人不为所动："我会让人去买药，您还是先睡一觉吧。"

丁小伟吼道："你女儿生病了你睡得着？！马上给我开门，我跟你们没完！"

那个人沉默了一下，才开口："这附近并没有二十四小时的药店，要赶去市里，来回也差不多天亮了，发烧并不是什么大不了的事，丁先生不必这么紧张。"

"咣"的一声，丁小伟狠狠踢着门，气得脸都扭曲了："你给我去死！再不开门，我就把这房间给砸了，开门！"

"房内的任何东西您都请便，不过我劝您别白费力气，窗户外面是防盗网。"那个人说完这句话，似乎也有些不耐烦了，转身就走了。

丁小伟觉得自己快疯了。

他抄起椅子狠狠抡向那一排展柜，把玻璃柜门给砸了个稀烂。

窗户外面果然是手指粗的防盗网，丁小伟举着椅子砸了半天，木质的椅子腿都劈开了，也没什么效果。要把这些玩意儿打开，除非他用电锯。

丁小伟气得把房间内能砸的东西都给砸了个干净，却还是一点儿办法都没有。

他看着玲玲烧得红扑扑的小脸，心里难受得想哭。

他只能不停地给她换冷毛巾进行物理降温，希望她的温度能降下来一些，然后在极度焦躁与恐惧的情绪中等着天亮的到来。

他后悔自己就这么贸然地跟着人家来到这么偏僻的地方，而且还被关了起来。如果不是他一心想着也许能见见周谨行，就不会眼看着玲玲发烧却束手无策。

说来说去都是他的错，他犯贱。如果玲玲有什么事，他绝对不会原谅周谨行，更不会原谅自己。

接下来的每一分一秒，对丁小伟来说都是巨大的折磨。

好不容易熬到天亮，丁小伟支棱着耳朵听着外面的动静，走廊外终于响起脚步声。

丁小伟立刻站了起来，手里拿了个铁质的水果盘，慢慢靠近门边。

"丁先生。"

丁小伟恶声喊道："药呢？赶紧开门。"

那个人沉声说道："请你先往后退，退到窗子边，敲一下玻璃。"

"还有个屁的玻璃，老子都砸了。"

外面的人沉默了一下，又说："那么你退到浴室，把浴室门关上，让我听到关门的声音。"

丁小伟咬着牙往后走去，过去把浴室的门狠狠带上。

与此同时，房间的门被打开了，三个保镖鱼贯而入。

丁小伟目眦欲裂，将手里的水果盘用力向他们扔了过去。

三个保镖愣了愣，马上闪避开。只是他们都挤在门口，空间有限，虽然没被砸到脑袋，但果盘还是砸到了一个人。那个人"哼"了一声，脸色铁青地看着丁小伟。

"丁先生，现在要紧的难道不是我手里的药吗？您如果不能心平气和下来，我就走了。"

丁小伟大步走向他，一把夺过他手里的袋子，赶紧倒了杯温水，让玲玲把退烧药吃了下去，然后恶狠狠地瞪着对方："我要马上去医院。"

那个人看了看表："再等一个小时，周先生就过来了，到时候丁先生有什么要求，可以直接跟周先生说，我们做不了主。"

丁小伟一口牙都要咬碎了："让我跟那个浑蛋通电话！"

"周先生这个时间已经在路上了，请您少安毋躁。"

丁小伟觉得整个人都要爆炸了。眼前这几个人就跟石头一样硬，他一点儿办法都没有，只能等周谨行那个畜生回来。

丁小伟相信周谨行至少对玲玲是有感情的，到时候一定会马上送玲玲去医院。

房间的门重新被关了起来，丁小伟呆愣愣地看着女儿，心中百感交集。

又是一阵煎熬的等待，走廊里才再次响起沉稳的脚步声。

丁小伟双手紧握成拳，就等着周谨行一露面就照着那张脸狠狠来一拳。

只是门被打开的瞬间，丁小伟傻眼了。

信步走进来的男人高大英挺，俊美无匹，样貌跟周谨行有几分神似，却不是周谨行。

丁小伟对这个人有印象，是那天在周谨行的公司叫周谨行"二哥"的人。

他比周谨行年轻，气质介于男人和男孩之间，尽管两个人样貌相似，给人的观感却完全不同。周谨行沉稳内敛，张弛有度，这个人年少轻狂，桀骜不驯，高人一等的样子全都写在脸上，藏都藏不住。

丁小伟的心直往下沉。

现在最糟糕的情况，就是此"周先生"非彼"周先生"。

果然，保镖从被他砸得狼藉一片的房间里找出一把完整的椅子，放到房间中央，对着那个年轻男子做出一个请的姿势："周先生。"

"周先生"慢慢坐了下来，懒洋洋地把丁小伟从头打量到脚，然后从鼻子里哼出一声。

丁小伟恶声恶气地说道："你是谁，周谨行呢？"

那人似笑非笑地开口："你想见他吗？我也很想见他，尤其想见你们久别重逢的样子。"

丁小伟被他说得莫名其妙："你到底想干什么。"

那人歪着头看着他："真没想到他会藏在你家。"

丁小伟骂道："去你的，关我屁事？我女儿现在发烧了，我要马上送她去医院。"

"别急，你先回答我的问题。"

"关你屁事。"

那个人嗤笑了一声："跟我可大有关系，如果我终于抓到了他的弱点，那事情就太有意思了。"

丁小伟皱起眉："你什么意思？"

"我直截了当地跟你说吧，我需要你帮我做点儿事，比如，向媒体爆料你们有不正当的合作关系，只要你能提供一些可以做文章的证据，我不仅会马上放了你……"他把手往后一伸，立刻有人递上一张支票，他快速签了名，用两根修长的手指夹着那张支票，使其正对着丁小伟，"这个随便你填。"

丁小伟喉结滚动着，看了那个人半晌，才发出古怪的笑声。

年轻人的脸色沉了下去，双目迸射出寒光。

丁小伟冷冷地说道："我什么都没有，有我免费送你。你问完了没有？放我们走。"

那个人靠回了椅子上，冷冷地看着丁小伟说道："丁小伟，我是正经商人，不是黑社会，你别逼我做出些不好的事，这对大家都没好处。给我我想要的,你拿钱走人。"

丁小伟的脸部肌肉有些扭曲:"我都说了我真没有什么东西,你叫人去我家翻了个底儿朝天,找到什么东西了吗?"

丁小伟说这话也只是猜测,没想到那个人并没有否认,他只觉得遍体生寒。

"你们在一起住了大半年,没有留下一点儿能证明的东西,你觉得我会信吗?丁小伟,你识时务一些,周谨行那么对你,你还护着他,你难道不觉得亏吗?"

丁小伟的手在背后紧紧握成拳头:"他怎么对我了?他说他失忆了。"

"哈哈哈。"那个人肆无忌惮地笑了起来,"失忆?这种话真亏他说得出口,也真亏你敢信。"

丁小伟目露寒光,紧紧盯着他,咬牙说道:"你说清楚。"

"他失踪的那半年多里,利用他对周家的熟悉,利用他在暗我们在明的优势,用了各种手段,勾结我们的对手和大股东操控股票,企图吞并太安。这都是他在你家的那半年里做的事,如果他在明处,这些事反而不好操作,他躲在你家就方便多了,因为没人知道他是死是活,你还相信他失忆了吗?"

丁小伟只听得脑子里"嗡嗡"响。

虽然他早就不相信周谨行是真的失忆了,可心里还残存着点儿幻想,这些话从别人嘴里说出来,令他比自己想明白还要痛苦百倍。

对方还接着刺激他:"说起来,周谨行在你家住的那半年,是他回国后最自在的时候了。为了加大他成为周家继承人的筹码,他不得不处处小心谨慎,我找人盯了他很久,都找不到他的把柄。他'失踪'之后反而给了他施展的空间。我二哥是个能物尽其用的人,你有用的时候他对你怎么好都行,当然,用完了也就是用完了。你看,你不是就被他随手扔了?"

丁小伟瞪着他,眼睛里布满了血丝,浑身戾气暴涨,恨不得扑上去把那人一口犯贱的牙都敲碎,阻止他再说下去。

那个人说的每一句话,都是他最害怕、最不敢想,偏偏听上去可信度又是那么高的。

真如他所说,就很容易解释周谨行为什么不告而别,为什么转眼就不认识他。

因为自己被利用完了,周谨行没有再理会的必要了。

这叫他怎么接受?

他勒紧了裤腰带也要给周谨行买这买那,好好养着他,掏心挖肺地把他当家人,这样的付出也不过被人总结为"物尽其用",这要他怎么接受?

那个人观察着他的脸色变化,慢慢笑了起来:"现在我爷爷生病了,他立刻就回来了,并且急着和你撇清关系。这么无情无义的人,你何必还为他着想?你的孩子这么小,以后用钱的地方多着呢,我相信你需要这个。"他晃了晃手里的支票。

丁小伟觉得双腿发软,晃晃悠悠地靠坐在窗台上,低着头,双肩微微颤抖着。

一切都是骗他的?周谨行失忆是假的。

其实他一直都不了解周谨行,他对周谨行所有的想象,都仅仅是想象。

也就他这么没出息,人家周老板为了庞大的家产争得风生水起,早把他一脚踹开了,他却还在这儿纠结什么情谊。

丁小伟,你丢不丢人啊?

他这辈子都没经历过这样羞辱和伤心的事。

周谨行吃他的、用他的,吃饱喝足了拍屁股走人,挥一挥衣袖,不留下只字片语。高呀,这简直是白眼狼的最高境界了!

这要是排个年度傻子排行榜,他丁小伟就该得特等奖,奖状还得被裱框挂墙上。

丁小伟觉得头痛欲裂,脑袋里就跟装了个电钻似的,哪儿疼它就往哪儿钻。

年轻的"周先生"不耐烦了:"丁小伟,你想清楚没有?"

丁小伟抬起头,眼眶通红,哑声说道:"你叫他二哥?你们姓周的人怎么没一个好东西啊?"

那个人眯起了眼睛。

丁小伟忍着胸口一阵阵涌上来的痛:"我跟你说真的……我真的什么东西都没有,没有能陷害他的东西,我现在都怀疑是不是我也记忆错乱了,他是不是真的跟我一起生活过?电视上那个西装革履的畜生,跟我就不是一个世界的人,我要是真有证据,白给你。你能绊他个跟头,我在旁边帮你鼓掌。"

那个人不说话了,支着下巴眯着眼睛看着他,半晌才直起身来,掏出了手机。

不一会儿,电话通了,他按下扬声器,一个平静如水的男声从电话那头传来。

"喂。"

听到这个声音的一瞬间,丁小伟觉得心都被人掏出来似的那么疼。他想骂周谨行的祖宗十八代,却又如鲠在喉,说不出话来。

"二哥,好啊。"

"宗贤。"

周宗贤看了丁小伟一眼,讽刺地笑了笑:"二哥,你猜我现在跟谁在一起呢?"

"二哥的眼睛又没长在你身上,怎么能知道呢?不过你年纪不小了,不要总跟狐朋狗友鬼混。"

周宗贤立刻瞪大了眼睛,压低声音说道:"我还不用你来教训吧。"

相较周宗贤一点就着,周谨行却稳如泰山:"大哥过世了,我现在是长房长孙,自然要负担起教育弟妹的责任。我知道你不爱听,忠言逆耳,可我还是得尽到责任,不然爷爷如何能放心呢?"

周谨行字里行间俨然把自己当周家的未来当家了,一副"兄长为你好"的态度,三言两语就把周宗贤激怒,却让周宗贤有火不能发。

丁小伟看着周宗贤,都觉得他可怜。

他看上去不过二十岁出头,这个年纪应该还在上大学才对,哪里会是周谨行的对手?

周宗贤拼命压抑着怒火,瞪着丁小伟,一字一顿地说道:"二哥,我跟你的老朋友在一起呢。丁小伟,这个名字你熟悉吗?"

电话那头陷入了令人紧张的沉默之中,半晌,周谨行的声音依然四平八稳地传来:"我不知道你在说什么。"

周宗贤冷笑了一声:"二哥,何必再装呢?我已经调查过了,你失踪那半年都住在他家。我手里有很有趣的证据。不过你不用紧张,我怎么会破坏二哥的名誉呢?"

周谨行的声音沉了几分:"宗贤,你也不小了,为什么不能成熟一些,有担当一些?拿我失踪的那半年做了文章,如果引起别人不好的猜测,归根结底也是因为你,我没有怪你,你怎么反倒咄咄逼人?你把心思用到正地方,好好学习,好过成天考虑这些旁门左道。我知道你觉得我不配待在周家,但无论如何,我都是你哥哥,眼下爷爷重病,外界有多少人对太安虎视眈眈?家里正是危急时候,你能不能放下你的小性子,帮助我把难关渡过去?"

周宗贤气得脸都红了:"你少成天把这些大道理挂在嘴边,你心里想什么,别以为别人都是傻子看不出来。周谨行,你怎么就这么虚伪?!"

周谨行叹了一口气:"宗贤,你不帮我就算了,别给我添乱了行吗?你说的人我不认识,你懂事一点儿吧,有空的话,不如去陪陪爷爷。"

就在他要挂电话的时候,丁小伟终于忍不住了,大吼了一声:"周谨行!"

电话那头的人又沉默了。

丁小伟几步冲过去,劈手夺过周宗贤手里的手机,低吼道:"周谨行,你有没有胆子跟我见上一面?!当初你脑袋破了个窟窿,是谁把你捡回家的?你在我面前装失忆,在我家白吃白喝了半年,我丁小伟就是养头猪,现在也能宰了吃肉,你倒好,你就是这么报答我的?!你是不是畜生?!你还敢说你不认识我!"

周谨行淡淡地说道:"先生,我真的不知道你在说什么,请你不要胡搅蛮缠。如果你要钱的话,尽管开口,我不希望再因为你破坏我们兄弟之间的感情。"

丁小伟目眦欲裂,恨不得穿到电话那头把周谨行掐死。

他从来没恨一个人恨到这地步,恨得只要一想到周谨行在那头财色双收高枕无忧,整个人就都要抓狂了。他颤声说道:"周谨行,我就当养了条没良心的狗,我丁小伟要是再为你费一点儿心,我不得好死!"

周谨行没说话,但呼吸声不似适才那么平稳了。

"你现在马上叫你弟弟放人,玲玲发烧了,发烧了你听到没有?!你要还有点儿良心,要是对玲玲还有点儿感情,就马上叫他放人,玲玲的病耽误不起。她不能说话就是两岁发烧,要是玲玲有个三长两短,我绝对捅死你们这对一窝出来的畜生。"

周宗贤的脸色变得相当难看:"你说话给我小心点儿。"

周谨行开口道:"宗贤,你把人放了,我们是正经人家,你干的这是什么事?"

"正经人家？"周宗贤冷笑了两声，"二哥，你不是不认识他吗？他是死是活用不着你紧张吧。"

"我只是不希望你做这种害人害己的事。"

"我偏不。上次我跟你商量的事，你考虑好了吗？"

"绝无可能，宗贤，我对你一忍再忍，你非要这么逼我吗？"

"你现在忍让我，不过是还没拿着大权呢，我要是就这么看着你当家，以后还有好日子过吗？一句话，你答不答应？"

周谨行低声说道："宗贤，你过分了。"

"再过分的事我也做了，不差这一件。"

丁小伟瞪大了眼睛，突然伸手抓住周宗贤的胳膊，狠狠地往后拧去。

周宗贤没有防备，手臂被他拧到了背后，手里的手机也掉了，但他很快反应过来，一脚踢到了丁小伟的小腿上。

丁小伟吃痛，手上力道一松，周宗贤就反手攥住了他的胳膊。旁边的保镖一拥而上，把丁小伟稳稳地制服，拧着他的胳膊将他按到了地上。

丁小伟怒吼道："你们争夺那点儿破钱，关我什么事？放我走！"

保镖不知道从哪儿弄来了绳子，将丁小伟五花大绑了起来。

丁小伟破口大骂："周谨行，你是个畜生！你是个没人心的白眼狼！你别让我再看到你，不然我非弄死你不可！玲玲如果有什么事，我要你加倍偿还！"

周谨行沉声说道："宗贤，我再说一遍，我不认识这个人，你拿他威胁我，未免可笑。我真不愿意把你现在做的事用威胁来形容，可你就是这么让我失望。你怎么处置他，跟我没有关系，希望你不要做出什么无可挽回的事，到时候无论是爷爷还是二伯，都救不了你。"

说完他真的挂上了电话。

丁小伟嘶吼道："周谨行——"

他不敢相信，周谨行就这么扔下他们不管了。

他不是没想过也许周谨行有苦衷、有很多难言之隐，所以不愿意再和他们有关系。他丁小伟不是拿得起放不下的人，就当被自己喂的流浪狗咬了，没什么大不了的，可他不能原谅有人直接或间接地伤害他的女儿。他已经说得那么明白了，玲玲生病了，玲玲需要医生，按周宗贤的态度，不只玲玲，他也处在危险中，可周谨行仍然能置之不理，连一点儿着急的情绪都没表现出来，就挂了电话。

他不敢相信世界上怎么能有人无情到这个地步？他不敢相信他收留了一个这样冷血的人。那个记忆中总是温和有礼，照顾人面面俱到，哄孩子有用不完的耐心的周谨行，怎么可能跟那个沉稳淡漠、对他们毫不关心的人是一个人？

他记忆中的周谨行不是这样的，可现实就是如此残酷。

他除了伤心、愤怒，更多的是心寒。一个人到底要虚伪到什么程度，才能扮演截然不同的两个人？

周谨行的心思，深得让他害怕。

周宗贤愤怒地摔了手机，这似乎还不足以令他泄愤，他又狠狠地踹了丁小伟一脚。

丁小伟奋力挣扎着，整张脸都因愤怒和绝望而扭曲了："放我走！我女儿要去医院！"

周宗贤理了理身上的西装，冲他冷笑道："看到了吧，这就是我那如狼似虎的二哥。你以为就你倒霉？周家比你倒霉的人多了去了，他什么歹毒的事都干得出来，偏偏最会装好人，一切对他有威胁的人，他都不会放过。你真该庆幸自己跟他没什么利益冲突，不然跟他相处那么久，你早被他连皮带骨头地吃进去了。"

丁小伟狠狠地瞪着周宗贤："你们兄弟之间的事，跟我有什么

141

关系？你也听到了，在他眼里我就是个屁，你抓了我，一点儿用处都没有。"

周宗贤冷笑了一声："有没有用，现在可真不好说。你就在这里老实地待着吧，我相信你还有用处。我一会儿会叫家庭医生过来，劝你不要想着逃跑，我二哥说得没错，我们可都是正经人家，别逼我干出格的事。"

丁小伟"呸"了一声："赶紧叫医生来！"

周宗贤居高临下地瞥了他一眼，转身走了。

没过多久，医生到了。医生诊断过后，安抚丁小伟道："没事，烧得不高，别紧张。"

丁小伟这才稍稍放下心来。

医生给玲玲打了一针，丁小伟看着玲玲平静的睡颜，终于松了一口气，也终于能压下戾气，对保镖说："我想给我妈打个电话，本来国庆节我该回家的，也不知道你们要关我到什么时候，你们总不希望她报警吧？"

保镖把手机给了他。

丁小伟真的很想带着玲玲回去见见二老，一家人好好聚聚，结果都给周家这两个孙子搅黄了，他一听到他妈失望的声音，就心酸得厉害。

"哎呀，怎么赶在这个节骨眼上加班？你们老板不能找别人啊？"

"妈，我也不想去，可节前不把这些货运出去，公司的损失就大了，我实在没办法。"

老太太失望地连连叹气："这都准备好了，就等你们回来了。"

丁小伟心中酸涩不已："妈，我也想回去。"

"那也没有办法，等你忙完了，要是还能买上票，你就再回来吧，哪怕在家住个两天呢。"

丁小伟哽咽道："行，只要能买到票，我一定回去。"挂了电话，他看看床上昏睡的女儿，想想家乡头发斑白的母亲，再联想到自己现在的处境，只觉得一切都像一场噩梦，不知道什么时候才能醒来。

第八章

喜宴

丁小伟这辈子都没想过自己会有被人软禁的一天。虽然有吃有喝的，待遇不错，但换作谁都不会想被关在笼子里，哪怕笼子是用金子做的。

医生前后来了几趟，玲玲很快就退烧了。虽然孩子看上去没精神，但幸好没什么大碍，只要休息几天就能恢复。

又过了两天，玲玲明显好转，已经对这里的一切东西都失去了好奇心，开始频繁问她爸爸什么时候回家。

丁小伟也想知道什么时候能回家，眼下却只能敷衍着说"快了"。

要是那个姓周的畜生一直这么关着他们，他们是不是得被报失踪人口了？

窗户外的防盗网特别结实，在没有工具的情况下弄不开，而且丁小伟也不敢有太大的动作，怕吓着孩子。

他一个有手有脚的大男人，除了等，居然没有任何其他办法，这让他既沮丧又愤怒。

两个人就这么整整被关了三天，难得的国庆节假期已经过去了一半，这可是带薪假期，丁小伟想想就觉得亏。

玲玲弄不明白他们为什么要天天待在这个屋子里，丁小伟也越来越糊弄不下去，孩子小性子上来，又哭又闹的，丁小伟怎么哄都没有用，她就是要回家。

丁小伟心烦不已，整个人急得团团转，恨不得拿头撞墙。

事情终于在第四天下午出现了转机。

丁小伟在非送饭的时间里听到了走廊外传来了脚步声，神经紧绷起来，直觉姓周的畜生又来了。

当门被打开的那一瞬间，他一看到来人，只觉得胸口被狠砸了一拳，气都喘不上来了。

来人是周谨行。

两个人对视的那一刻,时间仿佛都被冻结了。

丁小伟的脑子里冒出的第一个想法,居然是还好玲玲在睡觉,要是她知道她天天想念的周叔叔不认她了,该有多伤心啊!

周谨行看着他,眉头轻蹙,似乎想说什么,却没有开口。

丁小伟已经向他冲了过去。

不是他天生暴力爱动手,实在是这些天一个两个姓周的畜生把他男人的好斗天性彻底引爆了,他现在看到周谨行,只想做这么久以来一直想做的事——揍人。

周谨行身后的保镖早有反应,就要冲到周谨行面前时,周谨行神色平静地微微抬起手。

保镖们都愣住了。

丁小伟人高腿长,几步来到周谨行面前。他面色狰狞,抡起胳膊,狠狠一拳轰向那张艺术品一般标致的脸。他本来是用了十成十的力气,可拳头近在眼前了,周谨行不闪不避,丁小伟心里突然有些发慌,下意识地收了几分力。

硬实的拳头与皮肉碰撞,丁小伟觉得手都被烫伤了。

周谨行就这么结结实实地挨了他一拳,直直地向后倒去。

保镖们赶紧扶住了周谨行。

周谨行稳住身形,蹭了蹭嘴角的血,眼神复杂地看了丁小伟一眼,开口道:"走吧。"说完转身出了门。

丁小伟愣在当场。

他意识到这是能离开了,手忙脚乱地给玲玲穿上衣服,一刻不想多留地跟了出去。

门口停着两辆车,周谨行坐在前面的车里,给了他一张面无表情的侧脸。

保镖打开第二辆车的车门,丁小伟钻了进去。

上了车玲玲也醒了,一看到他们不在那个屋子里了,立刻高兴了。

丁小伟却一点儿哄她的心思都没有,眼睛透过挡风玻璃盯着他们前面的车,以及那辆车的后车窗玻璃露出的模糊的后脑勺。

从刚才到现在,这都算什么呢?他想。

他们倒不如永远别再见,也好过这面对面不知道如何应对的尴尬场面。

刚才自己表现得多孬种啊,要么就玩儿深沉,跟周谨行比着装淡定,要么那一拳就该狠下心去,一次打个够本。

自己临时手软是什么意思?

丁小伟都要被自己婆婆妈妈的样子给烦死了。

车子并没有送他和玲玲回家,反而是一前一后地开进了另一个陌生的地方。

周谨行率先从车上下来,玲玲眼尖,一下子就看到他了。小姑娘眼睛瞪得溜圆,使劲晃着她爸爸的脖子,喉咙里发出"咿咿呀呀"的声音。

车门一打开,她率先跳下去,连跑带跳地朝周谨行跑了过去。

丁小伟赶紧下车,一把把她抱了起来。

小姑娘不乐意了,使劲捶着他的肩膀,她要去找她的周叔叔。

丁小伟警告似的拍了一下她的屁股,压低嗓子喊道:"别动!"

小姑娘立刻不敢动了。

她的爸爸虽然平时很宠她,但只要脸一沉,还是很让人害怕的。

玲玲着急地看着已经进了屋的周谨行,又扭头委屈地看着丁小伟,眼圈红了。

丁小伟拍着她的背:"听话,一会儿不许乱动,知道吗?"

玲玲瞪着眼睛看着他。

丁小伟抱着她进了屋。

周谨行已经脱掉了西装外套，手肘撑在膝盖上，坐在沙发上看着他，剪裁合体的衬衫把他的胸腹和手臂的线条都衬托得极为健硕完美。

这是个只是看着就让人自惭形秽的男人，也是个让人无论如何都猜不透他的心思的男人。

丁小伟有一肚子话，想要骂他，想要质问他，却碍于女儿在场，只能忍着。

丁小伟坐到周谨行的对面，把玲玲也放到了沙发上，手臂横在她面前，不让她去找她的周叔叔。

周谨行喉结滚动着，好半天才开了口："丁哥。"

只这两个字，丁小伟就觉得被人兜头浇了一盆开水，所有的毛孔都乍开了，用尽全身的力气才克制住跳上去杀人的冲动。

他咬牙切齿地问道："你叫我什么？我认识你吗？"

周谨行淡淡地笑了笑："丁哥，我很抱歉，装作不认识你，也是为了不给你添麻烦。"

"你放屁，我的麻烦少了吗？"

周谨行摇了摇头："所以我很抱歉，我的家里着火，火却不小心烧到了你们身上。"

丁小伟从来没想过周谨行会这么干脆地跟他表达歉意。再次见面，两个人曾经的亲密无间此时完全无迹可寻，就好像周谨行只是不小心踩了他的脚，然后说声"对不起"一样。

丁小伟心里堵得慌。

周谨行用深沉的目光静静地看着他："丁哥，我知道道歉于事无补。我保证我的弟弟不会再骚扰你。这个……"他把茶几上的一张纸推了过去，"算是一点儿补偿。"

丁小伟拿余光瞄了那张纸一眼，那是张空白支票。这算什么？这人拿钱打发他，真是干脆利落，纯爷们作风！

丁小伟"啪"地拍在茶几上,用尽全身力气克制着自己的情绪。

"周谨行……你……你真能耐!"

周谨行深深地看了他一眼:"只是一点儿心意,我想你用得着。"

丁小伟怀疑自己的眼睛是不是已经失去成像功能了,怎么越看眼前的人,越模糊扭曲?明明这是他曾经那么熟悉的人,现在几乎不认识了。

他其实该佩服周谨行,真不愧是干大事的人,男人就该像周谨行那样心狠手辣,六亲不认,翻脸无情,周谨行就是所有成功男士的"榜样"。

丁小伟瞪着血红的眼睛,说话都直哆嗦:"周谨行,你到底……"

他想问,你到底有没有心?

可是这句话终究没问出口,这已经够丢人现眼了,他要阻止自己继续犯傻,不给人捡现成笑话看的机会。

周谨行慢慢地笑了一下,那笑容分明有几分落寞:"丁哥,以前的事你就忘了吧。我想,你也不算有太大损失。"

丁小伟的心脏骤然痛了一下,他看着周谨行波澜不惊的面孔,竟然忍不住哈哈笑了出来:"对,周老板说得对,我能有什么损失?"

他能有什么损失?毕竟周谨行也照顾了他们半年呢,何况这么大一张支票摆在面前,周谨行吃他的、用他的,这不都还清了吗?他纠结个屁呀,这是从天上掉下来的大好事。

再扭扭捏捏下去,他丁小伟就不是个男人了。他狠狠地掐了一下大腿,咧嘴笑道:"那我得多谢周老板了,你说这玩意儿我填多少合适?"

周谨行定定地看着他:"随便。"

"行了,有您这句话,我一辈子不用奋斗了。"丁小伟笑得脸都僵硬了。他拍了拍玲玲的脑袋:"闺女,把你的书包借给爸爸用用。"

玲玲听话地背过身子，把书包冲着他。

这个粉红色的小书包，还是他和周谨行带着玲玲一起去买的，书包上的美羊羊已经有些磨损了，粉嫩的颜色也不再鲜艳。

再美好的东西也注定会褪色。

当看到那个小书包时，周谨行明显怔了怔。

丁小伟把那张支票放进了玲玲的书包里，然后拍了拍手，高声笑道："玲玲啊，爸爸成大款了，以后天天给你吃好吃的东西，给你买好多的美羊羊。"

然后他起身把孩子抱起来，冲着周谨行说道："没事我就走了，祝周老板幸福美满，早生贵子，咱俩后会无期。"

周谨行连忙说道："等等，我叫人送你。"

"不用，嘿，我好吃好喝地养了你大半年，你一张支票随便我填，值了，咱们钱货两清，你就别装什么有情有义了，走了。"

说完，他强迫自己转身，抱着玲玲大步往门口走去。

玲玲趴在爸爸的肩膀上，费力地从他的怀里转过身，瞪大眼睛看着周谨行，眼泪在眼眶里打着转，因为发不出声音，只能张着嘴无声地叫着周叔叔。

周谨行慢慢地站了起来。看着他曾经疼爱过的小姑娘，胸口处突然闷痛不已，他下意识地张开嘴，像以往无数次逗她那样，用口型对玲玲说"丁零"。

玲玲立刻哭了起来，小脸皱成一团，喉咙里发出"咿呀"的声音，在她爸爸怀里拼命地扭动着身体，伸出小手费力地向她的周叔叔抓去。

丁小伟感觉到了怀里的小姑娘的躁动，顿了一下，却没有回头，加快脚步走了。

周谨行愣怔地看着玲玲哭泣的小脸和那人仓皇的背影一同消失在门口，一时只觉得天旋地转。

他摸了摸心脏的位置。

原来他也会有不舍的东西,他自嘲地笑了。

丁小伟一出门,一阵冷风兜头罩脸地刮过来,他觉得面上凉飕飕的。

玲玲转过脸看着他,小脸上满是眼泪,这时候没顾着自己,却费劲地用小手擦着他的脸。

丁小伟亲了她一口:"没事,爸爸没事,风太大了。"

玲玲搂住他的脖子,把脸埋进他的肩窝里。

丁小伟轻轻拍着她的背:"玲玲,你长大了,要懂事。以后你就知道了,这世上不如意的事情太多太多了,你得学会适应。"

玲玲摇了摇脑袋,更加用力地搂紧他的脖子。

丁小伟招手拦了一辆出租车。

他不知道这里离市区有多远,只希望能快点儿回家。

怀里温暖柔软的小姑娘是他全部的安慰。只要有这个女儿在,他就有无限的力量,就永远都不会被打倒。

车子足足开了一个多小时,他们才回到家。

丁小伟破天荒地多给了司机二十块钱的小费。

没关系,他这不是有钱了吗?别管他是拿什么换的吧,钱才是最亲、最实在的东西。

其实这样挺完美的。一开始他把周谨行领回家,期待的绝对不是多一个家人,他期待的就是有一天周谨行能给他实惠的报答。

撇开中间那段糟心的经历,他是求仁得仁,皆大欢喜,应该高兴才对。

对,他应该高兴。

丁小伟的手机还在周宗贤手里,没办法,他只好去买了一部新手机,然后去移动办事厅把自己的号码弄了回来。

手机里空空如也,一个联系人都没有。

这样反倒清闲。

可是大家都在放假,他和玲玲被关在屋子里关了这么久,现在回家,家里也太冷清了。他没有詹及雨的电话,干脆带着玲玲直接去了詹及雨家。

詹及雨开门见到他们还吓了一跳:"哎,你们不是回老家了吗?"

丁小伟笑了笑:"是啊,这不回来了吗?"

"才待了这么几天?"

"嗯。"丁小伟不想多说,举了举手里的袋子,"我买了好多东西,咱们吃火锅吧。"

詹及雨笑得可开心了:"好啊,好啊,赶紧进来,你不在,我都无聊死了。"他一把把玲玲抱了起来,"哎哟我的乖宝宝,今天真漂亮,穿新衣服啦。"

三个人笑呵呵地进了屋。

吃完饭丁小伟帮着收拾的时候,詹及雨说道:"丁哥,我想跟你商量个事。"

"哦,什么事啊?"

"我家里人还是想让我去复读,说我一边打工一边复习肯定复习不好,其实我自律性挺强的,我不想浪费家里的钱,但是他们说给我在这里联系好学校了,你说我去吗?"

"去啊,在学校的气氛不一样,也能把更多时间用来复习,你真的想考好大学,应该更专注一些。"

詹及雨噘着嘴:"你也觉得我该复读啊?可是我一想到高三那段日子就发怵。"

"现在就剩下半年了,熬出头就好了啊,考所好大学太重要了。"

詹及雨叹了一口气:"唉,好吧,我听你的。"说完他抬起头冲着丁小伟笑了笑,"丁叔,以后等我考了好大学,找到好工作,也会好好照顾你和玲玲的,就像你当初照顾我那样。"

丁小伟哈哈笑道:"等你真能挣钱再说,空头支票我才不要。"

詹及雨抬头挺胸地说:"我一定能赚到钱,早点儿把你借我的钱还你。"

丁小伟拍了拍他的脑袋:"那个你就别想了,好好学习,天天向上吧。"

詹及雨很快就回到了学校里,除了平时来找丁小伟时,从一身穿着别扭的保安制服换成了青春洋溢的校服,日子并没有太大的变化。

丁小伟依然朝九晚五,安安稳稳地过着自己的小日子。

那张支票他还没动。他眼下也不缺钱,那玩意儿应该是没有保质期的吧?可是一直这么放着,他又有点儿不安心,毕竟真金白银没拿到手,什么都是空的。

有一天晚上他把支票翻出来了,摊在面前看了好久,然后拿起笔开始犹豫该填多少金额。

按照周谨行的身家,他填几百万完全不算事,可惜他没那个胆子。他天生也不是干大事的人,让他一下子要人家几百万块钱,想想都手软。

综合了一下周谨行在他家住的半年里他花出去的钱,一两万应该是有的,他犹豫来犹豫去,最后一咬牙,一狠心,填了十万。

人家花了他一两万,他要十万,还是挺划算的。

填好之后,丁小伟盯着支票上周谨行的签名看了很久。

尽管这个名字很可恨,可是这字写得真好看啊,优雅又有力量,字如其人。

周谨行,周谨行,周谨行……

丁小伟最后缓缓地闭上了眼睛。

这天丁小伟回家的时候，碰上了一个让他颇为意外的人，其实并不是碰上，而是对方就站在他家楼下。

丁小伟走近的时候，那个子娇小、打扮时尚的女人缓缓摘下了墨镜，默默地看着他，片刻后轻声喊道："小伟。"

丁小伟一时如鲠在喉，好半天才找回自己的声音："江露。"

这个人是他的前妻。

玲玲晃了晃他的手，抬头看着他，似乎对眼前的女人既又熟悉又陌生。

江露走了两年后，虽然偶尔会给玲玲打电话，也会汇钱，但是见面还是第一次。

丁小伟心里有些难受，慢慢蹲下身，对玲玲说："玲玲，这是妈妈，你还记得吗？"

江露立刻红了眼圈，控制不住地跑过来，一把抱住了玲玲。

玲玲似乎有些抗拒，却不敢动，不知所措地看着爸爸。

丁小伟叹了一口气："玲玲，这是妈妈啊。"

玲玲打着手语："你是妈妈吗？"

江露求助地看向丁小伟。

丁小伟说："她问你是不是妈妈。"

江露连忙点头："是，我是妈妈，玲玲，是妈妈。"她忍不住抱着玲玲哭了起来。玲玲小嘴一扁，眼泪也掉了下来。

丁小伟心里五味杂陈。

晚上是江露做的饭。丁小伟好久没吃她做的东西了，觉得她的手艺进步了很多，就夸了她两句。

江露露出一个略显寂寞的笑容："平时没什么事，就在家研究研究吃的东西。"

丁小伟笑道："那是，你现在是阔太太，有的是清闲时间。"

说完之后，见江露脸色一变，丁小伟也有些后悔。他并非故意要说这么酸的话，实在是面对着跟有钱男人跑了的前妻，是个正常人都淡定不下来。

吃完饭三个人坐在沙发上，江露和玲玲说话，还得靠丁小伟翻译。

晚上玲玲睡了之后，两个人才有单独说话的时间。

丁小伟这才问出憋了一晚上的问题："怎么突然就来了？电话也不打一个。"

"有事路过，顺道就来了。"

丁小伟心里不太舒服："看女儿还得顺道？"

江露微微低下头："其实早就想来了，只是……"

丁小伟也能想象她只是什么，也不想再问了，换了话题说道："你给我妈寄钱了？"

"嗯。"

"你以后别寄了，我妈不要，都汇给我了。"

江露苦笑了一声："给谁也都一样。"

"那个谁，对你挺好的？你一下寄了那么多钱。"

江露微微一怔，眼神有些闪躲："还……还挺好的。"

丁小伟对她是真好还是假好不感兴趣。两个人走到今天这步，其实已经无话可说。

随便聊了两句，丁小伟把卧室让给了她，自己抱着被子去客厅的沙发睡了。

迷迷糊糊睡到半夜，觉得有什么东西在碰他的脸，他觉得痒，就顺手抓了抓，一抓就碰到了什么柔软的东西。

丁小伟一下子醒了，黑暗中只看到一对近在咫尺的、明亮的眼睛。

丁小伟"噌"地坐了起来,有一半是被吓的:"江露?你干什么?"

黑暗中,他闻到了女人身上撩拨人的香味,紧接着女人柔软的身体贴了上来,他耳边传来轻缓的声音:"小伟……"

丁小伟一时愣在当场。

其实是个男人,肯定都意淫过这一幕,只是当一个男人跟一个女人的关系从合法夫妻堕落到了偷情,这得有多博大的胸襟,或者说是多粗的神经,才能坦然接受?

反正丁小伟接受不了,就好像本来坦坦荡荡地拿着自己的东西,却被人乱棍打成偷鸡摸狗,凭什么呀?!

丁小伟想也没想就推开了怀里的软玉温香,跳下沙发,冲到墙边打开了灯。

两双眼睛都因适应不了突如其来的亮光而紧紧闭上,只不过一双很快就睁开了,一双不敢。

丁小伟闭着眼睛靠着墙,沉声说道:"江露,我不是跟你装正经,我也很久没有夫妻生活了,也挺想的。你看我现在不敢看你,是怕自己控制不住。可是你听着,我就是出去找人,也不跟你搅和在一起。你不用觉得难受,我只是接受不了……接受不了本来咱俩是正正当当的夫妻,如今却变成了我是别人婚姻里的第三者。江露,我真心爱过你,即使你不要我了,我还是得承认我爱过你。可你不能不要我了,还想来我这儿找回忆,你把我当什么了?我有那么贱吗?"

他其实想说是不是那个人满足不了她,她才回来找自己。可是这么恶毒的话,即使是现在他气得不轻的情况下,也还是没忍心说出口。

他还没说完,就听到了江露克制不住的哭声:"小伟,我没那个意思,我只是想你,真的想你。"

丁小伟心里发酸:"你想不想我,事情都这样了,你就别给彼此添堵了。你好好过你的日子，我好好过我的，这两年多不都是这样的？以后也是这样的。"

他闭着眼睛，听到了窸窸窣窣穿衣服的声音。过了一会儿，他感觉到江露站在了自己面前，摸了摸他的眼睛："你睁开吧。"

丁小伟这才睁开眼睛。

江露哭得双眼通红，衬着雪白的皮肤，十分惹人怜爱。她拢了拢头发："小伟，你陪我说说话吧，已经很久没人陪我说话了。"

两个人进了卧室，他这辈子头一次跟一个女人盖棉被纯聊天，真是纯聊天。

江露断断续续地讲起了这两年的生活。

丁小伟才知道，她过得也不好。她这么要强的女人，会在前夫面前承认自己过得不好，那就是真的非常不好了。

原来那个男人到现在也没跟她正式结婚，丁小伟真想不明白江露为此跟自己离婚到底是在图什么。

不知道聊了多久，两个人不知不觉就睡着了。

第二天是周末，丁小伟没有压力地一直睡到天大亮，最后是被一阵门铃声吵醒的。

他睁开眼睛一看，江露已经不在床上。他套上睡衣起身去开门，刚打开卧室门，就见系着围裙的江露已经把门打开了。

詹及雨愣在门口。

他想不到丁小伟家里会突然多出个女人，要不是屋子里的一切东西都很熟悉，他还以为走错门了。

丁小伟很是尴尬，看着詹及雨震惊的眼神，知道他肯定误会了。

丁小伟赶紧走了过去："江露，这是我朋友。小詹，你进来吧。"

詹及雨难以置信地看着他，又看了看江露，也露出尴尬的神色，放下手里的东西："那个，我拿点儿吃的东西给你们，我先回去了。"

说完转身走了。

丁小伟赶紧追了出去:"小詹,你急什么?"

詹及雨往他身后探了探脑袋:"她是谁啊?"

丁小伟低声说道:"玲玲的妈妈,回来看孩子的。"

詹及雨皱起眉:"就是那个女人啊,你们不会是要再续前缘了吧?"他虽然只从丁小伟这里听过关于江露的只言片语,但也足够让他对这个女人毫无好感了。

"瞎说什么?不可能的。"

"最好是不可能,抛弃你的人永远不值得原谅。"詹及雨直直地盯着丁小伟,一语双关地说。

丁小伟点了点头:"你说得对。"

抛弃我的人永远不值得原谅。

詹及雨还是走了

丁小伟回到屋里,江露已经做好了饭,正在给玲玲洗脸、洗手,眼里尽是温柔之色。

丁小伟本来想提醒她这些事让孩子自己做,可后来想想算了,两个人亲近的机会也实在少得可怜。

"你打算待几天?"丁小伟随口问道。

江露愣了愣,笑道:"赶我呢?"

"没那个意思,问问。"

"明天晚上走。"

丁小伟挑了挑眉:"难得来一趟,你不多待几天?从上海过来也不近啊。"

江露低下头:"家里也有事。"

丁小伟"哦"了一声:"以后没事你多回来看看孩子,孩子都不认识你了。"

江露红了眼圈:"嗯。"

"还有，你应该把手语学一学。"

江露放下碗，背过脸去抹了抹眼睛。

丁小伟皱眉说道："说一下而已，你哭什么呀？"

"没什么，你说得对，我这两天也在学呢。"

他们当着孩子的面也没什么话可讲。两年恋爱，三年夫妻，如今落到现在这么不尴不尬的境地，丁小伟除了叹息还是叹息。

江露星期天晚上要走，玲玲哭着拽着她的袖子不让走，江露就抱着玲玲哭。丁小伟这大老爷们都受不了这样的场面，一个人坐在沙发上抽烟，恨不得把耳朵关上。

一个人活到三十多岁，不说死别吧，生离的场面肯定是经历了不少，再难受也能挺过去。但玲玲不一样，每一次分别对她都是一次伤害。

他想到江露，就心疼他的女儿心疼得厉害。

他又萌生了给玲玲找个妈妈的想法，一个能跟他正经过日子，不会说走就走，不会伤孩子的心的妈妈。

最后江露还是顶着一张哭花了妆的脸走了。

丁小伟哄着玲玲的时候，收到一条短信，是江露发来的。

"小伟，我对不起你，也对不起玲玲。谢谢你没让我难堪。"

丁小伟默默地把短信给删了。

他以前幻想过好多次，有一天江露跑回来求他复合，然后他就解恨地把离婚证摔到她的脸上，让她滚。

可是现在，尽管他还是从心底埋怨这个女人，可如果她真的想回来，他应该会同意。

要他接受一个抛下他和三岁的孩子跟别的男人好了两年的女人再回到自己身边，他心里除了硌硬还是硌硬，一想到他的家人、朋友会怎么看他，他的自尊心就受不了，他的家人恐怕也接受不了。

可惜他不能只为自己考虑，或者说，就不能为自己考虑，他女

159

儿的幸福永远排在第一位。

她再不济,世界上也只有她是玲玲的亲妈。

只不过她现在走了,并且没提出任何想要和好的意思,丁小伟大大地松了一口气。

星期一下了班,丁小伟接上玲玲,买了点儿好吃的东西,往詹及雨家去了。

他按了门铃,里面传来说话的声音,不一会儿,门被打开了:"丁叔?"

丁小伟看了看里边:"你有朋友在啊?那我先回去吧。"

詹及雨一把拽住他:"没事,刚认识的同学,进来吧。"

屋里坐着个白净清秀的男孩,穿着跟詹及雨一样的校服。

丁小伟跟他打了声招呼:"嘿。"

男孩露出有些腼腆的笑容:"你好,你是丁叔吧?"

"嘿,小詹跟你说过啊。"

"嗯。"男孩显得很乖巧。

詹及雨介绍道:"他叫小杨,给我补习的,我们是一个学习小组的。"

"不错呀,这么快就适应学校的生活,还交到朋友了。"

"那是,我交朋友有什么难?"

吃饭的时候,詹及雨和丁小伟有一搭没一搭地聊着,小杨在旁边逗玲玲。

詹及雨在知道玲玲的妈妈已经走了之后,想到自己那天的反应,有些不好意思。他知道他和丁小伟交情再好,也不该随便评论人家的家事。丁小伟抓紧机会挤对了他几句,两个人又开起玩笑,气氛缓和了不少。

眼看就是年关了,这次他早早准备好了,一定早点儿回老家看望父母。

临走前,他接到了他妈的电话。

老太太声音里透着兴奋之意,说让他跟别人一起回来。

丁小伟仔细一问,才知道这个别人是指一个离了婚的女人和她的儿子,这一听就知道是什么意思了。

"小伟啊,你说巧不巧?这转了好几层关系,我偶然知道了这个人。她跟你一座城市工作的,还是咱们老家的,年纪比你大两岁,也是一个人带着孩子。你们见见吧。"

丁小伟一听这话,二话没说就答应了。

有合适的结婚对象,这是好事。丁小伟甚至觉得要是两个人聊得来,这趟回老家就把婚结了算了。他对爱情的那点儿念头早已磨灭,如今只想给孩子找个好妈妈。

放假的时候,丁小伟给对方打了个电话,两个人约出来见面。

女人叫容华,在一个超市里当收银员,声音听着挺顺耳的。

两个人在一个茶馆儿里见的面。

丁小伟打眼一看她,就觉得还行。

女人中等身材,五官周正,穿戴有些老气,但气质温婉,是那种一看就让人心生好感的女性。

容华看到他有些不好意思,腼腆地笑了笑。

丁小伟对她的好感又增加了几分。

两个人开始没什么话说,都挺尴尬的,后来讲到了孩子,话题就多了起来。

丁小伟了解到她生孩子生得早,孩子都上初中了,是个男孩,现在正是叛逆的时候,不太听话,她很头疼,觉得要是有个长辈管教着也许能好点儿。

两个人这天聊了不少话,都觉得对方挺靠谱,约定下次带孩子出来见见。

丁小伟往家里走的时候,心里有种说不清的惆怅感。

如果不出意外,他跟容华就会定下来吧。

他们没时间花心思谈恋爱再浪漫一下,有合适的对象赶紧结婚才是正事,成年人单纯为了各取所需的婚姻就是如此苍白乏味。

只要一想到他要跟一个全然陌生的女人变成夫妻,他就感到茫然、恐慌。

人生也就是这样了,世上有多少人能轰轰烈烈地爱一场,然后再白头偕老?有个人做伴,他就该知足了。

几天后,他们带着孩子又见了一面。

玲玲还懵懵懂懂的,但容华对她很亲切,她本来就是个乖巧的小姑娘,谁给她一颗糖她就能对人笑上半天。

倒是丁小伟对容华的儿子印象不太好。这小子果然是青春期叛逆的典型,好像看谁都不顺眼,对丁小伟也是爱搭不理的。

不过丁小伟也没太在意,两个家庭要组合到一起,需要磨合的地方多了去了。

他和容华决定一起回老家。不出意外的话,他们可以在老家摆几桌酒,把婚礼办了。

丁小伟找时间跟玲玲聊天,问她喜不喜欢容华阿姨。

玲玲玻璃珠子一样的眼睛静静地看着爸爸,好半天她才比画着问道:"她是新妈妈吗?"

丁小伟有些尴尬,也不知道现在学校都教些什么,孩子怎么什么都懂了?

他无奈地点了点头:"可能吧。"

"爸爸喜欢容华阿姨吗?"

丁小伟愣了愣,又点了点头。

"她没有妈妈漂亮,也没有周叔叔漂亮,也没有小雨哥哥漂亮。

不过爸爸喜欢的话,玲玲也喜欢。"

丁小伟有些感动,摸着她的头说:"爸爸希望能有个人好好照顾玲玲。如果容华阿姨对玲玲不好,或者小哥哥欺负你,你一定要告诉爸爸。"

玲玲乖巧地点了点头。

丁小伟和容华带着两个孩子回了老家。

两个人都买了不少东西,大部分由丁小伟提着。坐上火车后,容华看着他直笑。

丁小伟问她笑什么。

容华有些不好意思地说:"有个男人是不一样,我们娘儿俩平时回家,都不敢带这么多东西。"

丁小伟也笑了,这话很能满足男人的自尊心。

相处时间越久,他就对容华越发满意。这是个很细心的女人,对玲玲也很照顾,而且勤俭持家,是妻子的合适人选。

容华的儿子随了母姓,叫容嘉。这小子也并没有丁小伟想象中那么难搞,多聊了几句后,他发现孩子就是脾气有点儿倔,青春期浮躁叛逆,心眼不坏,有什么好吃的东西也都先给玲玲,对他也挺客气的。

四个人回到家,受到了丁家一众亲友的热烈欢迎。

丁小伟搂着久违的爹妈,眉开眼笑。

这次他们回来不仅是过年,更有丁小伟和容华这件喜事。

年前几天两家亲戚见了个面,都还挺投缘,一来二去就把事给敲定下来了。丁小伟和容华决定先去把证领了,选在大年初一摆几桌酒,双喜临门。

丁小伟临走前把周谨行给他的那张支票兑现了,腰包里瞬间多了十万块钱,心里觉得踏实不少。

丁小伟和他爸妈商量了一下,给了容家五万块钱的彩礼。本来

163

二婚没有这么多说头,但是丁小伟和他爸妈都觉得以后日子长着呢,不要亏待人家。

容家人对这个女婿越发满意,一个劲儿地夸他长得帅,还有本事,把丁小伟弄得都不好意思了。

丁小伟和容华趁着民政局的人还没放假,把结婚证给领了。丁小伟拿着那个红色的小本,心里感慨不已,偷偷地看了看容华,看她平凡的眉眼,看她温和的气质。

他心里除了别扭,还有些陌生。

这就是要跟他过一辈子的人了吗?丁小伟一瞬间感到有些迷茫。

三十晚上,两家人一起过的年。亲朋好友都到了,满满一大屋子人,好不热闹。

丁小伟敬了几杯酒之后,趁着上厕所的空当,给老板、同事和几个朋友都发了贺年的短信,在厕所站了半天不想出去。

出去又得喝酒,他有点儿怕了。

突然,他的手机响了起来,是个陌生电话号码打来的电话:"喂?"

对比这边劝酒吆喝鸡鸣狗叫鞭炮炸得漫天响的嘈杂声,电话那头异常安静,安静到丁小伟怀疑这通电话那头的人是不是在中国,这个时候的中国,有哪里会这么安静?

见那头的人没说话,丁小伟奇怪地问道:"喂?哪位?"

"丁哥。"

丁小伟只觉得头发都炸了起来。

他万万没想到,还会接到周谨行的电话。

他第一反应是把电话挂了,可又觉得这么做好像自己怕了周谨行一样。于是他捏了捏大腿,强迫自己醒了几分酒,开口道:"哟,周老板。"

周谨行苦笑了一声:"丁哥,新年快乐。"

"新年快乐。"丁小伟觉得有点儿冷,下意识地握紧了拳头,"周老板这时候不陪老婆,给我打电话干什么?"

周谨行几不可闻地叹了一口气:"一个人过年有点儿冷清。"

丁小伟忍不住想笑,却笑不出来,但确实觉得解恨。

他心想,一个人过年也是这人活该,这人把自家人都得罪光了,现在跑他这儿找什么人间温情?他又不是暖宝宝。

"没事就挂了吧,我那边好几桌子人等着我呢。"

周谨行沉默了一下,问道:"丁哥,你过得好吗?"

"好,怎么不好?明天是老子大喜的日子,我现在别提多高兴了。"

电话那边又陷入了沉默之中,周谨行好半天才发出声音:"你要……结婚了?"

"是,你今天电话打得巧,就顺道跟我说句新婚快乐吧。"

说完,他就等着,等着周谨行对他说"新婚快乐"。

只是他还没等到,电话就被周谨行挂断了。

他不想深究周谨行打这个电话是什么意思。总之让周谨行知道自己过得很好,再对比似乎周谨行过得不太好,他就安心了。

大年初一,两家人热热闹闹地办了几桌酒席,请了些亲朋邻里,就算把婚给结了。

对已经经历过一次新婚的两个人来说,第二次结婚实在没有太多激情和新鲜感了。两个人就像寻常夫妻一样,给家里做做饭,陪父母唠唠嗑。

新年的假期过得飞快,再过两天,他们就得回去了。

丁小伟享受着难得的平静时光时,突然接到了詹及雨的电话,初一那天詹及雨给他拜过年,但这一次的声音不如平时那么欢快开朗,反而低沉得吓人,有气无力的:"丁叔……"

丁小伟吓了一跳:"小詹,你怎么了,感冒了吗?"

詹及雨没回答，而是直接说道："丁叔，你帮我个忙行吗？"

"你怎么了？"

"你能借我五千块钱吗？"

丁小伟有些紧张："你到底怎么了？钱我能借给你，但你得跟我说说，出什么事了？"

"没什么大事，等你回来我再跟你说……"

"不行。"丁小伟沉声说道，"你现在就跟我说。"

詹及雨沉默片刻，怯怯地说："我……我跟人打架了……没什么大事，但我不敢让家里知道，我的钱也不够，我和同学都在医院里。你上次借我的钱我都没还完，我知道我这样不好，可是……"

丁小伟一下子火气就上来了："你个小孩不好好学习，跟人打什么架？！这大过年的，你父母要知道了得闹心死！"

詹及雨声音哽咽地说："丁叔，你别说我了，如果太麻烦你就算了。"

"放屁，我能不帮你吗？！你在哪个医院呢？我先把钱转给你，然后回去找你。"

"丁叔，你不用回来，你好不容易回一趟家，而且，你不是刚结婚？你别管我了，借我钱就够了。"

"别废话了，你都这样了我在家还待得住吗？"

詹及雨既委屈又感动，低低地抽泣起来。

丁小伟扭头把事情和他爸妈还有容华说了，然后改签了最早的票，坐火车回去了。下了车他连家也没回，直奔医院。

孩子被打得鼻青脸肿，软绵绵地躺在床上，看上去一点儿生气都没有。

丁小伟既心疼又来气。

詹及雨委屈地叫了一声："丁叔。"

丁小伟走过去摸了摸他的脑袋:"就你这小身板还跟人打架。伤着哪儿了?骨头怎么样?内脏怎么样?"

詹及雨摇了摇头:"没大事,就是一时下不了床。"

丁小伟骂了一句:"你怎么回事啊,好好上着学为什么惹祸?"

詹及雨红着眼睛,愤愤地说:"我没惹祸,是那个畜生欺负我同学!"

丁小伟见他确实没什么内伤,就是被打得见不了人,稍稍松了一口气,拖了把椅子坐在一边:"怎么回事?"

詹及雨的神情不太自然,眼神有些闪躲:"我那天和小杨出去玩儿,有个人喝醉了骚扰小杨,然后我就跟那个人打起来了。"

小杨就是詹及雨在学校刚认识的朋友,两个学生大晚上出去玩儿,肯定不是什么好事,詹及雨对那些场合从来不感兴趣,唯一的可能就是小杨带他去的。

丁小伟眯起眼睛:"你是不是没和我说实话呀?"

詹及雨脸一红:"没有,反正是那个人先欺负小杨的。"

丁小伟心存疑窦,总觉得这件事有什么隐情。他对小杨带詹及雨出去玩儿这件事有些反感,连带对小杨这个人的印象也不好了,何况他还把詹及雨害成这样。他想了想,说道:"小詹,你现在的任务是好好学习,交朋友要谨慎,你现在可没有时间能浪费。"

詹及雨低垂下眉眼,心虚地点了点头。

## 第九章 我们能回到从前吗

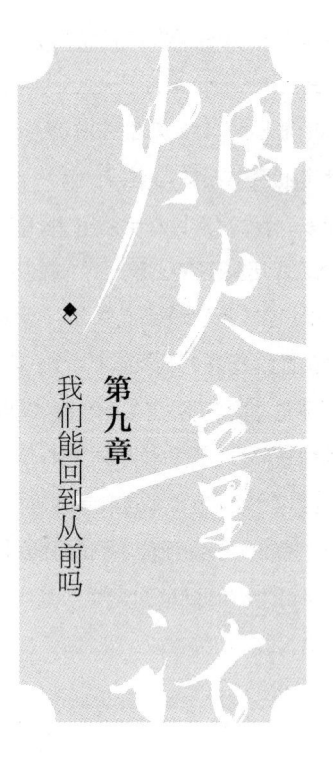

丁小伟回家后,还有不少事要忙,首先就是在他们那栋居民楼里又租了套房子。

他家一共就两间卧室,容嘉来就没地方睡了。丁小伟租了套跟他们这套格局一样的房子,一间给容嘉住,另一间打算租给别人。

丁小伟和容华当初商量怎么住的问题时,还觉得这样有点儿对不起容嘉,没想到容嘉很高兴。十二三岁的男孩子能不跟父母住在一起,别提多自在了。

再来他就是把自己家好好收拾一遍,该扔的扔,该挪地方的挪地方,准备迎接新的女主人。

收拾房间时,丁小伟偶然收拾出了几套周谨行穿过的衣服。

他抓着衣服看了半天,凑近鼻子一闻,一股在衣柜里闷久了的霉味。丁小伟皱了皱眉头,打算把衣服扔掉,可转念一想,这衣服都是好好的,也是用真金白银买来的,扔了太可惜了,稍微改改他也能穿。

可是留着周谨行的东西,丁小伟想想就糟心。

丁小伟犹豫半天,最后把衣服压到了衣柜最下面,眼不见为净。

两天后,容华带着两个孩子回来了。

丁小伟先把母子俩送回他们自己家,休息一天,然后收拾东西,等周末一起搬家。

丁小伟回去上班后,带了一大袋子喜糖,在办公室里分了分,让公司的人都知道他结婚了。

同事都挺替他高兴的,丁小伟听着那些调侃的话,只是笑。

下了班他打包了些日用品和吃的东西,去了医院。

还没进病房,他就听到里边传来一阵哭声。

詹及雨有些冰冷的声音响起:"你别哭了,反正事是我干的,跟你也没关系。"

另一个声音抽泣着说:"小雨,我对不起你……"

丁小伟一下辨认出来,这是小杨的声音。

詹及雨叹了一口气:"算了吧,别说了,你走吧,以后就当我俩不认识。"

小杨突然大声哭了出来:"小雨,你别赶我,我真的不是故意骗你。"

詹及雨抬高音量说:"是不是故意的我也倒霉了,你赶紧走吧!"

不一会儿,小杨跑了出来。丁小伟退到拐角处躲了起来,等小杨走了,才装作若无其事地进了病房。这些青春期冲动的小男孩干什么蠢事都不奇怪,他打算装作不知道,等孩子身体好了,估计受伤的心灵也会痊愈的。

丁小伟提着热腾腾的鸡汤进去的时候,见詹及雨坐在床上,扭着脖子看着窗外。橘色的夕阳洒在他单薄的肩背和瘦削的侧脸上,给那骨骼线条尚不强硬的下颌镀上了一层柔光,这种脆弱又无辜的少年气格外打动人,丁小伟顿时更加心疼他了。

听到动静,詹及雨转过脸来,他的脸消肿了不少,神色却依旧很颓废,眼睛里一点儿生气都没有。

丁小伟心里很不是滋味,尽力堆起笑:"小詹,丁叔来看你,给你带了鸡汤,热乎的呢。"

詹及雨勉强地笑了笑:"谢谢丁叔,还是你对我最好。"

丁小伟走过去抓着他的下巴,把他的脸全方位地看了一遍:"嗯,挺好,没破相,老天爷挺照顾你。"

詹及雨摸了摸自己的脸,疼得龇了一下牙:"那是,我要是破了相,可有不少女同学要伤心死了。"

"你小子还挺自恋。"丁小伟给他打开保温饭盒,"吃,趁热。"

詹及雨也不客气,抱着保温饭盒先喝了两口汤,然后抬头冲着丁小伟笑。

丁小伟也冲着他笑。

詹及雨吃饱后,精神也好了些,问道:"丁叔,结婚好吗?"

"好啊,有什么不好的?"

詹及雨撇了撇嘴,有些不情愿地说:"你结了婚以后肯定会很忙,要工作,要陪老婆,要照顾孩子,我们恐怕不能像以前一样了吧。"

"你想太多了,咱们还在一座城市里,离得又不远,还是会经常见的。"丁小伟揉了揉孩子的脑袋,"倒是你,等你考上大学,生活一定丰富又多彩,说不定都想不起我这个大叔了呢。"

詹及雨抬眼看着他,眼睛雾蒙蒙的:"不会的,你永远都会是我最好的朋友。"

丁小伟欣慰地笑了笑:"丁叔永远都会照应你的。"

几天后,丁小伟接了詹及雨出院。詹及雨没有大碍了,脸上还有些红肿未消,但已经恢复成水灵灵的英俊少年了。

丁小伟问他星期六想不想来家里吃饭,容华要做一大桌子菜,庆祝他们乔迁,但詹及雨说自己有约,丁小伟便暗示他不要再和那个小杨来往。

转眼到了星期六,母子俩拉着一小面包车的行李,浩浩荡荡地搬了过来。那天天气特别好,即使一天下来累得够呛,丁小伟心情也不错。他想自己又有一个完整的家了,以后日子也会越过越好的。

他们收拾东西累坏了,一桌子饭菜反而没吃下多少。丁小伟想起詹及雨刚出院,肯定犯懒不肯做饭,又要吃方便面了,就打包了几个菜给詹及雨送过去。

到了之后丁小伟按了半天门铃,里边都没反应。他想詹及雨刚出院不在家里待着，能跑哪儿去啊，于是给詹及雨拨了个电话，同一时间，屋里传来手机铃声。

丁小伟皱了皱眉，按掉电话，继续按门铃。

等了半天依然不见有人来，丁小伟有些急了，开始"咣咣咣"敲门："小詹！小詹！你在不在？给丁叔开门。"

敲了半天里边依然没反应，丁小伟真的有些急了。难道詹及雨忘了带手机？

詹及雨的眼睛没消肿呢，丁小伟就怕他上厕所滑倒了晕过去之类的事发生。

丁小伟正没主意的时候，里边突然传来了脚步声。

丁小伟竖起耳朵听着，那脚步声相当有力，踏在地板上的动静明显是皮鞋发出来的，一听就不是小詹的。

房门在下一刻被打开了。

打照面的两个人均是愣了愣。

丁小伟万万没想到，绑架他的那个姓周的畜生会从詹及雨家出来，这明明是八竿子打不着的关系。

仇人相见分外眼红，丁小伟还没来得及想这个人为什么出现在这里，身体已经自动上去要揍人了。

周宗贤往后退了一步，闪开他的拳头，轻蔑地说："别浪费我的时间，否则我再找个地方把你关上十天半个月的，到时候我二哥说什么都没用了，是你先招惹我的。"

丁小伟愣怔了一下，想到那几天的事，一时心有余悸。他将拳头握得"咯咯"响，却忍住了没动。逞一时痛快之后他肯定会后悔，再说他确实不想再和周家人产生任何牵扯了。他放下拳头，咬牙问道："你怎么会在这里？"

周宗贤露出一个讽刺的笑容，这笑容放在他年轻的脸上，特别刺眼："你自己问他吧。"说完转身走了。

丁小伟赶紧进屋，詹及雨哑声吼道："还不滚？"

"你……"

听到熟悉的声音，詹及雨顿了一下。

丁小伟沉声问道："怎么回事？"

詹及雨木然地看了他半晌："你怎么来了？"

"我给你送饭。"

詹及雨眼圈一红，嘴唇微颤着说不出话来。

"到底怎么回事，你知道那个人是谁吗？你们怎么认识的？"

"刚刚知道了。"詹及雨抓了抓乱翘的头发，吸了吸鼻子，"丁叔，你给我带的饭呢？我饿了。"

"别转移话题，说，怎么回事？！"丁小伟有些恼了。

"就是……我上次打的人就是他，他是小杨的高中同学。"詹及雨低着头，"我以为是他欺负小杨，没想到是小杨偷过他的东西。"

丁小伟咬了咬牙继续问："他想怎么样？"

"他不知道怎么查到我和你的关系的，想利用我接近你。"詹及雨看向丁小伟，神色又茫然又愤怒，"他还是想利用你对付周谨行，要我以后都听他的话，我不肯，他就让我赔一大笔钱，我根本赔不起。"

丁小伟狠狠地骂了一句："这畜生真是阴魂不散！他要多少钱？"

詹及雨摇头："赔不起的，他就是为难我，如果他起诉我，因为这件事影响我考大学，我不知道怎么向我爸妈交代。"

丁小伟心里更难受了，虽然事情是因为詹及雨交友不慎而起的，但如果不是因为自己，这件事不至于升级。那两个姓周的人都让他痛恨，他只想撇清与他们的关系，回归自己的生活，为什么会这么难？

他暴躁得想砸东西，最好砸的是周宗贤的脑袋。

詹及雨埋头吃起了饭,还故作轻松地说:"丁叔,你老婆做饭挺好吃的,你有口福了。"

丁小伟没答话。

"其实你不用管我,我自己做的事我会承担责任,毕竟是我先动的手,我活该。不过你放心,我不会被他利用来害你的。"

丁小伟不记得自己是怎么离开的。他真希望他就没来过,好好在家陪老婆孩子就是了,往这儿跑这一趟,活该遭罪。

如果他不知道这事也就算了,偏偏知道了。他一万个不想再与周家人有任何瓜葛,可他如何能对詹及雨的困境视而不见?

他简直坐立难安,不仅仅是因为詹及雨被欺负了,还因为欺负詹及雨的是他最想往死里揍的周家人。

辗转一夜未眠,丁小伟下定了决心,拨通了那天周谨行打给他的电话号码——要想帮助詹及雨,他实在没有别的办法了。

电话响了很久才被接通,周谨行并没有说话,似是在等他先开口。

丁小伟尽量平静地说:"我有事跟你说。"

周谨行语气平缓而优雅地"嗯"了一声。

"你那个弟弟,他的事,你知道吗?"

"宗贤,你指什么事?"

"詹及雨在酒吧里跟他打了一架,他根本就没受什么伤,现在非要小詹赔他钱。"

周谨行轻笑了一声:"这是他的私生活。"

丁小伟脸上一阵滚烫,他沉声说道:"你不管管他吗?他明显在讹人,这么缺德。"

周谨行讽刺道:"我凭什么要管呢?这会破坏我们兄弟间的感情。"

丁小伟咬牙说道："你们兄弟争家产争到恨不得对方去死，有个屁的感情。你有办法的吧，让他别再骚扰小詹了。"

周谨行顿了顿，声音突然冷了下来："你以什么立场求我？"

丁小伟一时语塞。

他给周谨行打电话，心里其实一点儿底都没有。

电话接通之后究竟是会被讽刺，还是被羞辱，他都做好了心理准备："周谨行，别的不说，就冲我当初在海边把脑袋开个口子的你捡回家，你礼尚往来还我个人情吧。"

周谨行沉默了一下，才说："你在哪里？我派车去接你。"

"电话里说吧。"

"当面说。"

丁小伟皱眉："电话里说就够了。"

周谨行淡淡地说道："那就不说了吧。"说完直接挂了电话。

丁小伟气得眼睛直冒火，重新拨了电话过去。

周谨行还是不说话，派头十足。

丁小伟从牙缝里挤出了几个字："我家楼下。"

自上次一别，再见面两个人都挺平静的。

丁小伟不会再摆出什么脸红脖子粗的架势，没意思，他们两清了。

周谨行把他让进门，深茶色的眼珠直勾勾地盯着他，脸上依然没什么表情。

丁小伟看了他一眼，却没打算跟他对视，扭头去换拖鞋。

周谨行说道："别穿那个，那个是按摩底的，你不习惯。"

丁小伟的身体顿了一下。

周谨行还住他家时，公司过节发东西，有一双按摩拖鞋，丁小伟穿了一会儿就脚底板疼，跟周谨行抱怨过，没想到周谨行还记得。

"穿这双吧。"周谨行弯腰从鞋柜里拿出另一双拖鞋。

丁小伟快速换好鞋,走进了客厅,意外地发现餐桌上摆着好几道菜,一看就是刚做好的。

周谨行顺着他的目光看去:"丁哥,一起吃顿饭吧。"

丁小伟站着没动:"我吃过了。"

周谨行看了看表:"刚好是午饭时间。"

"我早上起来得晚,刚吃过早饭。"

周谨行的目光闪烁不定:"你老婆给做的?"

丁小伟点头:"嗯,我老婆的手艺不错。"

"我还没吃,陪我吃一点儿。"

丁小伟敷衍地"哦"了一声,在餐桌前坐下了。

他一眼扫过去,桌上都是自己爱吃的菜——鲫鱼豆腐汤、红烧肉、椒盐鸡块……他喜欢吃肉,没吃肉就觉得没吃饭一样,这些都是他平时喜欢让周谨行做的菜。

周谨行递给他一双筷子:"多少吃点儿,你不是喜欢吃吗?"

丁小伟没接筷子,而是挑眉看着他:"周谨行,你这是什么意思?"

周谨行举着筷子的手微微僵住:"什么叫'什么意思'?"

"做了一桌子我爱吃的饭菜,弄得好像咱俩还很熟似的,你是什么意思?我不是来跟你叙旧的,咱俩也没旧可叙,我听周老板的话,已经把该忘的事都忘了。"

周谨行的脸色越发难看,深沉的目光直直地望进丁小伟的眼眸中,似乎想洞穿什么。

丁小伟一点儿不回避地跟他对视,双目清明又冷淡。

周谨行突然笑了一下:"丁哥,你想太多了,我只是想跟你吃顿饭。"

"吃了这顿饭,周老板能卖个面子给我,管管你弟弟吗?"

周谨行突然觉得自己吃不下了。

从挂了电话到丁小伟进门，不过四十分钟，他毫不犹豫地终止了一个正在进行的事关几十亿合同的视频会议，就为了把冰箱里所有的食材都翻出来，以最快的速度做了一桌丁小伟最喜欢吃的饭菜，可这个男人不想吃。

他为什么要做这么蠢的事？

明明是他主动跟眼前这个人斩断关系的，他也不是觉得后悔了，毕竟只是因为一段意外遇到的可有可无的人，如果被抓到了把柄，是非常得不偿失的，他周谨行怎么能置自己于被动境地？

如果时间能重来一遍，他还是会做一样的事。

只是他感觉自己越来越不对劲儿了。

大概真的是寂寞太久了，他在那么和乐融融的家庭氛围中浸泡了大半年，心的坚硬程度都下降了。

周围对他温柔地献殷勤的人非常多，却只有眼前这个人在他没钱没势的时候对他付出了关爱，他当然分辨得出什么是真，什么是假。丁小伟太真实了，他横看竖看都只能看到"真"。

不得不承认，丁小伟是不一样的，他出现在一个非常时期，让自己对他的记忆尤为深刻。

一个人过年的时候，他连灯都没有打开，希望这样可以快点儿睡着，但还是难以入睡。

他脑子里无法克制地幻想着如果他在丁小伟家，这个年会是什么样子的？

一定是很热闹的。

他们一起采购年货、做饭、看电视、包饺子，玲玲会穿着红色的小裙子满屋子跑，他们会一起站在窗前看烟花，一起守岁，怀着对明年的美好愿景跨年。

那些画面是那么清晰，却偏偏不可能出现。

他犹豫再三，还是拨了那个电话。

他这是怎么了？男人最重要的应该是事业、地位、声望，以及对他人、他物的掌控权，他从来没怀疑过这点。

丁小伟见周谨行就那么面无表情地看着自己，心里很是别扭。

他夹了一块红烧肉，整块扔进了嘴里，味道一如既往地好。

容华做饭的手艺不错，但味道稍微有点儿咸。周谨行做出来的东西总是很够味，口味却不重，他在的时候玲玲饭量大增，丁小伟其实挺怀念这肥而不腻、橙红色的红烧肉的味道的。

食物又没什么罪，丁小伟决定还是吃一点儿，希望他吃完这顿饭，周谨行能赏他个面子，帮帮小詹。

周谨行见丁小伟吃了菜，僵硬的肩膀慢慢放松了下来。他看着丁小伟头顶的发旋，忍不住轻声说道："慢点儿吃，你吃饭怎么不嚼的？这样不好消化。"

丁小伟听着这熟悉的话，有些发愣。

周谨行就是这样的人。他跟人相处的时候，总给人一种关切别人的感觉，他能照顾到别人方方面面的想法，通过一两句话、一个动作，让人心生好感甚至是感激。他收买人心几乎用不着太高的成本，就能让人心甘情愿地为他所用，当然，用够了就丢弃，他也是半点儿不留恋的。

丁小伟曾经给他的不告而别和后来置之不理的行为找了很多自己都觉得可笑的借口。

可是这些都没用，他很清楚地知道，周谨行不是有什么难言之隐，也不是被逼无奈，只是觉得自己已经没了利用价值，拍拍屁股走人罢了，甚至不需要跟自己解释一句，因为没必要。

丁小伟其实挺佩服他的。心不够狠的人成不了大事，像他这种成天纠结的人，难怪只能月月打卡拿工资。他决定要向周谨行学习，表现得像个冷酷的真爷们，不能给人看笑话。丁小伟一边吃，一边特别平静地问:"哎,你说你那么有钱,怎么还戴了枚假戒指呢?"

周谨行摸了摸已经空了的手指:"那枚戒指里面有个追踪器。我的助理能在我失踪后马上找到我,也是靠那个……是保密科技,比真的宝石更有价值。"

丁小伟皱眉说道:"既然这东西这么不得了,那你给我干什么?"

"我想让你帮我处理掉,我的人能找到我,我担心其他人也能通过它找到我,没想到你又给拿回来了。"周谨行看着他露出一个温和的笑容,"丁哥,你虽然年纪不小,很多时候却挺单纯的,其实卖掉这枚戒指多少也能拿回些钱来,总比我把它扔了好。"

丁小伟骂了一声:"你早说啊,早说我就一两千块钱给卖了算了。你也真够缺德的,我一个月就那么点儿工资,你白吃白喝还挺心安理得的,连给我个东西都是假的。"

周谨行淡淡地笑了笑:"丁哥,对不起,那段时间确实给你添了很多麻烦。"

丁小伟撇了撇嘴:"没事,周老板那么大方,一甩手就是空白支票,我没觉得吃亏,我还觉得赚了呢。"他又讽刺地说道,"你以后要是再给人锯胳膊断腿的,还来找我也行,事后给够好处费就行了。哎?你到底被谁打成那副熊样的?"

周谨行眼神黯了黯,似乎不想多说:"只是个意外。"

丁小伟点了点头,也没兴趣再问,把筷子放下:"我吃完了,周老板,你给个话吧。"

周谨行看着桌上没怎么被动过的菜,轻声说道:"再吃点儿吧,这些哪儿够?"

丁小伟有些不耐烦:"周老板,说句实话,我一看你这关怀备至的样子就觉得恶心。我丁小伟是不怎么聪明,你也别耍我耍上瘾了啊,大家都正常点儿行不?我今天来,真不是来跟你叙旧的,是来求你帮忙的。你给我个准话吧，你帮还是不帮？"

周谨行顿了顿，心里刚升腾起来的温存情绪顿时消下去不少。他把倾向丁小伟的身子慢慢收了回来，背脊又挺得笔直，轻轻地挑了挑眉："你是来求我的？"

丁小伟"嗯"了一声："算是吧。"

其实他也不抱什么希望，是没办法了才来找周谨行的。如果他看着詹及雨受罪而坐视不管，良心上过不去，可是他又能做什么？他总不能拿刀子去捅周宗贤吧。他忍着屈辱感来找周谨行，已经是他唯一能做的事了，就算事情不成，他觉得自己也对得起小詹了。

周谨行微微眯起了眼睛，盯着丁小伟那张熟悉却不耐烦的脸，脑海中浮现的却是这张脸对着自己笑的模样。

像他这种说话做事总是谨小慎微，连一句"你好"的感情程度和握手的力度都要因势因人定夺的人，这次却不经大脑地脱口而出："我们能回到从前吗？"

丁小伟明显怔了一下，眸中渐渐染上了寒霜。

明知道这个时候说这种话，只会起到反效果，周谨行却已经收不回自己说出口的话，因为连他自己都不知道他究竟想要什么结果。

在他孤独、阴暗、冰冷的人生历程中，装作一个失去记忆的废物，和这对单纯善良的父女在同一屋檐下生活的半年，是他人生中最温馨、最纯粹的时光。他第一次知道人与人之间的相处和关爱可以不掺杂利益，他在心中暗暗鄙夷过丁小伟的愚蠢行为，又无法自拔地享受着那样的温柔情感。

新鲜的苹果汁兜头罩脸地向他泼了过来。

丁小伟晃了晃透明的杯子，把剩在杯底的一点儿果汁一口喝干净，然后把杯子往周谨行身上摔去，骂道："没你这么恶心人的。"说完便起身走人。

周谨行闭了闭眼睛，纤长的睫毛上不断地往下滴着果汁，他感到头痛欲裂,眼前发晕,胸口闷到让他几乎喘不上气来。

他抽过桌上的纸巾,慢条斯理地把脸上的果汁擦干净,睁开眼睛,看向正在弯腰穿鞋的身影。

周谨行也起身走了过去,难堪和愤怒让他的声音变得冰冷:"你就是这么求人的?"

丁小伟转脸看着他,眼里直冒火:"我来错了,你跟你那个弟弟一样不是东西。"

周谨行目露寒光:"丁哥,这很难吗?我向你道歉了,也补偿你了,我们不能做回朋友吗?我不但会帮你,还会给你你想要的好处。"

丁小伟只觉得体内戾气乱窜,想把周谨行五马分尸的心都有了。

他强忍着扑上去的冲动,咬牙切齿地说道:"周谨行,我知道你为了在人前维持你的形象装得挺辛苦的,但在我这里,你就是个虚伪无耻的小人、骗子!"说着说着,他的胸膛开始起伏不定,他甚至感到有些缺氧,"现在你觉得戴着面具混在一群豺狼里很累,又想来我这儿找温暖了?可去你的。"他挥手把鞋柜上的花瓶推到了地上,穿上鞋转身走了。

大门被重重地摔上,发出"砰"的一声巨响,周谨行感觉那道门直接关在了自己心上。

从周谨行住的地方到他家,丁小伟足足走了两个多小时。他需要些时间消化一肚子的火,不想把这些情绪带进家门。

事到如今,丁小伟除了后悔还是后悔。他要后悔的事情太多了,比如从一开始,他就不该把周谨行领回家。如果没有周谨行,他能少受多少罪?或许他就会平平静静地度过那半年,然后经人介绍认识容华,实现他一直以来重新成个家的愿望,然后安安乐乐地生活下去。

他就是一个普通老百姓,跟人家财大势大的人玩儿不起,

181

以后哪怕在电视上看见周谨行，他都会立刻换台，坚决不再给自己添堵了。

回到家已经是晚饭时间了，他顺着楼梯往上爬，经过容嘉住的屋子时，听见里边传来容华一边哭一边骂的声音。

丁小伟惊了一下，赶紧开门进去，就见容华手里拿着个扫把在打容嘉。

"哎，这是怎么了？怎么了？"丁小伟一看就知道肯定是容嘉做错事了，孩子黑着脸硬邦邦地站在他妈面前，不闪躲，也不服软，一脸的叛逆表情。

容华一看到他就不打了，把扫把扔到地上，扭过脸去抹眼泪。

丁小伟朝容嘉使了个眼色，让他进屋。容嘉看了他一眼，转身跑进屋里，"咔嚓"锁上了门。

容华声音尖厉地骂道："谁让你进屋的？！你给我滚出来！我怎么生养出你这样的儿子？！"

丁小伟赶紧揽着她的肩膀，轻声安慰着："怎么了这是？别激动，你冷静点儿，跟我说说是怎么回事。"

容华吸了吸鼻子，有些不好意思地看着他："让你看笑话了……"

"这说的什么话，咱们不是一家人吗？"

这个一直给他温顺形象的女人，通红的眼圈把她的神情衬得有几分疯狂，她抽出纸巾擦了擦眼睛，似乎平静了一些："小伟，咱们回去说吧。"

两个人从容嘉那儿出来，上楼回了自己住的地方。

丁小伟这才知道，原来容嘉偷了容华的钱去打游戏，以前偷的数额不大，容华都没发觉，这次一下子拿了四百多块钱，容华才觉得不对劲儿。

说着说着，容华又哭了起来："你说他怎么就这么不懂事？他都十多岁了，一点儿都不体谅我，我一个人把他养到这么大我容易吗？"

丁小伟心里也很不是滋味。容嘉很像小时候他遇到的一些男同学，青春期精力过剩，无处发泄，到处捣蛋惹祸，谁劝都不听，家长越教育他们越逆反，这种小孩子最让大人头疼了。如果现在他们管不好，也不过两种结果：要么容嘉长大了自己懂事，要么走上歪路。

虽然他有时候看不惯容嘉的一些行为，但他毕竟不是他的孩子，他不好管。他只能尽力安慰容华，说一些叛逆期要正确引导之类的屁话，其实他跟容华一样不知道有什么办法能教育孩子，毕竟玲玲从不惹事。

丁小伟就此多留了个心眼，把自己的钱看好了。表面上虽说是一家人，大人心里也都明白，他们就是搭伙过日子，你的还是你的，我的还是我的。

事情没办成，丁小伟对詹及雨有些愧疚。其实这事也不该他愧疚，他只是为詹及雨难过。

为了避免尴尬，他之后没有再主动联系詹及雨。

没想到几天之后，詹及雨主动给他打来了电话，声音又低落又憋屈："丁叔，你去找姓周的那人了？"

丁小伟愣了愣，"嗯"了一声。

詹及雨沉默了半晌，声音突然有些哽咽："丁叔，对不起，我老给你添麻烦，什么事都要你帮我，我不能让你高兴，反而给你惹了不少事。"

丁小伟叹道："你小子确实能惹事，但我也不能不管你……哎，你怎么知道的？"

"他……他跟我说的。"詹及雨的声音里透着不自在的感觉。

"那他以后不会再去找你了吧？"

"嗯，应该不会了。"

丁小伟有些意外。看那天周谨行的态度，他根本就没打算管，何况自己还让他那么难堪，怎么他就突然善心大发了呢？丁小伟一时想不明白，但詹及雨的麻烦事解决了，总归是好事，丁小伟嘱咐道："你以后要把心思放在学习上知道吗？你看看这些个有钱人，有俩钱不知道怎么嘚瑟，尽干些不是人干的事。你要好好读书，以后也赚大钱，然后拿人民币打他们的脸，知道吗？"

詹及雨"扑哧"一声笑了："知道了丁叔，我一定好好读书，等我赚钱了，我好好报答你。"

丁小伟也笑了一下："行，等丁叔老了，你一天给我打二两酒加点儿鸭脖子，我就知足了。"

挂了电话后，丁小伟脑子里无法克制地想到了周谨行，他心里就是觉得欠了周谨行的人情。

说起来也是周谨行对不起他，可他不愿意这么想，弄得自己像个怨妇似的，计较着谁占了谁的便宜，越那样想越显得自己窝囊。

既然他不愿意把自己放到受害者的位置，既然他觉得两个人两清了，现在周谨行好歹帮了他的忙，他不免觉得自己多了份人情债。

他不愿意欠着周谨行的人情。

周谨行这个人表面上胸襟宽广，可是根据丁小伟长期以来的了解，其实此人相当计较得失，只有他欠别人的，没有别人欠他的，你觉得你占了他的便宜，指不定哪一天他就会加倍讨回来。

丁小伟实在不喜欢这种还和周谨行有什么牵扯的感觉，那不然发条短信说句"谢谢"，也显示一下自己宽广的胸襟。他琢磨着说辞，最后发现除了"谢谢"外，再想不出半句话了。就是这么两个字，他也纠结了半天到底发不发。

最后他狠狠地把手机扔到了沙发上。

去他的！老子也当一回白眼狼，按照周谨行的处事原则，他给自己办事那是他乐意，那是他自找的，那是他上赶着办的，关自己屁事。

这么一想，丁小伟心里那叫一个畅快淋漓，几天的阴郁心情一扫而光。

几天后，丁小伟在电视上看到了周太安坐着轮椅出院的新闻。电视里的旁白说周太安日前健康状况稳定，已经可以回家了。太安集团目前由他的长子代管。

丁小伟"哼"了一声。

他没记错的话，这老头的长子就是周谨行他爹，这么说这对父子的目的终于达到了。

周宗贤那小子和他爹现在应该灰头土脸的吧？

丁小伟特别淡然地换了台。他终于能把周家的事当作与己无关的新闻看了。

晚上一家人正吃饭呢，门铃响了。

玲玲从椅子上跳下来，自告奋勇地要去开门。

丁小伟笑看着她打开门，看着她表情一愣，接着她就发出低低的嘶叫声，然后整个人都飞扑了出去。

丁小伟吓了一大跳，紧张地跑向门口。

下一秒他就看着玲玲被人抱着走了进来。

周谨行外穿一件浅驼色的风衣，里面穿着质感柔润的羊绒毛衣和休闲西裤，俊美逼人的脸上带着风度翩翩的笑容，像个精美高档的模特一步从橱窗里迈入了凡间。

玲玲亲热地搂着他的脖子，拼命地往他身上蹭。

丁小伟大脑有些断弦儿。他没想到有一天还会在自己家门口看到周谨行。

周谨行就像一个熟稔的老朋友，自然地微笑道："丁哥，好久不见。"他的目光扫进屋里,停在了容华身上,脸上依然维持着笑容,"这是嫂子吧,你好。"

容华顿时紧张起来,脸都有些红。不能怪她没见过世面,实在是周谨行长得太好看,好看到有些不真实,好看到和他们不像是一个世界的人,而且这个男人从内向外散发出来的优雅高级气质,让人难免局促。

容华连忙说道:"你……你好,小伟,快……快请人进来,门口怪冷的。"

一阵冷风适时地灌了进来,把穿着家居服的丁小伟冻得打了个哆嗦。可他现在只想飞起一脚把周谨行踹出去,哪里会愿意让他进屋?

但周谨行太自觉了,立刻进了屋,还把门给关上了:"光顾着说话,都忘记关门了,丁哥,冷不冷?"

丁小伟觉得眼前有些发花,把手放进兜里,紧紧握着拳头,绷着脸问道:"你怎么来了?"

周谨行摸着玲玲的脸蛋:"很久没来看看你们了,我也想玲玲了。丁哥,你在老家结的婚,我也没机会到场祝福,现在当然要来看看嫂子了。"说完,他把手里的礼品放在地上,冲着容华说道:"嫂子,一点儿心意,希望你笑纳。"

容华紧张得手都不知道往哪里放了:"哎呀,你太客气了,太客气了,快请坐,我们正吃饭呢,你吃了没有?哎呀,你中文讲得真好。"

周谨行也不解释,只是笑着回道:"还没吃呢,我来得真巧,不知道嫂子做的饭够不够?"

"够,够。容嘉,快去给这个叔叔盛饭。"容华一看周谨行这穿衣打扮就知道他不是一般人,没想到丁小伟还有这么气派的朋友。

丁小伟气得牙齿都直打战,背对着容华,狠狠地瞪着周谨行,那意思是让他赶紧滚。

周谨行任丁小伟在那儿瞪眼,就跟没看见似的,抱着玲玲好一阵地亲昵:"小玲玲,想我了吧?叔叔给你带了好多好玩儿的东西。你今天要是能吃一整碗饭,一会儿我就陪你玩儿,好不好?"

玲玲兴奋得嘴都合不上了,用力地搂着周谨行,生怕他下一秒跑了似的。

容华冲丁小伟埋怨道:"小伟,你赶紧请人家坐下呀,在那儿站着干什么?"

丁小伟实在是没招了,只能硬着头皮"请"周谨行坐下。

玲玲还挂在周谨行身上,怎么都不肯下来,周谨行脱外衣实在费劲儿:"丁哥,来帮帮我吧。"

丁小伟没动。

容华过去推了他一下:"小伟?你发什么愣呢?"

丁小伟无奈,只好过去想把玲玲抱下来。小丫头却怎么都不肯撒手,就差上嘴去咬她爸爸一口了。

没办法,丁小伟只能帮周谨行脱衣服。

周谨行目若朗星,带着深不见底的笑意凝视着丁小伟,用不算低的音量说道:"丁哥,看到你过得这么幸福美满,我真的很羡慕。"

容华在旁边不好意思地直笑,丁小伟却冷得直打寒战。

他真的想知道,这浑蛋披着一身人皮跑到他家来到底想干什么。

吃饭的时候玲玲也非得坐在她周叔叔的腿上,周谨行的耐心看上去一如既往地好。

容华问到两个人怎么认识的时候,周谨行非常巧妙地糊弄了过去。

他"双商"了得,一顿饭吃下来把容华从里到外都夸赞了一番。容华笑得嘴都合不拢了,就连容嘉这样看谁都不顺眼的叛逆期少年,也被周谨行温和内敛的气质所折服,对他毕恭毕敬的。

周谨行的到来让除丁小伟以外的所有人都异常高兴，只有他这个一家之主，一顿饭吃得味同嚼蜡。

吃完饭，周谨行就陪着玲玲和容嘉玩儿去了。

容华和丁小伟在厨房里收拾东西的时候，不停地打听周谨行的身份。

"这人看着就不简单，小伟啊，你以前怎么不请人家来家里坐坐？我也从来没听你提起过。这样的朋友要好好处，指不定什么时候他就能帮你一把呢。"

丁小伟的表情有些僵硬，他能理解容华的意思，可如果她知道了让她景仰非常的周先生的真面目，不知道她会做何反应。

周谨行一直在他家待到十点多，都还没有要走的意思。

偏偏这时候外边下起了瓢泼大雨，容华皱着眉头看着窗外，忧心地说道："这么大的雨啊，也不知道什么时候能停。"

周谨行也颇为苦恼地说："真是不巧，怎么突然下起雨了呢？这个时间、这种天气，估计打不到车，我该怎么回去呢？"

丁小伟"哼"了一声："周老板不是有司机吗？"

周谨行笑了笑："我的司机年纪不小了，这个时候再把人家折腾起来，多不好意思？算了，我就这么回去吧，大不了感冒而已。"

容华赶紧说道："别呀，这怎么行？这种天气打伞都不管用，这不是感不感冒的问题，风这么大很危险的。周总，不如你今晚就住这儿，你在这儿跟小伟挤一挤，我去楼下跟嘉嘉一起睡。"

丁小伟头发都竖起来了："那怎么行？！"

容华被他过度的反应弄得愣了愣。

周谨行说道："还是不麻烦了，丁哥可能也觉得不方便。没关系的，嫂子，你借我一把伞就行了。"

容华不赞同地看了丁小伟一眼。

经过这一个晚上,她细心地发现,丁小伟好像不是很待见周谨行。虽然不知道两个人是不是有什么过节,但她看周谨行这态度、这风度,怎么样都显得丁小伟不够大度。

容华是真的希望丁小伟能跟这个朋友好好相处,一是周谨行人好,二是周谨行一看就是有本事的人,他俩以后的日子还长着呢,谁不想结交个富贵朋友呢?

容华赶紧打圆场:"不麻烦,这有什么麻烦的?你要是就这么回去了,我们怎么能放心?你看玲玲也不舍得你走,你就再陪陪她吧,今晚就住这儿算了,你跟小伟也可以好好聊聊。"

如果不是灯光昏黄,容华一定能看出丁小伟脸色都发青了。当着容华的面,丁小伟也不方便发作,免得被人看出点儿什么情况来,更收不了场。

在容华再三的盛情挽留下,周谨行终于"勉为其难"地答应今晚住在这儿。

容华是个手脚麻利的女人,立刻就给周谨行准备了一床被褥,还把家里的新毛巾和新牙刷找了出来。

周谨行一直陪着玲玲,直到她睡着了,容华也去了容嘉那儿,丁小伟这才冷眼瞪着他:"行啊,挺能装啊。"

周谨行笑了笑:"丁哥,我们两个人终于能说说话了。"

"我跟你能有什么好说的?我老婆不在了,你可以滚了。"

周谨行看了看外面的瓢泼大雨:"丁哥,雨这么大,你真的让我现在走?"

"雨再大能砸死你?赶紧走。"丁小伟从鞋柜里抽出一把伞,往周谨行面前举了举。

周谨行没接,而是笑道:"可是我答应了玲玲,明天早上给她做兔子馒头,还要陪她玩儿拼图,如果我现在走了,明早我不能再跑一趟吧？"

丁小伟腮帮子上的肌肉颤动着，他狠狠地把伞扔到地上，压低声音吼道："你到底来我家干什么？！"

周谨行坦然地说道："我来看看你和玲玲，我想她了。另外，我想对我上次说的话当面道歉。"

"我不用你道什么歉，更不需要你来看玲玲。玲玲本来已经差不多忘了你了，要是你不来，她以后就不想你了。你倒好，想走就走，想来就来，你耍着我女儿玩儿是吧？你走了她又该哭了。"

周谨行柔声说道："我以后会经常来看她。"

丁小伟骂道："谁让你经常来看她？我是让你再也别来了！"

周谨行的神色有一丝黯然，他从地上捡起雨伞，低声说道："丁哥，我没有别的意思，只是想来看看你们。既然你这么反感我，那我还是走吧。"

丁小伟叫道："滚回来！明早做完你的兔子馒头，向玲玲道别了再走。"他不想再让玲玲感觉自己被抛弃了。

周谨行笑着转过身来。

丁小伟恼火地进了卧室，把容华准备的被子拿出来扔到沙发上："你就睡这儿吧。"

周谨行倒没表现出不满的样子："我能用一下浴室吗？"

丁小伟懒得搭理他，转身进了卧室。

浴室在主卧旁边，有两个门，其中一个门就在丁小伟的卧室里。周谨行进去之后，不一会儿里面就传来了水声。

丁小伟看着浴室的玻璃透出来的亮光，一瞬间恍如隔世，想起了他们朝夕相处的那半年时光。

## 第十章 新来的领导

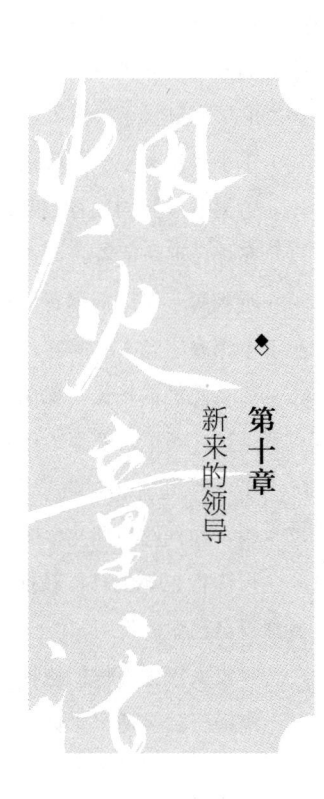

丁小伟一晚上都没怎么睡好，星期天想睡个懒觉都不行，大清早就起来了。

周谨行比他起得还早，丁小伟隔着门缝就闻到早餐的香味了。

他心里相当不是滋味。几个月前周谨行每天早上都按时起床，给他们做的早餐至少都要有三个菜，丁小伟那时候觉得周谨行是个典型的居家过日子的男人，就会围着厨房转，真相却让人大跌眼镜。

丁小伟洗漱了一番就出去了。

他果然看到周谨行围着玲玲挑的美羊羊围裙，依然把背挺得笔直，在灶台前忙活着。

听到脚步声，周谨行回过头来，就如同那半年中无数次一样，对丁小伟露出温柔的笑容。

多么熟悉的场景，如果中间没有发生那么多事，他现在应该也笑着走过去帮忙，像那半年中发生过的无数次一样。

丁小伟甩了甩脑袋，调侃道："你不是豪门大少爷吗？这些居家本领，你到底从哪儿学的？"

周谨行也不生气，轻描淡写地说道："小时候没人管我，这些事都得自己做。"

"没人管你？你们这种少爷，不是都好几个用人伺候着吗？"

周谨行轻笑道："你不知道吗？我是私生子。"

"啊……好像……好像听过。"

"我父母彼此之间就是一夜风流，在生下我之前，我母亲都没想到我不是她丈夫的孩子。他们夫妻背后的家庭都是当地有名望的大家族，她想偷偷把我送走，我父亲呢，你大概也知道，周太安觉得我有番邦血统，一直看不上我，何况我父亲当时的妻子也容不下我，他们早就有儿子了。所以我从小就没人要，住在日内瓦的一座大宅子里,有两个用人,但是他们几乎不管我,所以做饭什么的,我从小就会。"

丁小伟看着他像说故事一样说着自己的身世,心里堵得慌,也不知道该说什么好。

周谨行仔细捏着手里的面团,把它们弄成兔子的形状:"中文是我自己学的,中餐也是。"

丁小伟卡壳了好半天,才吐出一句话:"那你小时候也挺不容易的。"

周谨行"嗯"了一声:"现在想想其实也没什么,我从小就有很多零花钱,接受的也是最好的教育,怎么玩儿都没人管着,过得很自在。"

丁小伟忍不住问道:"你是不是挺恨周家人的?"

周谨行笑道:"为什么要恨周家人?我只需要付出一些努力,就可以继承他们几代人积累的大笔财富,我感谢他们都来不及。"

丁小伟微微发着愣。他觉得周谨行这么虚伪阴暗的心理,估计就是被小时候的生活扭曲的。他不愿意继续这个话题,总觉得知道太多周家的事对自己没任何好处,反而是个负担。

他突然想起什么:"上次小詹的事得谢谢你。"

周谨行点了点头:"不客气。"他顿了顿,反问道,"你为什么那么照顾他?"

"他是个挺好的孩子,就是不太懂事,年纪小又一个人在外地生活,我能帮就帮,当作是给我闺女积福了。"

周谨行深深地看了他一眼,笑道:"跟你当初把我捡回家一样吧,你是个好人。"

丁小伟讽刺道:"好人未必有好报。"

周谨行尴尬又心虚,只能沉默以对。

丁小伟别过头去:"算了,也没什么大不了的,我也拿到钱了,

193

咱俩就这样了,今天吃完饭,你就走吧,以后你也别来了。"

"我们只是做回普通朋友,你也接受不了吗?"

丁小伟果断地说:"你觉得咱俩之间能做什么朋友?我说了,我高攀不起。"

周谨行的表情有一丝僵硬,他慢慢地扭过头去,继续摆弄手里白花花的面团,把切得细碎的胡萝卜按在小兔子的眼睛上。

两个人都不再说话。

容华早上过来发现周谨行将早餐都做好了,顿时不好意思起来。一家人外带一个周谨行,吃了顿和和睦睦的早餐。

周谨行陪着玲玲又玩儿了一会儿,才告别了,并且再三保证下次一定还来看她,玲玲这才放他走。

周谨行走了之后,丁小伟紧绷了一天的心弦才放松下来。这莫名其妙的造访,把他郁闷坏了,周谨行以后要是动辄来这么一回,他这日子还过不过了?

可是腿长在人家身上,自己的家也不可能说挪地方就挪地方,他有什么办法阻止周谨行呢?

周谨行走后,容华有些埋怨丁小伟:"小伟,你对人家怎么一点儿都不热情?"

丁小伟也很不痛快:"他跟咱们不是一路人,他也就是表面上对你客气,你别觉得他有多好似的。"

容华眨了眨眼睛,低声说道:"你俩以前是不是有什么过节?"

丁小伟闷声说道:"以前的事我不愿意再提,反正我烦他,以后他再来,你别让他进门。"

容华不无遗憾地说:"都是男的,什么事大度点儿过去就得了嘛。"

丁小伟的语气变得有些严厉:"我是说真的,以后你别让他进来。"

容华一看丁小伟是真的有些不高兴了,也就不说话了。虽然周谨行很让人心生好感,但她若为了一个外人影响夫妻感情,实在没必要。

平静几天后,丁小伟果然又接到了周谨行的电话。

丁小伟一看来电显示,就直接将电话给挂掉了。

对方却不死心,再次打来电话,把丁小伟弄得不胜其烦,最后只好接了。

"喂?"丁小伟的口气相当不好。

周谨行苦笑道:"丁哥,你连我的电话都不愿意接了吗?"

丁小伟不解地问道:"姓周的,我相当不明白,咱俩到底还有什么联系的必要?你这么接二连三地不是往我家跑,就是打电话的,究竟想干什么?"

周谨行叹道:"我只是有喜事想跟你分享。"

"你的喜事跟我有什么关系?你要想跟我分享一下你家股票什么时候涨,还值得我接你的这个电话。"

周谨行说道:"你想知道的话,我可以告诉你。"

"别了,那么不靠谱的东西,你告诉我我也不敢买。我丁小伟赚不了大钱,可就是赚点儿小钱养老婆孩子,一天天也是很忙的,周老板更是大忙人,数钱都数不过来吧?咱们就别浪费时间了吧?你好好地当你的豪门大少爷,我好好地过我的红火小日子。就这样了,我们再也不见。"丁小伟说完直接挂了电话,然后把那个电话号码拉进了黑名单。

没过几天,丁小伟就知道周谨行说的"喜事"是指什么了——他有儿子了。

周谨行的老婆给他生了个大胖小子。周太安高兴坏了，这是他的第一个重孙子，被媒体采访的时候，他连声说要好好养身体，看着孩子长大。

丁小伟觉得这老头也个挺可怜的，恐怕家里没有人希望他养好身体，都在盼着他早死呢。

看着报纸上周谨行春风得意的笑容，丁小伟有些后悔那天没跟他说句"恭喜"。能做爸爸着实是一件大喜事，他还记得玲玲刚出生的时候，那份强烈的喜悦和感激之情，那种熊熊燃烧着的责任感和对未来的憧憬心情，每每回想起来，都觉得那是他一辈子最幸福的一天。

合上报纸，丁小伟慢慢地笑了一下。

他看得出来周谨行挺喜欢小孩的。这下好了，有了自己的孩子，周谨行应该能收心在家好好生活了吧。

皆大欢喜。

几天后，丁小伟下班回家，一进门差点儿没吐血。

周谨行正坐在他家饭厅的桌子前，帮着容华择豆角，腿上还坐着他的闺女。容华的眼角有些发红，看上去她好像刚哭过。

丁小伟还来不及发火，赶忙问道："容华，你怎么了？"

容华抹了抹眼睛，勉强笑道："跟周总聊到以前的事了，心里有些难受。"

周谨行温言道："嫂子一个人把儿子带到这么大，真的很不容易。"

容华感激地笑了笑："谢谢你，光听我一个人唠叨了，这些事也没什么好听的。"

周谨行笑道："没关系，说出来你心里能好受一些。"

丁小伟狠狠地翻了个白眼。周谨行一来就跟容华套近乎，到底安的是什么心？！

容华见丁小伟阴沉着一张脸,有些紧张,解释道:"我接玲玲回家,在咱家楼下碰到周总了。"

周谨行就跟没事人一样,笑着跟丁小伟打招呼:"丁哥,你回来了。"

丁小伟咬牙说道:"哟,来了啊,今天天气这么好,可不能下暴雨了吧。"

周谨行毫不在意地笑着说:"希望不会。"

丁小伟在心里把周谨行的祖宗十八代都问候了一遍。他真想不到周谨行的脸皮这么厚,仿佛就算当街撒了泡尿,人家也能优雅地提上裤子从容走人。

丁小伟碍于老婆孩子面不能发火,憋得脸色越发难看。他觉得有必要跟周谨行把话说清楚,不行的话恐怕还得动手。

吃完饭后,周谨行陪着玲玲玩儿了一会儿,就主动告辞了。

丁小伟跟着站了起来:"我送你。"

周谨行受宠若惊地看了他一眼,笑得眼睛都弯了起来:"好呀。"

丁小伟穿上鞋,跟着周谨行一前一后地出了家门。

到了楼下,丁小伟说道:"恭喜你有儿子了。"

周谨行"嗯"了一声:"谢谢,他很可爱,希望他长大了也像玲玲这么乖。"

"你老婆还在坐月子呢,你不在家陪着,老往我这儿跑干什么?"

周谨行转过头,在昏暗的楼梯间里,眼睛显得特别明亮:"我想来看看你们。"

"看我们干什么?我们都过得好好的,你来打扰我们干吗?"

周谨行抿着嘴笑了笑:"丁哥,你还是这么排斥我。"

丁小伟被他这种不温不火的态度给惹恼了,突然揪住周谨行的脖领子,把他狠狠推到墙上,恶声恶气地说道:"我本来不想把话说得太难听的,可你也不能这么得寸进尺。你听清楚了,我丁小伟从今往后不想再看到你,你别再来我家,也别再给我打电话。你是不是犯贱啊,看不出来我烦你啊?"

周谨行脸上的笑意退得干干净净,他的脸色变得苍白如纸,幽深的眼里藏着难以表达的情绪,他直勾勾地盯着丁小伟。

丁小伟用指骨恶意地压着他的喉管,语带警告地说道:"别再接近我和我的家人。"

因为无法顺畅呼吸,周谨行的眼睛里慢慢爬上了血丝。他突然发力,一把抓住丁小伟的手腕将其拧到了背后,然后猛地一推,把丁小伟反制到了墙上。

两个人对调了位置,周谨行的眼神不再平静,愤怒、伤心、挣扎,所有的情绪都像要从那对深沉的眼眸中逸出,他的胸膛上下起伏着,他想说点儿什么,想改变什么,可不知道能说什么,能改变什么。

丁小伟的大脑在短暂的空白后醒过神来,他一脚狠狠踢在周谨行的小腿上。

周谨行闷哼了一声,拧着丁小伟的胳膊的手加重了力道,可听到丁小伟的痛叫声又不忍心,松开了手。丁小伟转身扑上来,两个人在昏暗的楼梯间里无声地扭打起来。

直到差点儿滚下楼梯,周谨行率先恢复理智,推开了丁小伟,他们这才气喘吁吁地停止了打斗。

丁小伟咬牙切齿地吼道:"滚!"

周谨行抹了一下吃痛的嘴角,有血。他用围巾蹭掉血迹,看着丁小伟的眼神越发阴沉。

丁小伟真想上去再踹他两脚,可这里毕竟是楼道,万一被邻居看到,也太丢人了。他往地上吐了口唾沫,转身想走。

周谨行在他背后沉声说道:"我离婚了。"

丁小伟身形一顿,脚步却没停。

"本来就是协议婚姻。"周谨行轻轻地说。

周谨行这么接二连三地来跟他套近乎,他不是看不出周谨行的目的,可真正从这张嘴里听到这样的话,才更深刻地体会到这孙子究竟有多无耻。

他丁小伟从来不是婆婆妈妈的性格,也不记仇,可他无法原谅周谨行。谁一辈子没经历过晦气的事?事情过去就过去了,他不是输不起。

他宁愿周谨行一辈子不再搭理他,也好过把自己再从地上捡起来,拍干净了就觉得没事了。就好像他那些痛苦、无奈,玲玲被抛弃的眼泪和伤心,都不值一提,全是笑话!

周谨行欲言又止地看着他,眼里满是无奈之色。

丁小伟将拳头握得"咯咯"响。

他指着楼梯口,低吼道:"你给我滚,我这辈子最后悔的事,就是当初把你带回家,而不是把你推到海里去喂鱼。"

周谨行感到心脏一抽一抽地难受。

他只知道他渴望回到曾经三个人那温馨快乐的小日子里,而他渴望的东西,他都要得到。

他曾经很冷静地思考过他对这对父女的感情,如果说他这辈子对谁特别上过心,那一定是这对父女无疑。

这很容易解释,丁小伟在他最困难的时候救了他、收容他,在他只能躲在暗处艰难地进行他的计划的时候,丁小伟和玲玲组成的这个家就是他生活的全部,他们让他体会到了前所未有的温情。

本来时候到了,他就该按计划离开,不解释也不告别,是因为觉得没必要。无论怎么解释,他都要面对丁小伟的情绪压力,这是浪费时间。

一张支票足够撇清他们之间的关系,毕竟他们都有各自的生活重心,他觉得丁小伟最多愤怒一段时间,看在钱的分儿上,就会放下此事。

丁小伟看来确实是放下了，他却放不下。

他做了很多对自己毫无益处的事，比如为了丁小伟向周宗贤让步，以及为了讨好丁小伟去插手周宗贤的私生活。

他这么斤斤计较得失、算计利益最大化、极少做无用功的人，原来也会有意气用事的时候。

如今他有了地位，有了势力，并且如计划那般有了继承人。他从小到大都固执，坚忍不拔地一步步把自己想要的东西握在手里，丁小伟这个能影响他的判断力和决断力的人，他绝不会放任其脱离自己的掌控。

被别人掐着心脏，那滋味除了痛苦，还有惶恐。

周谨行慢慢地整理好自己的衣服，双眸幽深地望着丁小伟："丁哥，我很抱歉曾经伤了你，但我现在是认真地想要补偿你，得到你的原谅。"

丁小伟"呸"了一声，瞪着血红的眼睛："周谨行，你再刺激我，今天咱俩非得有一个人躺进医院里。"

周谨行抬起手，做了个投降的姿势，慢慢往后退了两步："我不想刺激你。我可以理解你的愤怒，今天就到这里吧，我先走了，对不起，让你难受了。"

丁小伟朝他比了个中指，恶声说道："滚吧你！"说完头也不回地上了楼。

周谨行看着他的背影消失在楼梯口，露出一个落寞的笑容。他一边下楼，一边掏出手机打了个电话："调查一个人。"

回到家的丁小伟，把容华吓了一跳。

他衣衫不整，头发蓬乱，一脸戾气，整个人就像炸毛的狮子，好像随时会跳起来咬人。

容华紧张地问："小伟，你这是怎么了？"

丁小伟赶紧抹了把脸，没敢看她："从楼梯上摔下去了。"这话说完他自己都不信，他只好叹气道："跟他动了一下手。"

容华"哎呀"了一声："你们这是干什么呀？两个大男人，有什么事不能说，动什么手呀？"

丁小伟"嘘"了一声，怕这话被玲玲听见。

容华把他拽进屋子，给他检查了一下身体："行了，这回我真相信你俩不对付了，以后我保证不让他来了。"

丁小伟耷拉着眼皮，"嗯"了一声。他脑子里乱糟糟的，头疼得仿佛要炸开了。他躺倒在床上，把自己蒙在被子里，一动也不动。

他心里太难受了，难受得连话都不想说。

可他说不清自己到底在难受什么。

人活这一辈子真是难，看着挺顺心的日子，不知道什么时候就会横生波澜，让人闪避不及。丁小伟今天就被这一股大浪给拍了个正着，拍得他浑身上下都疼，心更疼。

丁小伟知道周谨行不是那么容易放弃的人，所以之后过得小心翼翼，生怕哪天周谨行就突然跳出来硌硬他了。

最近公司也不太平，办公室里人心惶惶，到处传着流言，说老板因为经营不善，准备把公司卖掉。

老板卖掉公司之后他们这些人怎么办，那全是新东家说了算。面临着可能的失业危机，根本没人还有心工作。丁小伟已经开始准备简历，要往别家投了。

万一真的被辞了，他得赶紧再找一份工作，他这上有老下有小的，绝对不能让自己闲着。

老板及时出来稳定人心，说不会裁员，就是换个领导，大家以前怎样，以后还怎样。丁小伟这才安心不少。

两个星期后，公司的交接工作就完成了。

他们很快见到了新老板,新老板是个白胖的中年人,一看就很精明。

公司经过变动后,一切如常,大家都很欣慰。

新老板上任第二天,把丁小伟叫进了办公室。

丁小伟还挺紧张的,没想到新老板是看他在公司待的时间久,想通过他侧面了解一下公司内部情况,以后便于管理。丁小伟当然很配合,还适时地拍了几句马屁。

新老板看他的眼神越发玩味。

新老板上任后,立刻让这群小公司的土鳖见识了什么叫管理,什么叫营销,什么叫物流。

以前这个年营业额磕磕碰碰近千万元的公司,除去运营成本,老板拿到手里的钱其实没有多少,整个公司跟个夫妻店似的,生意是不错,但多少有点儿小打小闹的感觉。

新来的肖总在管理上颇有大将之风,做事雷厉风行,一个月内就把公司的条条框框树立了起来。经过大刀阔斧地改革,那劲头是势必要把公司做大做强,不仅在开会的时候拍案立誓,一年之后业绩要翻三倍,还承诺在公司三年以上的员工确保每年工资增长率不低于百分之十。

整个公司人人鸡血上头,干劲儿十足,一个个像被洗脑了一样,摩拳擦掌地要在新领导面前表现。

这个肖总有些恃才傲物,不过人挺不错,对丁小伟也很好。他们公司有俩司机,肖总却去哪儿都让丁小伟开车,看起来很器重他。

这天,肖总又让丁小伟开车送他去见一个投资人。丁小伟把肖总送到酒店后,自己在车里听着音乐休息,到了晚饭时间,就想出去弄点儿吃的东西。

这时手机响了起来,是肖总打来的电话。

"哎,肖总。"

"小丁,你在哪儿呢?"

"随时待命呢。"

肖总笑道:"这都到吃饭时间了,我跟周总打算在酒店把晚饭解决了,你也上来一起吃吧。"

丁小伟连忙客气道:"那怎么好意思?我自己弄点儿吃的东西垫垫肚子就可以,您和周总要谈正事的。"

"没事,你上来吧。正事都谈完了,一会儿吃完饭我还要跟周总去洗浴,你一起来吧,你这一天也辛苦了。"

丁小伟又客气了两句,就美滋滋地进了酒店,心里夸他的新老板慷慨大方,脸上洋溢着占了便宜的幸福笑容。只是这笑容在他看到"周总"之后,彻底消失了。

世界上姓周的当"总"的人那么多,为什么他非得跟这个周总狭路相逢呢?

周谨行也露出一个颇为意外的表情,但马上平静下来,还笑着跟他打招呼。

丁小伟最佩服周谨行的一点就是他喜怒不形于色,脸上的表情是跟着理智换的。

经过那天的不愉快经历,丁小伟见到他连假客气都勉强,周谨行却可以笑得跟两个人第一次见面似的。

丁小伟忍住了拔腿就跑的冲动,硬着头皮走了过去。

肖总冲着周谨行介绍道:"这是公司的司机小丁。"

周谨行笑着伸出手:"你好。"

丁小伟看着那只白皙修长、骨节分明的手,觉得伸不出手来。

他的愣怔表现让肖总微微皱起了眉头,肖总悄悄叫了一声:"小丁?"

丁小伟这才回过神来,匆匆与周谨行握了一下手,然后赶紧收回了手。

周谨行含笑看着丁小伟:"坐啊。"

丁小伟只好坐了下来。真有这么巧,老板出来谈生意就碰到了周谨行?

可是肖总看上去确实跟周谨行不太熟识的样子。

如果丁小伟早知道这"周总"就是周谨行,就是让他上来吃金砖,他都不干。他上次应该弄得周谨行挺没面子的,但凡这人要点儿脸,他话都说到那个份儿上了,周谨行应该不会再来找他了。

可凭什么周谨行这么气定神闲,自己却这么紧张?

一顿饭丁小伟吃得索然无味。

周谨行在席间几乎没怎么跟他说话,一直和肖总聊天,好像丁小伟真的只是生意伙伴的司机过来蹭一顿饭一样,引不起他半点儿关注。

吃完饭,肖总带着周谨行去酒店的浴汤,让丁小伟也跟着。

丁小伟这回不干了,开始找些拙劣的借口推辞。

出来谈事是很忌讳他这样在别的老板面前不给自家老板面子的情况,肖总的脸色果然就不太好了。丁小伟当司机这么多年,也明白这个道理,但真的不想跟周谨行一起去泡澡,太尴尬了。

可他也不想得罪肖总,最后没办法只好跟去了。

进去之后,丁小伟故意洗了一个多小时的澡,都快洗脱皮了,才慢腾腾地出来。

周谨行和肖总在桑拿房里,他只好硬着头皮进去。

没过多久,肖总就待不住了,要出去透透气。丁小伟也想跟出去,可他才刚进来,这样做就太刻意了,只好继续坐在原地。

周谨行酒足饭饱后略带慵懒的嗓音,在雾气氤氲的桑拿室里显得格外低沉:"丁哥,真巧。"

丁小伟点了点头:"是巧,不是你故意的吧?"

周谨行坐在他旁边,笑道:"你想太多了,公事私事,我向来分得很清楚。"

"你说得是，在你心里，钱才是老大，你不会拿它开玩笑的。"

周谨行淡笑："丁哥，在你心里我就是一个唯利是图的人，对吗？"

丁小伟拿毛巾擦了一下脸上的汗，头开始有点儿晕："难道不是？这也不是坏事，你看你不是活得挺好的？"

周谨行苦笑："丁哥，你别讽刺我了。"

丁小伟站起身："我哪敢讽刺你？我们这小公司还指望着你呢，周老板慢慢蒸桑拿吧，我先出去了。"

周谨行也跟着站起身，挡在丁小伟面前。

屋子里雾气大，丁小伟有点儿掌握不好两个人之间的距离，本来觉得还有些空间的，没想到没收住脚，两个人就面对面地碰上了。

他赶紧往后退，戒备地看着周谨行："你想干吗？"

周谨行非常真诚地看着他："丁哥，我只是想跟你聊聊。"

"在这儿聊？我都要缺氧了。"丁小伟避过他就想走。他没说谎，他是真的觉得呼吸困难。

周谨行偏要挡在他面前："丁哥，你那天说得对，我没有资格再要求我们回到从前，但至少我们能当普通朋友吧？我很喜欢玲玲，玲玲也很想念我。我很怀念曾经和你们在一起的时光，觉得很温暖。我从来没有体会过家的感觉，我们就像朋友一样相处行吗？就这样你都容不下我吗？"

丁小伟被热气蒸得实在难受，一秒都不想继续待在这里了，听着周谨行的话，更觉得烦躁不已："我说了多少遍了，我高攀不起，周老板是干大事的人，别把时间浪费在我身上了。"说完他就去推周谨行。

周谨行微微一闪身，丁小伟身形不稳，本来就脑袋发晕，一下子就栽倒了。

周谨行急忙扶住他:"丁哥?怎么了?"

丁小伟还有意识,就是浑身使不上劲儿,干脆把重量都放在周谨行身上,闭着眼睛装死。

他晕晕乎乎的,被人扶了出去,模糊间听见有人问"要送医院吗?",然后另一个人回答"没大事,不用"。丁小伟心想,你怎么知道没大事?我要有什么事做鬼也不放过你。

后来大概是被扶进了一个房间,接触到新鲜干燥的空气,他感觉呼吸顺畅了许多。

丁小伟没想到桑拿这么厉害,他这活蹦乱跳的六尺壮汉说倒就倒。说起来都怪周谨行,这人堵着不让他出去,听到有人说在桑拿房待着超过十分钟就可能休克之类的话,他心里不由得有点儿后怕。

虽然没休克,可也够难受的,他想吐吐不出来,呼吸道好像被堵着似的,头晕腿软,眼睛都懒得睁开。

他索性就睡了过去。

丁小伟醒过来的时候,微微睁开眼睛,感觉光线昏暗。他动了动手脚,找回了点儿感觉。

丁小伟看到周谨行居高临下地看着自己,对方脸上带着温柔的笑意:"醒了?感觉好点儿了吗?"

丁小伟张了张嘴:"渴。"

周谨行赶紧给他倒了杯水,把他扶起来,把杯子递到他的嘴边。

丁小伟拿过杯子,快速地把一整杯水都灌了下去,喉咙才算好受一点儿。

"几点了?"他问。

周谨行看了看表:"一点多了。"

丁小伟惊讶地问道:"什么?一点多了?"

周谨行安抚他道:"你放心,我给你家里打过电话了。"

丁小伟这才稍微安下心来："我老板呢？"

周谨行笑道："他肯定回去了呀，难道还等着你开车送他？"

丁小伟有些担心："他没看出什么吧？"

"什么？"

"看出……我俩以前认识。"

"没有。"

"哦，那就好。"

"不过我告诉他了。"

丁小伟瞪大眼睛，眼里凶光毕露："你说什么？！"

周谨行挑眉笑了笑："我开玩笑的。"

丁小伟真恨不得掐死他，狠狠地瞪了他一眼，翻身就下了床。

这一下床他才发现自己光溜溜的，于是回头瞪着周谨行："我的衣服呢？"

周谨行身上套着睡袍，他声音含笑地说道："还在储存柜里呢。你昏倒之后我直接把你弄到客房里了，浴巾都湿透了。"

丁小伟白了他一眼，在屋里转了一圈，都没找着能穿的衣服。他就是脸皮再厚，也不敢光着身子下楼："把你身上的浴袍给我穿一下。"

"你要做什么？"

"废话，回家。"

"现在？已经这么晚了，你就在这儿睡吧，明早再走。"

"不，我得回去，我是有家有室的人，彻夜不归算怎么回事呢？"

周谨行脸色微变，双手环胸，别过脸去，淡淡地说道："不给，你裹着被子出去吧。"

丁小伟也跟着变脸："你什么意思？你有病啊。"

周谨行脸上有些挂不住，脸一沉，冷冷地看了他一眼。丁小伟说话从来不给他留面子，直来直去的。他并不是不能承受别人在言

207

语上冒犯他，只是越来越不能承受丁小伟的刻薄话语，因为这种刻薄话语不是让他感到被冒犯，而是觉得伤心。

他拼命告诉自己沉住气，情绪却还是很容易受丁小伟影响。

丁小伟白了他一眼，无奈地重新躺回了床上。这时候太晚了，外面又冷，其实他也懒得走，干脆睡到明早直接去上班算了。

他蒙上被子："睡觉。"

半晌，他听到周谨行温柔又轻缓地说了一句"晚安"。

第二天一早，丁小伟打算先回家一趟，换身衣服再去公司。

他刚到家楼下，远远地就看见容华买了菜回来，正在单元楼门口跟一个男人说着什么。

丁小伟以为那是家附近的邻居，可还没走近，就觉出不对劲儿来了。

那个男人对容华拉拉扯扯的，容华一脸怒容，两个人越说越大声，好像要吵起来。

丁小伟赶紧跑过去，就听到容华气得都有些结巴了，说着什么"嘉嘉"之类的，然后让男人滚。

丁小伟叫了一声："容华。"

容华转过头来，看到是他后，脸色更加难看。

丁小伟皱着眉头，上去将那个男人推开，厉声道："你跟我老婆拉拉扯扯的干什么？你是谁呀你？！"

男人看上去年纪跟他们差不多，中等个头，穿着看上去不便宜的西装，可惜人没那个架子，撑不住衣服，看上去有几分滑稽。

男人脸色一变，狠狠地瞪着丁小伟，却被堵得说不出话来。

丁小伟心里很不舒坦，语气就不太好地问容华："他是谁呀？"

容华脸色苍白，嚅动着嘴唇不说话。

丁小伟看她这样就有些心软。容华一直是个温顺的女人，属于没什么胆子跟男人叫板的小女人性格，有时候连自己的儿子都不太压得住。

他放软了语气："你没事吧？"

容华摇了摇头，对那个男人说："你也看到了，我结婚了，你别再来找我了。"

男人狠狠地瞪了丁小伟一眼，转身走了。

话说到这份儿上了，丁小伟也能猜出对方是谁了。他心里虽然不痛快，可这也不是容华的错，一拍两散的夫妻，很少再也不来往的情况，毕竟还有个"共同财产"——孩子。就冲这点，他们一辈子都牵扯不清。

丁小伟当然早有这样的心理准备。

见容华在哭，丁小伟低声安慰了几句。

容华只是哭，却什么也不说。丁小伟没问什么，也根本不想知道发生了什么事。

他想起上次周谨行来他家时，容华肯定跟周谨行说了一些事。她心里一定有很多苦闷情绪想要倾诉，但倾听的这个人肯定不会是她的二婚丈夫，就像他也绝对不会跟容华说自己是怎么被江露甩了一个道理。

丁小伟还得上班，嘱咐了一句"那个男人再来就给他打电话"，就匆匆走了。

他赶到公司时好险没迟到。

肖总一见他就开玩笑道："你这身体不行啊，蒸个桑拿就昏倒。"

丁小伟尴尬地直笑："我也没想到这玩意儿那么厉害。"

肖总哈哈大笑起来："没事就好。"他把手里的文件递给丁小伟，"来，你帮我把这个东西给周总送过去，我给你地址。"

丁小伟"啊"了一声，商量道："肖总，你看那个……昨天挺尴尬的，要不让小赵去吧？"

"没事,有什么尴尬的?"

丁小伟一脸为难的样子。

肖总安慰他道:"让你去送个文件而已,又不是让你再跟他蒸桑拿,你把文件送到他的公司走人就行,周总是做大买卖的人,都没时间见你,你怕什么?"

他这么一说,丁小伟才安心一些。

丁小伟去了周谨行的公司后,果然只是把文件放在前台就走了,人都没见着。

可自那之后,他们老板和周谨行之间的联系就多了起来。

丁小伟后来又见了周谨行两次,还好都只是吃饭,周谨行表现得都很正常。可周谨行表现得越正常,丁小伟越害怕他哪天又突然发神经,每次听说是去见周总都战战兢兢的。

过了段时间,丁小伟接到了很久没联系的詹及雨的电话。

他其实一直想知道詹及雨最近过得怎么样,可想到之前的尴尬和詹及雨狼狈样子,觉得詹及雨是故意不联系他的,他也得考虑詹及雨的自尊心。

见詹及雨主动打来电话,丁小伟很是高兴。

"丁叔,你最近过得好不?"

"挺好,你呢?学习紧张吗?"

"嗯,我每天都做一堆题,可累了,但是我觉得我进步很大。"

"那就好,那就好,再有三个月就高考了,你努努力,把这段时间熬过去,上了大学随便你怎么疯去。"

"嗯,我知道。"詹及雨轻轻笑了两声,"丁叔,我给你转过去两千块钱,剩下的三千块我过段时间就还你。"

"这事不急,你先想着学习吧,等你考完了,丁叔给你庆祝。"

"好!"詹及雨的语气轻快了不少,"丁叔,我们老师说了,考试之前要好好放松心情。等到快考试的前几天,你就陪陪我吧,咱俩打打牌,聊聊天,我就跟你在一起时最开心、最放松了。"

丁小伟笑道:"没问题,只要你能考好,这算什么?"

两个人又闲聊了几句,对之前发生的事只字不提。有些事过去就过去了,再说就是添堵,没啥意思。

就这么消停了一个多月,周谨行没再来烦他,丁小伟觉得安逸了不少。

可他没想到,自己家这时候出了大事。

## 第十一章
家里出大事了

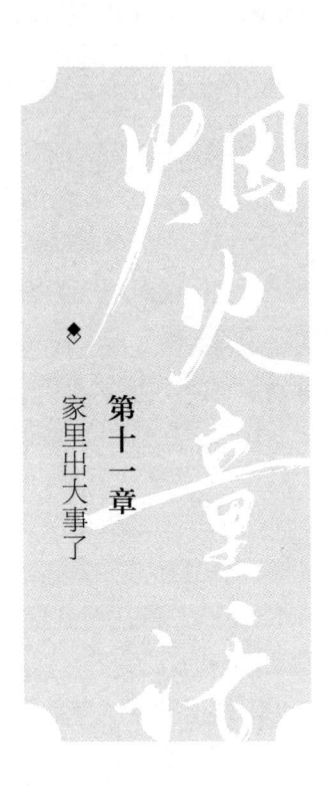

那天天气很好，丁小伟站在窗前晒太阳。这时他接到了容华的电话，他一接电话就知道不好，容华哭得喘不上气来，让他赶紧去医院，嘉嘉出事了。

丁小伟心急火燎地冲去了医院。

到了医院，当他看到好好地在那儿站着的容嘉的时候，他着实没反应过来。

当他看到旁边一直在哭的容华和几个警察后，他明白过来恐怕是容嘉让别人进了医院。

容华一见到他就像见到了救星，扑过来拽住他："小伟，怎么办？怎么办？"

丁小伟搂着她安抚道："你别急，别急，让我了解一下情况。"

容嘉身上的衣服乱七八糟的，脸上明显是打过架的痕迹，双眼空洞无神，就跟没了魂似的那么戳着。

"警察同志，这是怎么回事？"

警察看了他一眼："你是孩子的家长吗？"

"是，我是他的继父。"

"哦，过来说。"警察把丁小伟带到了外面，"你还不了解情况吧？"

丁小伟急忙说道："不了解，你看他妈那样根本说不清楚话，你快给我说说是怎么回事？"

警察说道："本来没什么大不了的事，就是小孩子打架，可容嘉把那个男孩从楼上推下去了，那孩子摔着脊椎了，现在正在做手术，弄不好要瘫痪。"

丁小伟只觉得脑子"嗡"的一声，瞬间空白了。

瘫痪？十来岁的孩子就要瘫痪？那孩子以后怎么办？容嘉以后

怎么办？

丁小伟脑子里瞬间冲上来无数念头，每一个都能压死他，他颤声问道："手术什么时候结束？"

"这我不太清楚。"

"要是对方真瘫痪了，容嘉会怎么样？"

"这个更不好说，得看对方家长是要起诉还是要私了。"

丁小伟觉得头脑一片空白，愣怔地看着自己的鞋尖，不知道如何是好。

这个意外事件把丁小伟砸得六神无主。他从小就是奉公守法的好公民，就算小时候打架被抓住了，也就是进进教导处，被父母拧拧耳朵的程度，哪里像容嘉，一下子就闹出这么大的事。

无论对方家长是起诉还是私了，对他和容华来说，这都是巨大的打击，更别说对人生才刚刚开始的容嘉了。

警察说："孩子和他妈妈先跟我们去派出所做笔录，你去和校方沟通吧。"

丁小伟双腿发软，靠着墙站了半天，才打起精神进屋。

屋里还站着几个人，跟警察说着什么，估计是学校的领导。那天具体跟校领导以及警察谈论了什么内容，丁小伟后来很多都回忆不起来了。

他其实和容华一样混乱，但他是一家之主，必须表现得镇定，否则这个家就崩溃了。

容嘉还没满十四周岁，不会被收审。很晚的时候，母子俩回了家，一进家门，容华就把孩子狠狠地打了一顿，然后抱着他哭。

丁小伟在门外听着里边的哭声，一根接着一根地抽着烟，心里乱成了一团。

对方家的小孩手术结束后还得继续观察，情况不太乐观。

丁小伟和容华白天上班，下了班把玲玲接回家安顿好，就拎着一堆保养品去医院探病。

可惜他们去了几次,对方家长都直接把他们轰了出去。

丁小伟可以理解对方家长的感受,如果躺在床上的是自己的孩子,他谁都不会原谅。

整个家被一片愁云笼罩着,容华几乎天天以泪洗面,担忧着容嘉的未来。

丁小伟托公司的关系找了个跟他们有合作关系的律师,每天忙得晕头转向,细想下来却不知道自己都忙了些什么事。

两个人都焦头烂额,有一天回到家才发现,两个人都忘了去接玲玲。

丁小伟手机没电,以为容华会去接人,巧合的是容华以为他会去,结果两个人魂不守舍,都没去。

心里一堆事的人,脾气难免暴躁,因为这事,自他们结婚以来第一次吵了架。

容华很快就哭了,丁小伟只好道歉。

他匆忙地给幼儿园老师打电话,老师却告诉他玲玲已经被人接走了。

丁小伟傻眼了:"谁……谁接走了?"

老师语带责备地说道:"你的朋友啊,以前经常来接玲玲的那个。你们夫妻俩谁都不来接孩子,手机还都打不通,我只好打能打通的那个电话了。"

"是不是特别高那个?"

"是啊,姓周嘛。"

"他怎么会去接玲玲?"

"玲玲身上有他的电话。"

为了防止意外,丁小伟确实在孩子的书包里放了自己和容华的电话,可没放过周谨行的,估计是玲玲自己写上去的。

丁小伟只好赶紧给周谨行打电话。

"喂？玲玲在你那儿呢？"

周谨行略带讽刺地说道："新婚生活这么忙？你连玲玲都忘了接？"

丁小伟急忙说道："我是有事。你把玲玲给我送回来吧，或者我去接她。"

"不用了，明天不上学，玲玲想在我这儿玩儿几天。"

"不行！"

周谨行沉默了一下，问道："为什么不行？"

丁小伟一时语塞："就……不给你添麻烦了，我还是把孩子接回来吧。"

"可玲玲不想回家，说你们不管她。"

丁小伟心里一阵难受，面对周谨行的指责话语，有些心虚地解释："我最近是真的有事，疏忽她了……"

"哦？什么事？需要我帮忙吗？"

"不用，你把孩子送回来就行。"

"玲玲跟我在一起，你不放心？"

玲玲和周谨行在一起，他很放心。只是他不想玲玲和周谨行的感情牵绊继续加深了，免得分别的时候玲玲又会伤心。

周谨行淡淡地说道："玲玲不愿意回家，跟我在一起比较开心。星期一我会送她去幼儿园，你们如果照顾不好她，我帮你照顾吧，正好你可以忙你自己的事去。"

丁小伟被堵得哑口无言，再说玲玲在周谨行那儿，他不肯送回来，自己总不能跑去抢人吧？

无奈之下，丁小伟只好默许了。

自那之后，周谨行隔三岔五就在丁小伟之前把玲玲接走。丁小伟一肚子怨气,但看到小姑娘每次回到家都高高兴兴的样子,火又发不出来。

被容嘉推下楼的孩子,手术还算成功,但情况并不乐观。虽然不至于瘫痪,但现在孩子下不了床,据医生说要做好几年的复建,才有机会重新用自己的腿走路。

这结果虽然不如想象中的差,但对被牵扯进去的两家人来说,都是沉重的打击。

对方家长一开始义愤填膺,一定要起诉容嘉,连律师都请好了。

丁小伟和容华就通过校领导几次登门求情。

这事情折腾了一个来月,对方同意和解,要求丁小伟他们一次性赔偿四十万,并且孩子以后的医药费他们也要定期支付。

这个要求让丁小伟和容华一筹莫展。

他们找律师的时候,律师就让他们做好心理准备,可面对如此庞大的赔偿金,心理再怎么准备,银行卡余额也准备不好。

容华一共只有十几万元的积蓄,何况还要支付孩子以后的医药费和康复费,这就像个无底洞,他们后半辈子难道都得做牛做马地往里面填钱吗?

容华整个人如同被抽干了魂,丁小伟的状态也好不到哪儿去。

他能理解对方家长的心情,其实对方没多要,容嘉把人家的孩子的后半辈子都给毁了,四十万算得了什么?可是这笔钱对他们来说,实在是天大的数目,他出不了。

这真金白银的负担沉重地压下来,丁小伟意识到自己想退却了。要求他一下子拿出二三十万元来,他不是拿不出来,可那就等于把他掏空了。

他家里有老人,有孩子,他爸妈六十多岁了,玲玲才五岁,以后用钱的地方不知道有多少,他怎么可能为了别人的孩子散尽家财?

是的，容嘉毕竟是别人的孩子。即使他和容华结婚了，即使说得再好听，有几个人真的能把继子视如己出？

他们毕竟是半路夫妻，搭伙过日子，谁都不可能不给自己留余地。

他这么多年省吃俭用，连件新衣服都舍不得买，为的是什么？为的是给他闺女积攒嫁妆，给他父母存养老钱，他怎么可能把这笔钱用在别人身上？

而且这官司没的打，准得输，与其打输了官司赔钱赔人，聪明的人都会选择现在赔钱了事。

可即使他们能凑出这笔钱，以后的医药费呢？那孩子才十来岁，以后他们还得在他身上花多少钱？

丁小伟一想到这重重困境，一想到这本来不该是他的事情，真的想退却了。他产生了一种想逃的冲动，可是良心和责任心让他无法放着容华母子不管。

丁小伟被那种悲哀的焦躁感弄得嘴上长了一圈水泡，连觉都开始睡不安稳。眼看着容华一天比一天瘦，他比江露跟着有钱人跑了那会儿还要痛恨自己没本事。

丁小伟听到容华躲在卧室里打了一天电话，跟老家的亲戚借钱。

玲玲又被周谨行接走了。

其实私心里他挺希望玲玲现在不要在家的。这个家现在乌烟瘴气的，大人都没有时间给她足够的关怀，如果她在周谨行那儿能玩儿得高兴，丁小伟也能安心一点儿。

容华打完了电话，红着眼圈出来了，手握着衣角坐到他对面。

丁小伟也坐直了身体，知道容华肯定有话要说，也能猜到她要说什么。

"小伟……"容华凄切地看了他一眼。

丁小伟把烟掐灭了:"怎么样,能凑出多少钱来?"

容华吸了吸鼻子:"大概……二十万吧。"

还差一半啊……

丁小伟没有抬头,闷声说道:"我给你出十万吧,其他的你再想想办法?"

容华鼻头一酸:"小伟……"

十万对丁小伟这种拿死工资的人来说,得不吃不喝将近三年。二婚的丈夫,为了不是自己的孩子二话不说愿意拿出这么多钱来,甚至都没说是借,这已经让容华感动不已。

可是这些钱不够。

如果不是被逼到这份儿上,容华真的没脸要求丁小伟为了自己那个不争气的儿子往外扔血汗钱,可那毕竟是她儿子。

容华颤声说道:"小伟,我知道我不该得寸进尺,可我实在没办法……你……你再多借我十万吧,我以后一定还你!"

丁小伟的心也跟着颤了起来,他抬头看了一眼这个同床共枕了半年的妻子,突然心疼起她通红的眼睛和脆弱的神情。

这么一个善良又安分的女人,他多希望自己能帮她解决一切烦恼,让她安安心心地拿着工资,每天动脑筋最多的事情就是晚上要吃什么。

可惜他丁小伟没那个能耐,真的做不到。

他垂下眼帘,听着自己空洞的声音响起:"容华,我也想帮你,真的……可是,我拿不出更多钱了,你……你再想想办法吧。"

容华脸色苍白,也低下了头。

两个人一起陷入了可怕的沉默中。

丁小伟不敢看她,就那么僵硬地看着地板。

最后是容华先开口了,她轻声说道:"小伟,不管怎么样,我得谢谢你。"

丁小伟心里一紧,一句话都说不出来。

这个话题容华再没有提起,她依然想着办法去凑钱,但绝对不会忘了给她的丈夫和儿子做饭。

丁小伟近来烟瘾越来越大,以前他只是偶尔心烦的时候抽一根,两三天不碰都不想,现在却一天能下去小半包。

丁小伟觉得日子过得一天比一天憋屈,却找不到解决的办法。就连公司的同事都发现他不对劲儿了。

他送肖总出去的时候,肖总还关心地问了他几句话。丁小伟自己的家务事,不好意思跟别人说,只好敷衍了几句。

两个人正说着话呢,肖总的手机响了。

丁小伟听到他热络地叫"周总",就知道那头的人是谁了。

然后他就听到肖总说着"哦,哦,没问题"。

挂了电话,肖总冲着丁小伟说道:"小丁,你把我送到地方后,去一趟周总那儿,他的司机感冒了,现在他要出去办点儿事,正好你没事,你去帮帮忙吧。"

丁小伟一肚子牢骚,却不好开口。

周家那么大的家业能一个司机都找不出来?找不出来周谨行不会自己开车吗?周谨行这是故意折腾他呢。

把肖总送到目的地之后,丁小伟就往周谨行所在的地方去了。

离得老远丁小伟就看到周谨行的院子里欢快地奔着一只黑色的大狗,狗旁边有个小男孩,小男孩穿着一身小海军服,身子还没狗长,玩儿得很欢快。

丁小伟停下车后,周谨行走了出来,手里还拎着一个不小的旅行包,顺手把小男孩抱了起来,朝着丁小伟走来。

丁小伟注意到孩子立刻不笑了,板着张小脸。

丁小伟走近了一看,好大一只狗。他对狗不熟悉,不知道这只狗是什么品种的，就是看着觉得很威风。

周谨行手臂上托着的小男孩跟玲玲差不多大的样子。

孩子的皮肤像牛奶，眼睛像葡萄，嘴唇像樱桃，原谅丁小伟没啥文采，总之这小男孩长得太漂亮了。

只是他面无表情，跟刚才玩儿得欢快的小孩好像不是一个人，仿佛天生长了一张不高兴的脸，看着不太讨人喜欢。

丁小伟没头没脑地问了一句："你儿子？"

周谨行笑道："我儿子还坐不起来呢，这是我小叔。"

"小叔？"丁小伟瞪大了眼睛。

周谨行把孩子放到地上："是我小叔，我爷爷最小的儿子。"他拍了拍孩子的脑袋："打个招呼。"

丁小伟想起周太安最后一个老婆才二十来岁，有个五岁的儿子不奇怪。

小孩脚一沾地，立刻就跑到那只大狗旁边，用手揪着它的毛，紧紧地挨着它，眼睛一眨不眨地看着丁小伟，很抗拒的样子。

周谨行摸着他的脑袋："他有点儿怕生，而且离不开这只狗，我今天有事，你帮我带着这只狗去宠物店洗个澡吧，把它交给其他人我不放心。"

丁小伟白了他一眼："你就为这事把我弄过来？你们周家没人了？你随便找个用人、保镖什么的不就行了？"

周谨行抿嘴笑了笑："我只是想见见你。"

丁小伟没搭理他："告诉我地址吧。"

周谨行低声说道："丁哥，你最近过得是不是不太好？玲玲跟我说了，你们碰到了麻烦，如果你需要我帮忙的话……"

"不用。"丁小伟打断他的话，"谢谢你的好意，但是我自己家的事，我们自己会解决的，倒是玲玲在你这儿打扰好几天了，得谢谢你。"

"你跟我这么客气干什么？"

"咱们没那么熟，当然得客气。"

周谨行也不生气，笑了笑，把手里的旅行包拎到他面前："另外，丁哥，他和这只狗要在你家住一段时间，大概一个星期。"

丁小伟眯起眼睛："你说什么？"

周谨行脸上一点儿波澜都没有："我要出一趟国，这段时间你帮我看看孩子和狗吧。"

丁小伟眼珠子都要瞪出来了，气得都结巴了："不是，你……我凭……凭什么帮你看孩子和狗啊？"

周谨行笑道："只是帮个小忙，他们吃得又不多。"

"这是吃多吃少的问题吗？你脑子里都在想什么？你们周家没人了？为什么让我看你孙子，不是，呸，你小叔？！"

周谨行看了看已经跟狗滚成一团的小孩，把丁小伟拉到一边，低声说道："丁哥，我没有把你当外人，你放心玲玲跟着我，我也放心他跟着你。"

"这不是放心不放心的问题！"丁小伟气得直咧嘴，"我不想掺和你们家的事！"

周谨行皱眉说道："丁哥，连这么点儿忙你都不能帮吗？他很好带的，不哭不闹，你按时给他吃饭、给狗洗澡就行。"

丁小伟觉得周谨行的大脑思维跟他就不在一个空间上："为什么要我带他？他没妈吗？"

周谨行叹了一口气："他真的没妈。"

丁小伟一时语塞。

"丁哥，具体的事情我以后再跟你解释，但是除了你我真想不出合适的人，我不在，把他交给周家的任何人，我都不放心。丁哥，你也有孩子，就当可怜这个孩子吧，他跟玲玲玩儿得挺好的，你只是多看一个孩子一个星期而已，我帮你看玲玲还看了大半年呢。"

"去你的。"丁小伟真不知道周谨行这脸皮是什么做的,那么不愉快的过去他也敢拿出来邀功,还理直气壮的。

周谨行恳切地请求道:"丁哥,帮个忙吧。"

丁小伟自己家的事都乱成一锅粥了,他稀里糊涂地又领回来一个不知道会不会说话的孩子和一只那么大的狗。

他总觉得周谨行在忽悠他。可是周谨行一句话不离这孩子没妈,而且暗示周家其他人会把孩子吃了似的,自己要是不接手,那就是把孩子往火坑里推。

周谨行忽悠来忽悠去,丁小伟就同意了。

他明知道不该再跟周家人有过多牵扯,却还是没躲掉。

一路上他直叹气。

他从倒车镜里看了一眼小孩,问道:"小朋友,你叫什么名字呀?"

小男孩黑葡萄似的眼珠打量了他一眼,就扭过头去了。

丁小伟都怀疑这孩子是不是也不会说话。

很久很久以后,丁小伟回忆这段日子,就忍不住开始掰着指头算,周谨行到底设了多少个套儿等着他这傻子往里跳?

丁小伟把周谨行这个五岁的小叔和五个月的狗领回家后,玲玲非常高兴。他这才知道小叔不是不会说话,虽然对玲玲也没多少热情,但至少会跟她说话。玲玲告诉他周谨行的小叔名叫熠熠,狗叫小白。

容华带着容嘉出去了,晚饭没回来吃,丁小伟亲自下厨给几个生活不能自理的小东西做了顿饭。

玲玲已经习惯她爸爸的破烂厨艺了,小叔好像接受不了,皱着眉头拿勺子挑着碗里的饭菜,吃了几口就不吃了。

丁小伟说:"吃这么点儿一会儿该饿了。"

熠熠看了他一眼，也没说什么，就摇了摇头，跳下椅子跑到小白吃饭的地方，蹲在地上看着小白吃饭。

丁小伟觉得这孩子挺奇怪的，好像眼里就只有那只狗似的。幸好这孩子真如周谨行所说，非常好带，一点儿多余的事都没有。

丁小伟从柜子里拿了根火腿肠，递到他面前："至少吃根火腿肠吧，你晚上睡觉前就得饿了，到时候该睡不着觉了。"

熠熠看都没看丁小伟一眼，伸手将火腿肠接了过来，直接塞到了狗嘴里。

丁小伟有点儿上火，可毕竟这是别人的孩子，不好发脾气。他摸了摸黑乎乎的狗头："你这狗真的才五个月大？它怎么长这么大的个头？什么品种啊？"

"拉布拉多。"

这还是小叔头一回跟丁小伟说话，丁小伟激动了一下，觉得自己该多引导孩子说话，免得孩子自闭了。

"哦，这狗毛色真亮，看着凶，其实挺听话的，应该挺贵的吧？"

熠熠用小手在小白的身上来回抚摸着，眼睛有些发亮："它的爸爸是猎犬大赛的冠军。"语气里充满了骄傲之意，他就好像在说自己的爸爸一样。

"哦，厉害，厉害。"然后丁小伟就不知道该说什么了，心想不吃就不吃吧，明天让他吃容华做的东西，他应该就吃得下了。

晚上安排他睡觉的时候，丁小伟本来让他跟玲玲一起睡，结果他非要让狗也上床。

丁小伟觉得狗不干净，就不让，孩子就不干了，抱着狗坐在地上，弄得丁小伟哭笑不得，最后只能随他去了。

把两个小孩哄睡了，丁小伟自己收拾了一下，也打算睡觉了。到了十一点多，容华才回家，一脸疲惫的样子，精神有些恍惚。

丁小伟给她倒了杯水，关心地问："怎么了？是不是着凉了？"

容华摇了摇头，看着丁小伟的眼神有种哀怨和凄切感。

丁小伟被她看得心慌："怎么了？"

容华就那么看着他，眼睛突然就模糊了，一下子哭了出来："小伟，对不起，你别怪我……"

丁小伟愣怔地看着容华："什么……什么意思？"

容华哽咽着说："我对不起你，咱们……咱们离婚吧。"

丁小伟眼前一黑，半天才找回自己的声音，艰涩地说道："容华，我对你……应该没话说了吧，嘉嘉的事我已经尽力了，你为了这事……就要离婚？"

容华使劲摇了摇头，蓬乱的头发和通红的眼圈显出几分狼狈样子："不是，小伟，不是你的问题，我也实在没办法，都是为了嘉嘉。"

丁小伟深吸了一口气："你说清楚。"

容华凄楚地说道："我实在是走投无路了，去找了嘉嘉的爸爸……"

丁小伟闭了闭眼睛，已经明白是怎么回事了。

"他爸爸早年真是个浑蛋，听信几个狐朋狗友的话，撇下好好的工作跑到新疆去淘金子，把家里的钱都败光了，还一直不回家，我一气之下就跟他离了婚。我从别人嘴里听说他过得不怎么样，没想到这次回来，他突然发财了……他来找过我好几次，想跟我复合，我真没想再和他好，小伟，我是一心一意地想跟你过日子的。"容华泪眼蒙眬地看着丁小伟，"可是，嘉嘉出了事，一下要那么多钱，这钱不该你来出，他是嘉嘉的爸爸，他该出。我实在没办法了，就去找他了，他同意出这钱，条件是我得跟他复婚。小伟，你能理解我吗？他毕竟是嘉嘉的爸爸，嘉嘉跟他还是有感情的。"

丁小伟心里一阵酸楚。他确实能理解容华，如果是他，肯定也会做出一样的选择。一辈子也过不成一条心的二婚丈夫，和衣锦还

225

乡的结发夫君，在有困难的时候肯下血本的孩子的亲爹，任谁都会选后边那个。

这个时候成全人家是让他们一家三口美满团聚，他有什么理由不闪到一边凉快去？

丁小伟苦笑了一下，低声说道："你放心，我能理解。这样对你、对嘉嘉都好。"

容华一脸愧疚的表情："小伟，是我对不起你，如果不是嘉嘉这事，他就是再有钱，我也不会再跟他好。你是个特别好的人，我说的都是真心话。"

丁小伟酸涩地说道："我明白，我相信你。"

容华哽咽道："结婚的礼金我会退给你，老家那边我会去解释。"

丁小伟疲倦地点了点头："行，你看着办吧。你们什么时候……走？"

"明天，他来帮我们搬家，这个文件你签了吧。"容华从包里拿出了离婚协议书。

丁小伟看着那张似曾相识的文件，有种恍如隔世的错觉。几年前他也是坐在沙发上，文件摆在茶几上，他带着怨愤情绪签下了自己的名字。

当年的场景重现，他平静多了，只是恍惚间有些不明白，怎么这么多年过去了，自己又绕回了原地，还是什么都没剩下？他感觉自己的心一下子老了许多。

他也没怎么犹豫就签了字。

容华看着他，眼泪"哗哗"地往下掉。

丁小伟拍了拍她的肩膀，安慰道："别哭了。那个……我朋友的小孩过来玩儿了，孩子嫌我做饭难吃，明早你给他们做一顿好吃的饭再走吧，你和嘉嘉都跟玲玲道个别。"

容华已经泣不成声，一边哭一边点头。

丁小伟被她哭得有些心烦，拿着烟跑到阳台上抽去了。

那晚上他想了很多事：想玲玲会不会很难过，毕竟容华和容嘉对她挺好的；想他妈要是知道他结了婚才半年又离了，该有多生气、多伤心、多发愁；想他这辈子怎么就这么失败，一个人都留不住；想他觉得自己明明没做错什么事，不嫖不赌一心顾家，偏偏跟他好的人却一个个离他而去；想老天爷怎么老是跟他过不去，就见不得他过安稳日子。

想到最后，他又觉得有一丝解脱的感觉。

跟一个还没培养出感情的女人过一辈子，如果往深了想，他就会觉得挺悲凉的。更何况出了容嘉这事，往后的日子肯定平静不了，丁小伟突然觉得能从这段婚姻里抽身，对他来说也是一件好事。

丁小伟就这么纠结着，抽了一晚上的烟。

容华晚上是在楼下容嘉那儿睡的，显然也没睡好，一大早顶着黑眼圈上来给他们做饭。

丁小伟在旁边给她择菜。

到今天这个地步，两个人也没什么话可说了，说什么都矫情。

饭菜差不多做好的时候，丁小伟把两个孩子叫了起来。一共五个人，围在一起吃了一顿沉默的早餐。

吃完饭后丁小伟帮着容华收拾东西。

容嘉的爸爸很早就来了，见了丁小伟面无表情，收拾完东西就把母子俩带走了。

丁小伟有些奇怪玲玲没怎么难过，就问玲玲："容华阿姨和容嘉哥哥走了，你不伤心吗？"

玲玲比画着："周叔叔说，如果没有容华阿姨，他就会来照顾我。现在容华阿姨走了，周叔叔什么时候来？"

丁小伟的脸一下子沉了下去，他在心里直骂周谨行都瞎教他女儿什么？

女人的东西多,容华一走,屋子好像一下子空旷了不少。丁小伟觉得自己得找点儿事情做。

他拍了一下熠熠:"走,我带你的狗洗澡去。"

熠熠高兴起来,自己跑去换好衣服。

丁小伟从窗户里正巧看到有辆出租车刚送完人,就在他家楼下,便叫道:"师傅!"

司机左右转了转头。

"师傅,上边。"

司机抬起头来。

"师傅,走不走?"

"走啊。"

"我带条狗行吗?"

"狗?多大的狗啊?脏不脏?"

"不脏,不大,才五个月,小狗崽儿。"

"那行,你带吧,我等你下来。"

"好嘞。"

丁小伟把那只"不大的小狗崽儿"拴上项圈,拍了拍它的脑袋,领着俩孩子和它下了楼。

司机师傅一看到狗立刻不干了:"哎哟老板,你管这叫狗崽儿?属河马的吧?"

丁小伟不乐意了:"怎么说话的呢?这狗是纯种拉布拉多,它爸还得过猎犬大赛的头奖呢,血统别提多高贵了,一只几十万呢。"他开始瞎掰。

师傅无奈地说道:"对,这狗真不能拉多,拉多了得把我塞后备厢里去。"

无论丁小伟怎么磨嘴皮子,司机就是不肯带他们,一踩油门跑了。

丁小伟看了一眼张着嘴伸着大红舌头，表情天真无辜地看着他的狗崽子，又开始上火了。

没办法，丁小伟只好带着他们往小区外走，站在小区门口拦了半天的车，就是没有一辆出租车停下。

他愤愤地想，这些人太没有爱心了。

他正发愁怎么去呢，老远一辆墨蓝色的跑车，本来是跑在中线上的，不知道怎么的突然换道，往小区这边靠，惹得它后边的车愤怒地直按喇叭。

丁小伟眼睁睁地看着那辆车在他面前停下，呆住了。

车窗慢慢降了下来，丁小伟猫腰一看，哟，熟人。

有别于前几次两个人见面，这次周宗贤没有穿西装，而是穿着一套白色的运动服，显得年龄顿时小了不少。

周宗贤歪嘴笑了笑："哟，巧呀，碰到你就够巧了，居然还能碰到我的小叔叔。"

周宗贤也不管小区门口能不能停车，嚣张地把车停下，直接下了车，绕到丁小伟旁边，把他小叔抱了起来，捏着他小叔的脸笑道："小熠熠，原来周谨行把你藏到这儿来了。"

熠熠板着小脸，有些抗拒地扭了几下身子，最后不动了。

丁小伟看到周宗贤心里就硌硬，不爱搭理他，白了他一眼就伸出手来："把孩子给我。"

周宗贤从鼻子里"哼"出一声："你是他的什么人？"

丁小伟说道："我不是他的什么人，但是周谨行把他托付给我几天，至少现在我是他的临时监护人。"

周宗贤大笑道："临时监护人？哈哈哈，真是有意思，你知不知道多少人削尖了脑袋要争当他的临时监护人？你这现成便宜捡得挺欢快的啊。"

丁小伟拿看傻子的眼神看着他："你们家那些破事我管不着，

你现在是想怎么样？明抢是不是？"

周宗贤挑了挑眉："如果是呢？"

"如果你想明抢，就先过我们一人一狗这一关，我建议你开车一口气把我俩都撞趴下，这样我还能算工伤。我是迫于无奈把孩子弄丢的，周谨行回来也怪不到我头上。"

周宗贤讽刺地笑了笑："真想不通那傻子看中你什么了。"

丁小伟直觉他指的是詹及雨，但不想问。

周宗贤冷哼道："放心吧，我不会公然抢人的。你大概不知道吧，我爸呢，被支到加拿大开拓海外市场去了，我则被二哥一脚踹回了学校。我现在每天都好好学习，天天向上，其他事都轮不到我管。"

他捏了捏熠熠的小胳膊："熠熠这是要上哪儿啊，在这儿等车吗？"

熠熠指着狗，说："给小白洗澡。"

"哦，我带你们去好不好？"

熠熠想了想，点了点头："我想吃肯德基。"

周宗贤哈哈大笑起来："没问题。"说完转身就把熠熠塞进车里了。

玲玲一听说有肯德基吃，都不用提醒，跟着钻进了车里，那只狗更听话了，直接奔着它的小主人去了。

前后不过几秒钟，就丁小伟傻呵呵地戳在车外，对着周宗贤干瞪眼。

周宗贤挑了挑眉："上不上来？"

丁小伟喝道："玲玲，给我下来！"

小姑娘缩了缩脖子，水汪汪的眼睛带着哀求之色看着她爸爸。

周宗贤也上了车："爱上不上啊。"说完就发动了车子。

丁小伟赶紧打开车门坐了进去，用手臂撑着车门："用不着你在这儿瞎掺和。"他回头冲后座上的两个孩子一只狗说道："都下车，我带你们去吃肯……"说还没说话，丁小伟只觉得身子晃了一下。

丁小伟难以置信地回头怒瞪着周宗贤，这孙子居然直接就这么开车了。

姓周的露出白牙笑了笑："开着吧，开着车门凉快。"

车马上就要驶到车行道上，丁小伟吓得赶紧关上了车门，破口大骂道："你是不是有病啊？！"

他是看明白了，这周家的人没一个正常的。

周宗贤充耳不闻，一边开车一边按手机，然后把耳机塞到了耳朵里。

丁小伟直觉他在给周谨行打电话。

果然，那头的人接了电话，周宗贤懒洋洋地叫了一声"二哥"。

丁小伟冷眼看着他，看他怎么扯淡。

"二哥，你猜我现在跟谁在一起呢？哎？这句话怎么这么熟悉，是不是上次我也是这么说的？"

"没错，人也是上次的那个人，不过这次多了咱们的小叔叔。"

电话那头的人说了什么话，周宗贤开心地笑了起来。

"哪儿呀？我每天都把精力用在学习上呢，今天碰到他们绝对是意外。"

丁小伟受不了了，贴到周宗贤的耳朵边喊道："周谨行你赶紧回来，我不想掺和你家的破事。"

周宗贤笑了起来："听到了吗？我？我没想怎么样，生活太没意思了，不找点儿事情做，我闲得发慌。"

"我打算跟你这个老朋友好好聊聊。比如你把从麦肯锡高薪挖来的人才下放到一个小破贸易公司当老总，就为了……"周宗贤似笑非笑地看了丁小伟一眼，"就为了随时盯着一个司机？"

丁小伟心里一惊，瞪着眼珠子看着周宗贤。

周宗贤不知道听到了什么，哈哈大笑起来，声音透着一股冰冷之意:"二哥,我现在虽然在公司说不上话了,但人实在是闲不住,没事的时候就喜欢关心一下你的私生活什么的。我发现你身边还有很多有意思的事情值得挖掘,咱们慢慢来。"

说完他就挂了电话。

丁小伟脸上一片寒霜,眯着眼睛看着他:"你给我说清楚,你刚才说的话是什么意思?"

周宗贤看上去心情很好的样子:"你应该明白我在说什么吧?那个姓肖的人可是我二哥高薪挖过来的,我二哥平时很器重的,后来突然就被调走了。我觉得挺奇怪,就查了一下,没想到那个人被调到了一家小贸易公司……"周宗贤看了丁小伟一眼,讽刺道,"你看,我二哥这心机、这行动力,还有什么事是他干不成的?"

丁小伟狠狠捶了一下坐垫,心里的怒火腾腾地往上冒。

他又被周谨行摆了一道。他就说嘛,世界上哪有那么多的巧合?怎么他上哪儿都能碰着周谨行,原来是对方早就安排好了的。

他感觉周谨行撒了张大网,把他的工作和生活全都罩住了,他的一举一动都在对方的掌控之下,这感觉太恶心人了。

事到如今,用"变态"已经不足以形容周谨行了。

眼前这个人也没好到哪儿去。

丁小伟忍不住说道:"你们周家的人一个个的是不是都有病啊?"

周宗贤冷笑道:"是,没一个正常人。"

丁小伟瞪了他一眼,把脸转向窗外去了。

车子行驶着,行驶着,他觉得不对劲儿了。

"哎,你这不是上宠物店那条路,你往哪儿开呢?"

周宗贤说道:"去接一个人。"

"谁?"丁小伟看着这越来越熟悉的路,心里有种不好的预感。

周宗贤笑了笑:"你也认识啊。"

两个人说话间,丁小伟看到詹及雨住的小区出现在前方。

丁小伟骂了一声,立刻掏出手机想通知詹及雨。

周宗贤却劈手夺过手机,将其扔到了自己的脚底下。

要不是坐在正在行驶的车上,丁小伟绝对要跟他掐起来。

周宗贤把车停到楼底下,回头对两个孩子说,"你们在车上等一会儿,不要乱跑。"跟着下了车就要往楼上走去。

丁小伟也下了车,绕到周宗贤面前,一把揪住了他的领子:"你想干什么啊,啊?你还来找小詹干什么?"

周宗贤哼道:"你想干什么?你要当着两个孩子的面跟我打架?我可不是那个当爸的人。"

这句话适时提醒了丁小伟,他看了一眼车里,果然玲玲和熠熠都瞪大了眼睛诧异地看着他们。

丁小伟强忍着揍人的冲动,把他的领子松开了。

周宗贤整了整衣服,转身往楼上走去。

丁小伟咬着牙跟在后边。

上楼的时候,他看到走在前面的周宗贤掏出手机,对电话那头的人吩咐道:"给我爸订一张回国的机票,越快越好,通知他准备一下。"

丁小伟不明白他在说什么,但直觉就没什么好事。

周宗贤按了几下门铃,丁小伟就听到里面传来一阵脚步声。詹及雨莽莽撞撞地把门打开了,一看到门口不该一起出现的两个人,愣住了,不知道该作何表情。

丁小伟也是一脸尴尬的表情,指着周宗贤说:"他非要来的,我没拦住。"

詹及雨暴躁地说:"你还来干什么,我是不是说过以后见你一次打你一次?"

周宗贤冷笑道:"说过。"

233

詹及雨瞪圆了眼珠子,却没真打。他也不傻,把这玩意儿打坏了还得赔医药费。

"你到底来干什么的?丁叔,你又为什么跟他一起来?"

周宗贤笑了笑:"来看看你。"

詹及雨握着拳头咬牙吼道:"滚!"

周宗贤耳朵可能不太好使,不但没滚,还长腿一迈,进门了。

詹及雨堵着门口不让他进,周宗贤非要进去,两个人在门口就拉扯了起来。丁小伟上去帮詹及雨,三个人推推搡搡的,气氛顿时紧张起来。

三个人估计火气都挺旺的,一来二去就真的动起手来了。其实主要是詹及雨和周宗贤杠上了,丁小伟想把两个人拉开。

结果周宗贤一肘子撞在了丁小伟的前胸上,丁小伟疼得立刻弯下腰去,一时都喘不上气来了。这还不算,周宗贤冷着一张脸,抬脚又往丁小伟身上踹。

詹及雨一看急眼了,摸到了手边的东西抓起来就往周宗贤的脑袋上砸去。

"砰"的一声巨响,周宗贤的脑袋立刻开了花。

丁小伟晃晃悠悠地站起来,周宗贤则晃晃悠悠地往地上倒去。

詹及雨把手里的花瓶扔到地上,红着眼睛又往周宗贤身上补了两脚。

丁小伟赶紧拉住他,心想这孩子平时挺温和的,不想骨子里是个暴脾气,就这么一会儿工夫,又闯祸了。

"别打了,别打了,脑袋都开花了,赶紧把人送医院去。"

詹及雨骂道:"他活该,自找的!"

周宗贤捂着脑袋,血从指缝里汩汩地往外冒。他瞪着詹及雨,露出一个阴冷的笑容:"这一下子我记住了。"

丁小伟把周宗贤从地上拽了起来,扶着他往楼下走去。

他现在后悔出门了，特别后悔，如果他老实地待在家里，就不用碰上这一堆破事了。

詹及雨也跟着下了楼。

丁小伟从周宗贤的口袋里掏出钥匙，按开车门锁。

他冲着詹及雨说道："车里有两个孩子、一只狗，你给我看着，别去医院了。"

詹及雨脸色有些苍白："我送他去吧。"

"你会开车吗？别废话了，帮我看好孩子。"

詹及雨打开车门，把两个孩子抱了出来，捂着他们的眼睛不让他们看周宗贤现在的模样。

丁小伟把周宗贤弄到车上，一脚踩下油门飞快地将车子开了出去。

要不是情况不对，他真想表达一下他这辈子第一次开跑车的激动心情。好车就是不一样，从起步加速到八十迈不过是眨眼间的事，这感觉别提多带劲儿了。

丁小伟在路上忍不住骂起了周宗贤："你是不是有病啊，特意跑来找打？你要身上痒痒，晚上把钱贴在脑门上多出去溜达。我只要一碰上你们姓周的人，就没一件好事！"

把人弄到医院后，周宗贤在里边缝针，丁小伟在外边办手续。这时候医院乒乒乓乓地来了几个人，丁小伟一看那服丧似的清一色的黑衣，就知道他们是来找谁的了。

过了一会儿，又来了几个人，为首的是一个中年女人，她板着张脸，目不斜视。

这些人围着诊室，那女人捧着周宗贤的脑袋着急地问道："这是怎么回事？疼不疼？"

"大姑，怎么能不疼啊？"周宗贤扁着嘴撒娇，那嚣张的恶霸气息荡然无存。

女人怒道："谁干的？！"

235

周宗贤眯着眼睛看了丁小伟一眼,把手指头往他的方向指:"他。"

丁小伟看着好几个人齐齐地转头看向他,身上的汗毛都乍开了。

他急忙说道:"你瞎说什么呢?"说完他就往后退,这时候他才嗅出那么点儿阴谋的味道,拔腿就想跑。

两个保镖手疾眼快,很快绕了过来,跟两座山似的挡住了他的去路。

周宗贤的大姑喝道:"你是什么人,为什么无故伤人?"

丁小伟着急地说道:"不是我干的。"

周宗贤愤怒地说道:"大姑,熠熠还在他们手里,我想把熠熠带走,他们不让,还打人。"

"什么?熠熠怎么会在他手里?他是周家的什么人?"

周宗贤冷冷地看着丁小伟:"大姑,我跟你说过的,他是二哥的人。"

大姑将信将疑地上下打量着丁小伟,眼神不善。

"熠熠本来是二哥带的,他是周家的人,我就不说什么了,可二哥出国了,居然把熠熠交给一个外人照顾。熠熠这么小,要是出了什么事怎么办?二哥也太不负责任了,宁可把熠熠交给外人都不交给亲人。"

大姑的脸色越发难看。

丁小伟暗暗翻了个白眼,心想他就不该掺和周家的事,准没好。

大姑沉声说道:"这事大姑会找谨行谈的,你先养病。"

周宗贤说道:"大姑,刚才我底下的人给我爸打电话了,我本来不想告诉他,我也没什么大事,但他非要回来。你给他打个电话劝劝他吧,让他别回来,到时候大伯和二哥又会不高兴。"

大姑愣了愣,接过手机放到耳朵边,半晌开口道:"关机了……"

"关机了?难道他已经上飞机了?"

大姑神色有异,叹了一口气:"这才平静了几天啊?"

丁小伟恨不得在周宗贤身上瞪出两个窟窿来，眼看走不掉了，干脆一屁股坐在椅子上。他倒要看看，这群人能把他怎么样，周宗贤这个阴险虚伪的畜生还能说出多少胡话。

丁小伟正跟保镖干瞪眼呢，他的手机响了，拿起来一看，是周谨行打来的电话。他按了通话键低喊道："你赶紧回来，只要跟你一扯上关系，我准得倒霉！"

周谨行苦笑道："丁哥，对不起，我也没想到会发生这样的事。"

"你想不到的事多了，你就不能离我远点儿，让我清净一下？"

"我现在在机场，很快你就会见到我。别着急，不管他们问什么，你不说话就行了。你放心吧，他们不会为难你的。"

丁小伟咬牙说道："我等你回来咱们好好算算账。"

"丁哥，你现在把手机给我大姑吧。"

"你不会自己给她打电话？"

"通过你的手机，比较有说服力。"

丁小伟弄不懂他这些乱七八糟的心思，把手机给了那个大姑。

大姑皱着眉头接过手机："喂，谨行。"

"你这是强词夺理，我们答应让你暂时带着熠熠，可没同意让你把熠熠交给陌生人。"

"你这是什么意思？"大姑的脸色变得相当难看，"你……你先回来，我要当面跟你谈。"

挂断电话后，大姑深深地看了丁小伟一眼。

丁小伟也挑着眉毛看着她。

大姑说道："丁先生，现在麻烦你带一下路，我要把熠熠接走。"

丁小伟皱起眉头，有些犹豫。

"熠熠是我们周家的人，不管谨行把他托付给谁了，我都有权利接管吧？"

丁小伟觉得人家说得在理，这里边有他什么事啊？

丁小伟站起身："走吧。"

他带着他们又回到了詹及雨家，把他闺女和熠熠都接了出来。

詹及雨装作不在意地问丁小伟："那孙子怎么样了？"

丁小伟不打算告诉他周宗贤把事赖到自己头上了，周宗贤要是有心耍赖，谁都解释不清，便说道："没啥大事。你也真是，你这性子能改改吗？"

詹及雨把脸扭到一边去："谁叫他打你？"

丁小伟除了叹气，也不知道能说什么了。他有时候觉得詹及雨和容嘉挺像的，始终都是小屁孩。

容嘉把他同学推下楼，也不过是因为鸡毛蒜皮的小事。詹及雨纯粹是为了讲什么哥们义气，非得帮别人出头，结果闯了大祸。

他在容嘉和詹及雨这个年纪的时候，也是大大小小的错事干了一堆，偷了教室的扫把跟人打架，还觉得自己威风无比。还好老天厚爱，他没闯出过什么不可挽回的祸事。他的年纪比詹及雨和容嘉两个人的总和都大，容嘉他没能帮上，他心里难受。詹及雨呢，只要在他能力所能及的范围之内，他真的想帮忙，尽管他觉得这孩子为人处世的方式太让人闹心，可还是忍不住跟着操心。

丁小伟和两个孩子、一只狗被带上了车。熠熠对谁都是一副爱搭不理的样子，对这个大姑——按辈分应该算是他大姐——也是一样。在车上的时候他就把脸埋在狗肚子上，一声不吭。

丁小伟觉得这小孩又可笑又可怜。

眼看着车子把他们带到了一个酒店，丁小伟有些担心，这回该不会又把他关起来吧？

还好这位大姐看起来比周宗贤正常多了，把他扔到客房里，就去忙自己的事了。说等周谨行回来再详谈，让他随意。

丁小伟不知道他们要详谈什么，总之有种特别不好的感觉。他在屋里转了一圈，找不到事情做，干脆躺到沙发上，开始闭目养神。

刚合上眼睛,他就感觉有人拽他的裤腿。

他睁眼一看,熠熠眼巴巴地看着他。

"怎么了?"这孩子主动搭理他真是新鲜事啊。

熠熠指着他的狗:"小白还没洗澡。"

丁小伟忘了还有这茬,看了看狗,再看了看孩子,撸起袖子:"行,给小白洗澡。"

熠熠惊讶地看着他往浴缸里放水:"你给它洗?"

丁小伟说道:"可不我给它洗?你没听见刚才那个大姐让我们在这儿待着吗?"

熠熠站在他旁边,犹豫地看着他,小声说道:"你会吗?还要吹的,小白要香香的。"

丁小伟看了看这酒店里的设备,咧嘴道:"没问题。"

不就是给只狗洗澡,能难到哪儿去?

他把空调的温度调到了 28 摄氏度,屋子里热得他直冒汗。将浴缸放满水后,他抱起小白直接扔进了浴缸里。

熠熠傻眼了,张嘴看着丁小伟。

丁小伟把上身的衣服都脱了,光着膀子给狗洗澡。

小白别提多欢快了,在浴缸里拼命扑腾水,弄得丁小伟一身水。

玲玲拿着沐浴露往小白身上倒,玩儿得不亦乐乎。

丁小伟扭头看了一眼还傻站着的熠熠,叫道:"小熠熠,还不来帮忙?"

孩子就跟突然回过神来似的,也跑过来在小白身上揉搓起来,渐渐露出了小白牙,"咯咯"地笑了起来。

丁小伟七手八脚地把两个孩子都扒光了,扔进了大浴缸里,让他们跟狗玩儿,自己就在旁边看着,闲着没事还拍了几张照片。

有时候他也忍不住想,要是江露没跟他拜拜,他俩还应该再要一个孩子的,最好是男孩,给玲玲做个伴什么的。

其实在玲玲出生之前,他是真的不喜欢孩子,嫌烦。要不是他妈催得紧,他还想再拖几年再要孩子,可自从有了玲玲之后,他就觉得,这么好玩儿的小东西,再多几个也挺好的,可惜他养不起太多。

第十二章

小叔

到了晚上,周谨行终于飞回来了。

他一下飞机就给丁小伟打来了电话,声音听上去有些疲惫,说自己很快就到。

丁小伟正在床上眯着呢,跟着哼唧了一声。

周谨行说道:"丁哥,我希望你答应我一件事,一会儿无论我当着大姑的面说什么,你都不要反驳。"

丁小伟问道:"什么意思?你不把话说清楚,我肯定不答应,被你卖了都不知道。"

周谨行笑道:"丁哥,你别把我想得那么坏,我这么说是为你好。宗贤坚持是你伤的他,如果不给他们一个合理的解释,我二伯会找你的麻烦,所以这次你听我的话,好好配合我,好吗?"

丁小伟沉默了半晌,只好同意。有詹及雨的倒霉案例在前,他可不想被周宗贤讹上。

不到一个小时,周谨行和大姑一起出现了。

丁小伟心里还抱着一线希望:"你们自家人的事,自个儿商量吧,我是不是能先回去了?"

周谨行安抚地笑道:"丁哥,你坐下来咱们聊聊,接下来的事,跟你也有关系。"

丁小伟心中警铃大作:"什么事跟我有关系?我告诉你啊,我跟你们周家一点儿关系都没有,什么事都跟我没关系。孩子我给你带了,现在原封不动地还给你,我要回家了。"

周谨行用温和却不容置喙的语气说道:"丁哥,先坐下,至少听我把话说完。"

丁小伟鼓着腮帮子,看了看旁边表情严肃的大姑和保镖,又想了想周谨行刚才在电话里说过的话,只好坐了回去。

周谨行满意地点了点头,对大姑恭敬地说道:"大姑,您坐。"

大姑咳嗽了一声,在丁小伟旁边坐下。

周谨行也坐了下来,温和优雅地说:"大姑,您最近气色不错,看来身体没大碍了?我这个做侄子的感到很欣慰。"

大姑脸色有些苍白,勉强笑道:"还行吧。"

"其实我觉得大姑的身体挺健康的,主要是心病太重。我听说中医讲究养气血,人如果少生气,气血就会通畅,很多疾病就可以自愈。我知道姑父的事情很让您发愁,但大姑还是要以身体为重,其实只要您开口,我很愿意帮您分忧的。"

周谨行一席话说得极其真挚、诚恳,听得丁小伟心里直犯恶心。

他想大姑跟他想得也差不多,她的脸色越来越难看。

大姑说道:"这事我们自己能解决,就不麻烦你了……咱们说说熠熠的事吧。"

周谨行笑道:"哦,行,大姑,您觉得我在电话里的提议好吗?熠熠跟他相处得很愉快,我觉得他是个合适的人选。"说完他看了丁小伟一眼。

丁小伟如坐针毡:"什么?什么合适的人选?"

可惜在场的两个人都没搭理他。

大姑沉声说道:"谨行,你不觉得这太过分了吗?当初我们确实达成了共识,一致决定找一个非周家的人来当熠熠的临时监护人,但这个非周家的人,应该跟周家没有半点儿关系,他甚至不应该知道熠熠的身世。你如今找了一个你的……朋友,跟你直接接管熠熠有什么区别?别说我不能同意,你问问其他长辈和弟妹,他们能同意吗?"

周谨行笑道:"大姑教训得是,我确实想得太天真了。我也知道他们不会同意,所以需要大姑帮忙啊。大姑在家族里德高望重,鉴于现在爷爷什么都不管了,您和我父亲一个是长女,一个是长子,这是最有权威的两票了。而且熠熠自己也同意,就算二伯和小姑不同意,也已经是三比二了,您说是不是?"

大姑气息有些不稳,颤声问道:"熠熠……同意?"

"是啊。"周谨行握着熠熠小小的肩膀:"熠熠,我们说过的,以后你就跟着这个丁叔叔一起生活,好不好?"

熠熠面无表情地看了看在场的人,语气没有一点儿起伏:"好。"

丁小伟坐不住了,"噌"地从椅子上跳了起来:"你说什么?"

周谨行抓住他的胳膊,暗暗使力捏了捏,抬头冲他眨了眨眼睛。

丁小伟脑子里乱哄哄的,他不明白周谨行脑子里都装着什么,周谨行不会真打算白送自己一个便宜儿子吧?这么尊贵的小祖宗,他养不起。

他重新坐了回去,打算看看周谨行到底要演一出什么戏。

大姑吸了一口气,试图镇定下来:"就算熠熠同意,谨行,大姑为什么要帮你?你要知道这等于把其他亲戚得罪光了。熠熠身为周家的儿子辈的孩子,他手里的股权可不是一个小数目,如果在他十八岁前这些东西都由你来控制,你不觉得你的野心太大了吗?!"说到最后,大姑有些激动。

周谨行诚恳地说道:"大姑,我并没有打那份股权的主意。我把熠熠托付给这位丁先生,只是因为他是一个合适的人选。作为朋友,我了解他,他是一个非常有爱心的父亲,这个是他的女儿,也是熠熠的好朋友,你不觉得这样的成长环境对熠熠最好吗?"

大姑看上去有气却生不出来,憋得脸色发青。

周谨行继续说道:"我们都知道熠熠身世特殊,爷爷不希望他留在周家,他在周家也过得不开心,我们现在是在为他寻找一个平凡但安稳的成长环境。我相信在周家,只有我和我父亲是真正为熠熠着想的,毕竟熠熠是……"

大姑喝道:"别说了。"她脸色更加难看,"当着外人的面,别乱说话。"

周谨行温和地说道:"不好意思大姑,我说错话了,这事不该提起的。"

大姑转过脸去:"总之你今天跟我说的事,我现在没法答复你。你二伯应该也快到了,他会先去医院看望宗贤,让他休息一天,后天我们把家里的人凑齐,共同商量这事。"

周谨行颔首道:"当然,要家里的长辈同意这事才行。不过大姑,我和我父亲,真的希望能得到您的帮助。我知道您现在为了姑父的债务焦头烂额,我也得到了一些对姑父非常不利的消息,一旦他被起诉,这个消息将会对他造成致命打击。我现在正在努力寻找消息来源,希望能销毁对姑父的不利证据,如果大姑能在熠熠的事情上帮我分忧,我就有更多精力去帮助姑父了,您说对吗?"

大姑脸色白得跟纸一样,肩膀都微微颤抖起来。

丁小伟有些可怜这个女人。

周谨行站起身,把大姑从椅子上扶了起来,柔声说道:"大姑,您回去好好想想,我觉得这对大家都好。"

送走了大姑,周谨行一扭身,就看到丁小伟双手插兜,表情不善地瞪着他。

周谨行的表情却放松了一些,他脱下西装外套,将之随意地搭在椅子上,然后扯开领带,就跟进了家门似的:"累死我了,我连时差都没调整过来,又飞了回来。"

丁小伟竖起大拇指:"你这可真是甩开腮帮子可劲儿忽悠呀。"他招呼玲玲:"闺女过来,咱们回家了。"

玲玲正和熠熠玩儿呢,不太乐意走,眼巴巴地看着周谨行。

周谨行说道:"丁哥,你别急着走,咱们谈谈。"

丁小伟"哼"了一声:"不用谈了,跟你说话保证生气。我听不懂你说的什么监护人,我就告诉你,不管你现在想用我干什么,没门,听清楚了吗?没门!"

周谨行张开双手,想用身体语言让丁小伟放松戒备心:"丁哥,其实这件事我是打算在我回来之后再和你商量的,正好让你和熠熠好好相处几天,增进感情。这绝对是一件于你百利而无一害的事。"

当着两个孩子的面,丁小伟只能用眼神表达他的不屑之意。

周谨行叹了一口气:"丁哥,咱们出去说。"

两个人走出房门,没了孩子们在场,丁小伟的口条顺溜多了,他指着周谨行骂道:"你真是缺德带冒烟的,你脑子里都在想什么呢?!谁想帮你们周家看孩子?"

周谨行平静地说道:"丁哥,你能先听我说完吗?"

丁小伟瞪了他一眼,从兜里掏出烟点上。

"我曾经跟你说过,熠熠没有妈妈,是不是?"

"嗯。"

"你也知道,我大哥,也就是周家的长房长孙,前几年意外过世了,对不对?"

丁小伟"嗯"了一声,然后品出他话里的意思了,吊起眉梢看着他:"你的意思是……"

周谨行点了点头:"没错,他俩是一起出车祸去世的,当时他们正在马耳他度假,如果不是发生车祸,没有人知道他们在那儿。"

丁小伟在心里默默地骂了一句。

"你知道,熠熠的妈妈是我爷爷的续弦,而我大哥当时已经订婚了。总之,这对周家来说是莫大的丑事,连带着熠熠的身份也让全家人起了疑心。"周谨行笑了一下,"很讽刺是不是?"

丁小伟跟着直摇头:"你们家真够乱的。"

"熠熠究竟是谁的儿子,不会有人去求证的,我爷爷有没有去做检验,也没人知道。总之媒体方面,消息被彻底封锁了,家里的每个人都在怀疑熠熠的身份,可他们都要装作不知道。熠熠那时才刚生下来没多久，就注定在这个家里没有容身之处了。"

丁小伟心里有些难受，不经意间看了周谨行一眼，发现他脸上似乎笼罩着一层灰暗的情绪。不知道是不是因为他和熠熠有相似的经历，丁小伟觉得至少周谨行对熠熠的同情是真的。

周谨行讽刺地笑了笑："虽然我爷爷看都不想看到他，但他名义上毕竟是周家的儿子，每个儿子都有的股权，熠熠也有。这不是一笔小数目，每个人手里一份，掀不起什么大风浪，但如果谁能把熠熠的那份争取过来，在周家就有了话语权。"

丁小伟不屑地说道："你们这些人成天就想着钩心斗角，争这个抢那个的，活得累不累？有钱就活得痛快点儿，去喝喝酒多舒坦？你们非得活成这样，真是不知足。"

周谨行专注地看着丁小伟："丁哥，你说得对，我们永远不能知足，因为身后总有人想把我们绊倒，如果不想被绊倒，就得……"

他们就得让别人摔得鼻青脸肿爬不起来。

丁小伟觉得周谨行也挺可怜的。没钱的人有没钱的烦恼，像他，精打细算省吃俭用，连换部手机也要考虑到十多年后女儿上大学的问题。可有钱的人也有有钱的烦恼，像周谨行，成天提心吊胆的，累呀。

不过细想一下，他还是愿意有钱，最好有钱得不得了，可是他肯定不去害人，就把钱攒着，让他和他的家人天天过舒坦的小日子。

周谨行走到他身边，深沉的目光望进丁小伟眼里，轻声说道："丁哥，你刚才也听到了。给熠熠找一个非周家人的临时监护人，是大家能想出来的最好的方案了。熠熠在周家过得很不好，就跟我小时候一样，看起来什么都不缺，其实什么都缺，无论他是我的小叔，还是我的小侄子，我希望他别跟我一样长大，希望他能跟着你，有个正常的家庭环境。"

说实话，要是周谨行来什么威逼利诱，丁小伟保准不答应。可周谨行上来就把孩子的悲惨身世可劲儿地渲染了一番，然后化身跟孩子有同样经历所以于心不忍的过来人，用这么诚恳的语气劝诱他"给爹不疼娘没有的孩子一个家"，是个有良心的人都受不住。

丁小伟一时有些心软了，尤其是想到自己也有孩子，自己的孩子虽然没妈，但至少还有自己，这个周家小可怜有什么呢？那孩子就只有一只狗。

周谨行层层推进："丁哥，其实我早就想到你了，你是我认识的人里最富有人情味的，我相信熠熠如果跟着你，就会像一个普通孩子一样长大。"

丁小伟给他说得相当不好意思："打住，别夸我，我告诉你，我不吃这套。这个……养孩子能是你说两句我就答应的吗？你当我是缺心眼啊？"

周谨行又靠近了一步，轻声说道："丁哥，我没有要你马上答应，但希望你能认真考虑。熠熠是个很乖的孩子，不会胡闹，也不会给你添乱，他的律师会负责将他的收益的一部分支付给你做抚养费，一年两百万，随着年龄增长，如果你觉得少……"

"我告诉你这根本就不是钱的事……两……两……两多少？两百多少？一年什么？你刚才说什么？再说一遍？"丁小伟瞪大了眼睛，眼睛直放光，他的脑子被这个数字砸晕了。

周谨行露出一个魅惑的笑容，在他耳边说道："两百万，如果你觉得少，我可以个人再支付你额外的费用。"

丁小伟眨巴着眼睛，突然不知道如何是好了。他承认，他被闪着金光的数目砸得晕乎乎的了。

天底下还有这等好事？养一个小孩一年就给两百万元，他养一窝都行啊！

可他转念又想，这是周谨行提出来的条件，他要是不提防着点儿，就是傻子。

想到周谨行，丁小伟这才从愣怔状态中回过神来。他后退一步，用质疑的眼神看着周谨行："我问你，你是不是又算计什么呢？"

周谨行笑道："丁哥，你不要总怀疑我好吗？"

"我不怀疑你行吗？"丁小伟瞪了他一眼，大脑开始飞速运转，想弄明白周谨行究竟能耍什么花招。可他的脑容量有限，再怎么飞速运转也只能拍起小浪花，他愣是想不出什么来，尤其是被两百万元砸得晕乎乎之后。

丁小伟想破了脑袋，终于问出一个比较有技术含量的问题："那我要真养他，你会不会一天到晚上我家串门？"

周谨行摇头："不会。"

"那你们家的人不会对我做什么吧？"

周谨行继续摇头："不会，我会想办法让他们同意这件事的。丁哥，我都说了，我们是正经的生意人，不是混黑社会的，你害怕什么？"

"我能不害怕吗？你有个患了精神病一样的弟弟……还有，还有你忘了咱俩是怎么认识的？你脑袋破了个口子被扔在海边，那是怎么回事？"

周谨行苦笑道："那个，算是意外吧。我爷爷的生日宴会在海上举行，我跟宗贤在甲板上起了冲突，他年轻气盛，跟我动手，我不小心掉进海里了。"

"就这样？"

"就这样，那时情况很危险，还好我碰到了你。"说完周谨行看了丁小伟一眼。

丁小伟不领情："那孙子差点儿杀了你呀，你怎么还能跟他心平气和地相处？"

周谨行笑了笑："他也以为他杀了我，周家其他人都这么认为，所以那半年他过得非常……不好，我觉得这个惩罚不错。"

丁小伟打了个寒战。周谨行能一声不吭地藏起来暗地里使坏，把周家闹得鸡犬不宁，这心眼得黑到什么程度？

丁小伟想起周谨行的表面儒雅和一肚子坏水后，找回了一些理智："这件事情，我还是觉得不太靠谱，我再想想吧。"

他的理智其实告诉他该拒绝这个提议，周家的事能不掺和就不该掺和，可他真舍不得，舍不得把送上门的钞票往外推，这得多大的定力才能做出这样的事情啊？在金钱的诱惑面前，能大义凛然地说"不"的人，都是真英雄。

周谨行轻声说道："丁哥，你不用着急，我会给你时间考虑的。但我相信你最终会答应，如果你不答应，我不知道什么时候才能给熠熠找到下一个合适的监护人，更不知道他还要在这个家里受多少委屈。"

丁小伟咽了一口唾沫，有点儿不敢去看周谨行那双眼睛，把脸转了过去："太晚了，我先回去了。"

"我还有事跟你商量，这么晚了，你别回去了。"

丁小伟的戒心一下子就上来了，他下意识地后退了一步："你又想干什么？"

周谨行无奈地说道："我想跟你商量正经事，关于玲玲的，谈完了你可以在这儿睡，我不打扰你，可以吧？"

"玲玲？什么事？"丁小伟疑惑地看了他一眼，还是坐了下来。

"其实我这次去美国是为了玲玲。"

丁小伟皱着眉问道："为什么？"

"玲玲是因为发高烧引起脑膜炎，才不能说话的，不是先天性聋哑，有治疗的空间。"

丁小伟的心跟着提了起来，他悄悄挺直了背，紧张地看着周谨行。

"我咨询了专家，六岁以前是最佳治疗时间，玲玲现在已经五岁了，说实话有点儿晚了，但不是没有希望。"周谨行定定地看着丁小伟，"丁哥，你希望有一天玲玲能再叫你一声爸爸吧？我也很希望听到玲玲开口说话。"

丁小伟突然激动起来："专家是怎么说的？这个，真的有希望吗？"

玲玲刚不能说话的时候，他也带着孩子跑遍了全国最好的几家医院，医生不是说没有希望，就是治疗费用他承担不起，并且还不保证治疗效果，到最后他就绝望了。

现在周谨行的话，又让他燃起了一丝希望。

周谨行把专家根据玲玲的情况做出的初步分析给丁小伟复述了一遍："丁哥，谁都不能保证玲玲能恢复到什么程度，但只要有希望，我相信你就不会放弃。我已经投资了他们的团队，只要你同意，一个星期后等他们到了中国，就可以把玲玲送过去。"

丁小伟有些说不出话来，毕竟这个消息对他来说太过震撼，他犹豫地问道："这个，要多少钱？"

"你跟我还谈什么钱呢？"周谨行温言道，"放心吧，玲玲可以作为他们的临床研究对象加入他们的研究团队，不需要任何费用，任何实验都有这部分预算的。"

"临床研究？"丁小伟一下子就想到小白鼠了。

周谨行安抚他道："只是一个名头罢了。放心，不是你想的那样。"

丁小伟知道周谨行这个人办事靠谱。省去了多余的担心情绪，接下来就是考虑答不答应的事了，就像周谨行说的，他绝对不会放弃这个机会。但是，不管孩子能不能被治好，他都因此欠了周谨行一个巨大的人情，如果不是周谨行重金投资，他既支付不起医药费，又不可能接触到这种顶级的医疗资源。

他怎么还？丁小伟看了一眼这么长时间以来一直对他步步逼进

的周谨行,头皮开始发麻。

周谨行似乎看出了他心里在想什么,诚恳地看着他:"丁哥,我把玲玲当成自己的女儿,我做这些事是为了她,你不用觉得欠我什么。"

话是这么说,丁小伟怎么可能就此心安理得地接受此事?

周谨行柔声说道:"丁哥,无论我为你和玲玲做什么事,你都不用觉得有负担,是我自愿的,你当初也救了我的命,不是吗?就当我还你。"

丁小伟整个人绷紧了神经。他这人耳根子软,最受不住这样的软话,周谨行说的话和做的事,直击他的心坎,他想装作无动于衷都难。

他从沙发上跳了起来,在周谨行眼前来回踱步,最后问道:"你到底……值得这么做吗?"

"我把你们当作家人。"周谨行凝眸望着丁小伟,"就像你们当初把我当作家人。"

丁小伟把脸扭到一侧,哑声说道:"我……我回去想想。"

周谨行看着丁小伟僵硬的背,嘴角轻轻上扬:"好,明天我把合同带来让你看看,今晚你好好休息吧。"

丁小伟带着玲玲回到家,心情依然无法平复,脑子乱糟糟的,难以做出决断。

其实周谨行提的两件事,他好像都没有拒绝的理由,可他就是觉得别扭,觉得答应了接下来准没好事。

看着趴在腿上"呼呼"睡着的小姑娘,丁小伟心里莫名其妙地生出一些悲伤情绪。

其实只要能让自己的闺女活得好一些,有个美好的未来,他什么事都能妥协。从这个孩子出生开始,他这辈子的重心就不再是自己的人生,而是她的健康和快乐。基于这点去考虑问题的话,他似乎没有什么事是不能同意的。

丁小伟轻轻地揉着玲玲柔软的头发,叹了一口气。孩子就是父母一辈子的债啊。

手机响了一下,是周谨行发来的短信:"丁哥,你是不是怕我?"这内容乍一看很突兀,丁小伟细想又觉得并不唐突。

如果不是心情不太轻松,丁小伟真是差点儿笑出来。

自己怕他?是啊,自己为什么怕他呢?

他这个人定力差,思想境界又低,还不够聪明,生怕自己头脑一热做出让自己后悔的事。所以跟周谨行保持距离,是他目前唯一的自卫方法了。

晚上下了班他去接玲玲,到了幼儿园却没见到玲玲,一问,又是周谨行给接走了。

丁小伟有气没地方发泄,郁闷坏了。

周谨行真是太不把自己当外人了,这是他丁家的闺女啊,又不是周家的。

自容华离开后,丁小伟的生活又恢复到了只有他们父女俩的状态。玲玲不在家,屋子里就空荡荡的,他觉得很不习惯。

要是周谨行以后隔三岔五就把玲玲接走,并且连招呼都不打一声,或者玲玲以后要去治病了,那这个家里是不是就剩下他一个人了?

丁小伟甚至开始考虑要不要养只狗啊猫啊之类的宠物陪陪他。

一想到狗,他又想起了周家那个人小辈分大、爹不疼娘没有的小叔。

其实那孩子挺好的,比玲玲事还少,好带,而且还有那么丰厚的酬金,他想不出自己有什么理由拒绝。

就算为此周谨行会经常在他眼前晃悠,可世界上有几个人能让赚钱变成一件愉悦的事？尤其是赚大钱，更要苦其心志饿其体肤了。说白了，为了那两百万忍受周谨行时不时的"骚扰"，也是他光明"钱途"上不得不经历的磨难，这么一想，他突然就有种豁然开朗的感觉。

丁小伟一个人坐在饭桌旁往嘴里塞面条的时候，那种单身男人的寂寞悲凉感又不小心涌上心头了。

他心里一阵烦躁，还是给周谨行拨了个电话。电话一接通，他劈头就喊："你把玲玲带走，能不能跟我打个招呼，问问我同不同意？我跟你是什么关系啊你成天把我闺女接你家去？"

周谨行不在意地笑道："可是玲玲喜欢跟我在一起。"

"玲玲还喜欢美羊羊呢，你给她变一个出来？"

"丁哥，玲玲跟着我，你不放心吗？"

"这根本就不是放不放心的事，玲玲是我女儿，我能照顾好她，不需要你代劳。"

周谨行沉默了一下，然后轻描淡写地"哦"了一声："是我考虑不周，以后会跟你打招呼的。"

丁小伟觉得一口血狂涌上来，又生生地给咽了下去。他气闷地挂上电话，闭着眼睛给自己好一通开导。


过了几天，快下班的时候，肖总来找他，神情特别自然地对他说："周总一会儿来接你，你提前半个小时走吧。"

丁小伟一阵尴尬。就算两个人都心知肚明了，人家面对他时还能面不改色，不愧是当老板的，脸皮的厚度跟他的就不是一个档次的。

丁小伟猜测周谨行来接他，多半是为了玲玲的事。

果然，快下班的时候周谨行给他打来了电话，说有些文件需要他看看，并且已经接上玲玲了，就在他们公司楼下。

动作可真够快的，丁小伟愤愤地想。

那天他虽然打了电话警告周谨行别总抢他的闺女,可对他那通声色俱厉的控诉,周谨行压根没往心里去,该怎么样还怎么样。于是丁小伟已经有四天没看见自己的女儿了,又不愿意去找周谨行,只能这么耗着。

现在人都找上门来了,他再不去,什么时候能把那野丫头弄回家呀?

丁小伟下了楼,一上车,他闺女就笑盈盈地扑进他怀里,小脸蛋白里透红,神采奕奕,还明显胖了一些。

丁小伟心里有些酸。周谨行果然会养孩子,比他养得好多了。

周谨行温柔地摸着玲玲的头:"玲玲长高了,今天我发现她的裤腿短了一截。"

这语气,好像他才是玲玲的爸爸似的,丁小伟听着这话就不舒服,从鼻子里哼出一声,没搭理他。

周谨行从玲玲的背后伸出一只手,在他的手上握了一下,轻声说道:"一会儿我们带她去买衣服吧。"

丁小伟当没听见,只问道:"你来接我去哪儿?"

"去我住的地方,玲玲的治疗需要监护人同意。"周谨行递给丁小伟一沓厚厚的文件,"这是草稿,中英文两式的,你可以先看看,如果觉得合适,一会儿在正式文件上签字。"

丁小伟犹豫了一下,接了过来。

上面大多是极其拗口的法律条款,以及一些虽然每个字都认识但连在一起就让人看不懂的医疗术语,单单是可能的风险和副作用就足足写了十多页纸。丁小伟看了两页就看不下去了,这玩意儿写得太吓人了,就跟要把孩子送去做人体实验似的。

"不是,这都是些什么呀?玲玲还能回来吗?"

"你不用太紧张,你看药品说明书,尽管每种药的副作用罗列得很长,但绝大部分并不会发生。这些文件是必须走的法律程序,就像你在医院做手术，也要承担手术风险，总不能因为有风险就不治病了。"

丁小伟叹了一口气，看着这些东西很是头大。道理他都懂，但事关自己的女儿，他哪里放得下心？

周谨行轻声安慰道："丁哥，这只是一份文件，正常来讲，上面写的事情都不会发生，你只要签几个字，其他的事就交给医生吧。"

丁小伟看了一眼懵懂的小姑娘，犹豫不决。

"对了，"周谨行又递过来另一沓文件，"这份是关于熠熠的，你也看看吧。"

丁小伟愣了一下，也将文件接了过来。

内容跟周谨行口述的差不多，丁小伟只担任孩子的临时监护人，每年会获得两百万元的酬金，负责照顾孩子的生活，有义务代理孩子打理名下财产，但无权使用和支配。合同里详细写明了什么情况下属于代理，什么情况下属于使用和支配。丁小伟还是没撑到看完三页，就头晕眼花。

他把熠熠的这份文件放到一边："这个让我想想再说，我先看看玲玲的。"

丁小伟硬着头皮把玲玲那份文件从头到尾看了一遍，大致看懂了。

车子很快开到了，丁小伟下车一看，是个他没来过的地方。真是狡兔三窟，也不知道周谨行在这座城市到底有多少个住处。

丁小伟看到熠熠在院子里玩儿，旁边站着木头一样的保镖。他把玲玲留在院子里，让她去跟熠熠一起玩儿，自己跟周谨行进了屋。

屋里坐了四个大鼻子外国人和一个中国男人。外国人是三男一女，唯一一个女性黑发棕瞳，丰乳肥臀，很是漂亮、极具有风情，手里还抱着个婴儿，丁小伟忍不住多看了她几眼。

女人笑着走过来，甩了句洋文，把孩子递给周谨行。

周谨行将孩子接了过来，转眼一看丁小伟，发现他的视线太不老实了，便皱了皱眉头，抓着婴儿的小手在丁小伟脸上拍了一下："丁哥，回魂了。"

丁小伟尴尬地笑了笑，冲着那个美女打了声招呼，然后赶紧把视线挪开了，指着这个小婴儿："这个是你的儿子？"

周谨行脸色不大好看："是，没有美女吸引人是吗？"

丁小伟马上用脸皮把自己武装起来："怎么了？她是你老婆？我多看两眼碍着你了？"

周谨行把孩子放到丁小伟的怀里："我给你看了那么久孩子，你也看看我的吧。"

丁小伟手忙脚乱地把孩子接了过来。

他已经好久没抱过这么娇弱的生物了，当年初为人父的心情现在又回味起了一些。

几个人在沙发上坐下，周谨行当着两边人的翻译，让丁小伟把顾虑都说了出来。

足足谈了一个多小时，丁小伟才感到悬着的心稍稍放下了一些。

周谨行拿出正式文件，让丁小伟签字。丁小伟略一犹豫，就大笔一挥签了字。

那个中国男人是个律师，指导着丁小伟签字："丁先生，这里也要签。"

丁小伟照办。

"还有这里。"

"这页。"

"丁先生，这里。"

丁小伟没细数自己签了多少名字，边签字边心想：如果周谨行在这里面做手脚，足够把他们父女俩卖了。自己为什么还选择相信他呢？也许是因为没有选择，也许是因为……自己还想再相信他一次。

最后律师微笑着把所有合同都收了起来,装到自己的文件包里:"谢谢丁先生。"

周谨行也跟着笑起来:"谢谢你,丁哥。"

丁小伟警惕地看着他:"你谢我什么?"

"谢谢你做出明智的决定,我相信他们一定可以帮助玲玲。"

"那也该是我谢谢你。"丁小伟有些不好意思,"不管怎么样,这事要谢谢你。"

周谨行笑得很温柔:"不要跟我客气。"

把那些人送走后,周谨行走到窗边,看着院子里正在和狗狗玩闹的两个孩子,露出让人如沐春风的笑容:"那么丁哥,一会儿你就把熠熠带回家吧。"

丁小伟愣了一下:"什么?"

"既然你已经签字了,而且律师在场,文件已经生效。从今天开始,你就是熠熠的临时监护人,你今天就可以把他带回家了。"

丁小伟张大嘴,半天没合上。

周谨行有些不解地看着他:"丁哥?"

"你……我……什么时候……?"丁小伟觉得一口气喘不上来,差点儿憋死。

周谨行不解地说道:"那份文件跟你在车上看到的所有文件都一模一样,你还有什么疑问吗?"他特意强调了"所有"两个字。

丁小伟"噌"地一下从沙发上跳了起来,刚想说话,怀里的孩子"哇"的一声哭了,估计是被吓着了。丁小伟也被这响亮的哭声吓了一跳,赶紧哄了起来。

周谨行在一旁低声笑了起来。

丁小伟气得话都说不出来了。

周谨行接过自己的儿子,娴熟地轻声哄着,孩子慢慢平静下来。

"还生气吗？"周谨行笑盈盈地看着在一旁生闷气的丁小伟。

丁小伟真想上去给他两拳，但怀里那个白胖的孩子像个盾牌一样挡在周谨行的胸前，根本找不到下手的空隙。这么一犹豫，怒火喷发的最佳时机就被拖过去了，丁小伟反而比周谨行还不知所措。

周谨行用手托了托儿子，轻描淡写地跟丁小伟闲话家常："刚五个月，比七八个月的孩子都重，医生都警告我要控制他的食量了。"

丁小伟指着他的鼻子"你"了半天，最后咬牙甩下一句："算你厉害。"说完就要走。

周谨行微微侧身，挡在他面前，轻声说道："丁哥，别生气了，今天是个该高兴的日子。"说着他抓着孩子胖乎乎的小手，去摸丁小伟的脸颊，"丁哥，他很喜欢你。"

丁小伟皱着眉头避开，看了一眼他怀里昏昏欲睡的孩子："你从哪儿看出来的？"

周谨行抿了抿嘴，笑道："肯定的。"

丁小伟被周谨行这一连串的戏弄话气得头顶都冒烟了，举起手就想往周谨行头上招呼。周谨行赶紧把孩子举到头顶，冲着他直笑。

丁小伟面对眼前这个人，有种深深的无力感。

"对了，和你商量一件事。"周谨行又说道，"你现在住的地方只有两个卧室，熠熠去了不方便，还带着只狗，我给你另外找一套房子吧。"

"用不着，现在我才是监护人，房子的问题我自己解决。"

"说得也是……那么需要我给你找个保姆吗？你做的东西熠熠不太爱吃。"

"更用不着，玲玲能吃他也能吃，不吃他就饿着，饿他两顿看他吃不吃。男孩更不能惯着。"

周谨行笑道："熠熠跟你住在一起，一定能健健康康地长大。"

丁小伟说这话赌气的成分居多，周谨行的回应却是怎么听都像在讽刺他,丁小伟不禁也讽刺道:"那肯定的,起码他以后不会长成心理变态。"

周谨行像在哄孩子一样温和地顺着他的话说:"你说得是。"

丁小伟拿起桌上的一沓文件:"孩子呢,我现在带走。"

"留下来吃顿晚饭吧。"

"不用,我自己回去弄。"

周谨行轻轻皱着眉:"丁哥,你为什么总是这么排斥我?我以前是做过一些对不起你的事,但是我已经尽力补偿你了,为什么你不能再给我一个机会?"

丁小伟反问道:"不说别的,你这个不考虑别人、做什么事都带着目的性的毛病,改得了吗?"

周谨行的笑容有些僵硬:"丁哥,我不明白你这话是什么意思。熠熠的事,其实你本来也打算答应的吧?我只是时间有些紧迫,所以耍了一点儿小心思,也跟你道歉了,这是很严重的事吗?究竟是我真的做什么事都错,还是在你眼里我做什么事都错?"

丁小伟不耐烦地说道:"在你眼里戏弄别人自作主张,能是什么大不了的事?只要你能达到目的。我跟你周大老板真不是一个世界的人,还是那句话,不敢高攀。"

周谨行怔了一下,叹道:"我答应了玲玲,晚上给她做好吃的东西,你至少留下来吃顿饭吧。"

丁小伟的语气更差了:"你别一天到晚拿我闺女威胁我,她跟你再怎么好,也不是你的!"

丁小伟走出门,在院子里找到了两个孩子。

玲玲笑着扑了过来,熠熠也看着他。

丁小伟抱起玲玲,又冲着熠熠咧嘴笑道:"从今天开始你小子就跟着我混了,走吧。"

熠熠白净的小脸上一丝表情都没有,丁小伟冲他伸出手,他就安静地牵了上去。

周谨行也跟着走了出来,眼神复杂地看着他们。

玲玲一看到周谨行,就想从丁小伟的怀里跳下去。

丁小伟一手搂紧了她,压低声音说道:"玲玲,回家了。"

玲玲急着比画道:"周叔叔要给我们做好吃的东西。"

"回家吃。"

小姑娘不乐意,硬是想跳下去。

丁小伟沉下脸喝道:"我说回家吃。"

小姑娘吓了一跳,不敢动了,委屈地看着周谨行。

丁小伟转头看了周谨行一眼:"这孩子的行李,你改天再给送过来吧。"说完领着两个孩子就走了。

丁小伟在路上接了个电话,让他有些意外的是,竟然是容嘉的爸爸打来的。

两个人即使只是隔着电话通话,也是相当尴尬。

丁小伟讪讪地说道:"啊,你好,容华他们还好吧?"

"挺好的,容嘉现在懂事多了。"

"哦,那就好。"然后丁小伟就不知道该说什么话了。

那头的人咳了一声说道:"那个……容嘉的户口,我想给迁出来。"

"哦,户口……"丁小伟这才想起来,容华和容嘉还在他的户口本上,人家的亲生父亲回来了,父母又复婚了,容嘉的爸爸自然不会让老婆和儿子继续挂在丁家名下。

丁小伟爽快地说道:"没问题,找时间我跟你去办。"

"谢谢你了。"

"没事,没事。"

挂上电话,丁小伟心里一阵苍凉。不久之前还是他的老婆的人,现在已经是别人的了，这种感觉真是无法形容。

不过想想那哥们的心情，肯定比他更郁闷，他也就淡定了。

丁小伟刚进门，还没来得及喘口气呢，门铃就响了。

外边站着一个西装革履的年轻男人，手上拎着两个大塑料袋："丁先生您好。"

丁小伟奇怪了："我们认识吗？"

"我是来给您送外卖的。"

"外卖？我没叫啊。"

"是周总给您订的。他说您这么晚回来，肯定饿了，再做饭太累，特意订了您和孩子喜欢的东西送了过来，他还说……"

丁小伟挥手制止他，"哼"了一声说："你们周总改名叫周到吧。"

"我们周总确实周到，还说要是时间来得及，一定自己做。"

丁小伟看了看他手里的东西，隔着袋子都闻到了一股抗拒不了的香味，孩子们也都围了过来。他不想浪费食物，伸手将外卖接了过来："谢谢你了。"

他把饭菜摆出来一看，真是够周到的。菜色全是他和玲玲喜欢的，大概还有熠熠喜欢的，还给他放了两罐冰啤酒，甚至连狗粮都准备了。

丁小伟不得不承认，周谨行要是想对一个人好，真是关怀备至。

丁小伟有时也觉得可惜。他们是怎么走到今天这步的，以至于他得防狼似的防着周谨行？

晚上睡觉的时候，看到两个孩子一只狗挤在一张床上，丁小伟觉得是该赶紧把房子的问题解决了。

## 第十三章
玲玲的妈妈

第二天一早，丁小伟刚醒，就闻着一股鱼片粥的味道。他开始以为是邻居谁家做了饭香味传过来了，可起来上厕所的时候，就听到厨房传来一阵响声。

他心脏一颤，疑惑地打开门走了出去，竟发现周谨行站在他家厨房里，轻声哼着歌在做饭。

丁小伟差点儿吐血。

周谨行听见动静，回过头来冲他微微一笑，那笑容别提多灿烂了。

丁小伟指着他的手指头直哆嗦："你……你怎么在我家的？你怎么进来的？"

周谨行笑道："丁哥，你起得真早。"

"别废话，你怎么进来的？"

周谨行理所当然地说道："我能进来很奇怪吗？我本来就有这里的钥匙。"

丁小伟傻眼了。

周谨行当初突然消失，身上确实是带着他家钥匙的，都过了那么久，发生了那么多事，周谨行居然还留着钥匙，而且就这么大摇大摆地进来了。

周谨行把手里的东西放下，朝他走过来，轻声说道："丁哥，我知道有一天我一定会回来，所以一直留着钥匙呢。"

丁小伟突然把手伸进他的兜里，想把钥匙抢回来："把我家钥匙给我！"

周谨行一把抓住他的手，面上带笑，手上的力气可一点儿不含糊。

丁小伟脸色发青："你是不是当我好欺负啊？"他来了劲儿，

非要把钥匙抢过来。

两个人撕来扯去，就听到"叮当"一声脆响，丁小伟低头一看，地板上躺着一枚银亮的钥匙，从里到外透着新意。

丁小伟顿时感觉被耍了。他突然想起来，那次他家被周宗贤派人翻了个底朝天，他就把门锁换了，周谨行分明在说瞎话！

刚才周谨行说走了之后还留着钥匙，他心里多少有点儿触动，可这浑蛋又耍着他玩儿！

周谨行顺着他的目光看了一眼，然后飞起一脚把钥匙踢开了，企图来个毁尸灭迹。

丁小伟抡起拳头照着他的肩膀狠狠打了一下，低喊道："滚开！"

自己怎么就这么蠢，这么好骗？以后说什么他都要长记性，周谨行说的话，他得先在脑子里过上三遍，就是觉得没什么可疑的地方，也不能随便往心里去。

周谨行微微压低下巴，眨巴着眼睛撒娇示弱："丁哥，别生气嘛。"虽然他嘴上装着孙子，行动却特别大爷。

"滚。"

丁小伟转过身，从柜子里掏出根烟点上，在烟雾缭绕之中看着白墙发呆。

过了许久，他突然挺直了身体，仿佛在吞云吐雾中看透了什么，扭过头来看着周谨行俊美无匹的面容，说道："我想通了。"

周谨行的心脏跟打鼓一样跳了起来："你想通什么了？"

丁小伟把烟掐了："你骗过我，也帮过我，我们就算两清了，以后为了孩子们，肯定会有很多往来，也要好好合作嘛，但我永远都没办法再信任你。"

周谨行咬牙问道："你要我怎么做？"

"你做的事已经够多了。"丁小伟耸了耸肩。

他在这个熟悉的家里面对着熟悉的人,很多迫切想忘掉的东西都回来了。

他还记得当初周谨行突然消失的时候,那股滋味。没想到没过多久人家就大摇大摆地上了电视,三言两语一张支票,就把他们的关系撇得干干净净。

周谨行的脸色难看得吓人,他微微嚅动嘴唇,哑声说道:"你现在不能信任我,我们还有很长的时间,丁哥,我不会放弃的。"

丁小伟心想,这些话听听就可以了,就冲这个人翻脸的速度,今天能对他好,明天也能一脚把他踹到地沟里去。

看,这就信任崩塌的后果。

周谨行一辈子巧舌如簧,谈判桌上凭着一张嘴大杀四方,却常常被丁小伟堵得不知道该说什么。

这天临下班的时候,肖总把丁小伟叫进了办公室,招呼他坐下。

丁小伟干笑了两声,等着下文。

肖总关心了一下丁小伟的工作情况,才绕到正题上:"小丁啊,其实我是想请你帮个忙。"

丁小伟心想果然有事,而且多半跟周老板有关,要不他一个开车的人能帮上什么忙?他客气地说道:"肖总看您说的,我能帮上您什么呀?"

肖总叹了一口气:"这件事恐怕只有你能帮上,我这也是为了公司,没有办法了。"

丁小伟小心翼翼地问道:"什么事啊?"

"我是周总的老部下这件事你也知道了。他既然把我派到这儿来,不管出于什么目的,我一定要把公司经营好。前段时间我不是打算把物流揽过来自己做吗?周总也支持,可我这边将钱投进去了,总公司的资金却迟迟不到位。我知道周总忙,生意也不可能只顾这一块儿,可是再这么拖下去,可能会造成不小的损失。"

丁小伟沉默地听着。

"周总最近不知道在忙什么呢,你能不能帮我催一下他的审批流程?"

丁小伟说道:"肖总,你们生意上的事我真掺和不了,再说我和他也没那么熟……"

肖总苦笑道:"你们熟不熟,我这个外人就不多嘴了,但起码你能见到他吧?我现在想见他一面都难。你在公司里待了这么久,上上下下都是有感情的,你不能眼见着公司要出大问题,还无动于衷吧?"

丁小伟脸上显出为难之色。

回家的路上丁小伟一直在想这事。私心里他是不想帮忙的,可最后还是答应了。如果公司的状况真像肖总说得那么严重,他不张嘴,也太没人情味了。

可要他去求周谨行,他心里不痛快。

周谨行给丁小伟发了信息,说自己已经接走了玲玲,丁小伟便直接回了家。

他就奇怪了,周谨行管着那么大的公司,应该挺忙的,怎么就有空三天两头地往他这儿跑,还做饭带孩子的?他看着周谨行,也不难发现周谨行有些憔悴的神色和泛青的眼圈,可是那份疲态往往不会在脸上停留太久,转眼间又是精力充沛的样子,真不知道这份精力都是从哪儿来的。

丁小伟看着他,忍不住问道:"你这一天天的应该挺忙的吧?"

"嗯,公司最近很多事。"

"你不累吗?"

周谨行顿了一下。

丁小伟赶忙说道:"我的意思是,你这么忙,不用三天两头特意来接孩子和做饭,我自己能解决这些事。"

周谨行轻声说道:"如果忙了一天后能看到你们,就是我最大的放松方式。"

丁小伟不自在极了。

周谨行"扑哧"笑了一下,继续走回厨房忙活。

丁小伟想起肖总的事,试探地问:"哎,你不是要投资我们公司搞物流吗?最近怎么没动静了?"

周谨行的声音很平静:"肖总让你问的吧?"

丁小伟尴尬地说:"我就随口问问,钱又不给我,我着什么急?"

周谨行背对着丁小伟,丁小伟看不见他的表情,只觉得他的语气淡了几分:"你说得对,钱不是给你的,你也不需要在意,反正工资少不了你的。以后不管他跟你说什么,你都别往心里去。"

丁小伟咀嚼出点儿不对劲儿来:"我听着这里有事啊?"

周谨行没说话。

丁小伟碰了个软钉子。他知道周谨行这个人,要是不想说什么事,自己肯定撬不开他的嘴,索性懒得问了。

周谨行隔三岔五就来,丁小伟也习惯了有时候进家就能看到这个把自己当主人的人。他喜欢吃周谨行做的东西,也对其拿着自家钥匙随时进出的情况麻木了,毕竟周谨行把他和孩子们照顾得很好。

他看得出来,周谨行有时候非常累,累得挨着枕头就能睡着。

他不明白周谨行都累成这样了,为什么还特意跑过来就为了给他们做顿饭。

丁小伟感到自己的心一天比一天软。他又不是石头做的,一个人这么上赶着讨好自己,哪能无动于衷呢?

何况这个人还是周谨行。

过了一段时间，丁小伟又接到了容嘉的爸爸的电话。两个人约在第二天下午，一起去把容嘉的户口的事办了。

容嘉的爸爸开着车来公司接的他。

两个人见面多少有些尴尬，互相打了招呼，丁小伟就上了车。

到地方之后，容嘉的爸爸拿钥匙打开副驾驶的抽屉，里边的东西太多，文件、光盘什么的都掉在了丁小伟的脚上。

容嘉的爸爸赶紧把需要的东西挑出来，就要把其余的东西再塞回抽屉。

"我来吧。"丁小伟看他从驾驶座那边弯过腰来，姿势别扭，就帮他将东西捡了起来。

"谢谢，我下车问问迁户口是在哪栋楼办理。"

容嘉的爸爸先下了车。

丁小伟把一堆纸胡乱地塞进抽屉里，突然发现了一张眼熟的东西——这车的年检手续，他帮着老板办了好几年，一眼就能认出来。

丁小伟也就随便看了一眼，可当目光扫到落款的时候，身体僵住了。这份车检证明是几个月前开的，上面显示着车辆所属是单位，不是个人，而那个单位的名字正是周谨行的公司。

丁小伟手指头直发抖，脑子里乱哄哄的，他盯着这张纸看了半天。

他其实不是没想过，这个容嘉的爸爸来得也太是时候了，正好救容华母子于水火之中，换作哪个女人能不感动？更何况这还是自己儿子的亲爹。

不惜一切的亲爹和留着心眼的后爹，只要不是脑子有问题的人，肯定选前者。所以丁小伟对容华是一点儿不好的想法都没有。自己没本事，帮不了她，他反倒感激老天爷给了他们后路，打心眼里希望他们一家人能和和美美地过一辈子。

269

可是当他知道这件事背后也是周谨行动了手脚时，这事就全变了味道。

看着往回走的容嘉的爸爸，丁小伟快速地把东西塞回原处，装作若无其事地下了车，帮着他把手续办了。

丁小伟虽然什么也没说，心里却埋下了疙瘩。他的心情其实挺复杂的，一方面他觉得他该生气，另一方面却发现他连生气的力气都提不起来。

周谨行背着他不晓得干了多少缺德事，他真要细究起来，绝对能把自己这个大活人气死。他跟周谨行生气，简直就是在跟自己过不去。

可丁小伟又不能因为这些自我开解而释怀。

他是个藏不住事的人，心里想什么，脸上都写着。赶巧那天周谨行没来，要不丁小伟恐怕会控制不住地把他按在墙上好好拷问，问周谨行还有多少事瞒着他！

把两个孩子喂饱之后，丁小伟开始慢慢收拾东西。他最近房子找得差不多了，还在两套房子之间犹豫，过两天就要定下来。他不能让玲玲和熠熠一直睡一个房间，孩子是要长大的，尤其让孩子跟狗睡在一起不太卫生，他非得把熠熠这个毛病给改过来不可。

他正收拾东西呢，手机响了，是个陌生电话号码打来的，座机。

丁小伟也没多想，就接了电话。电话那边传来一阵女人的哀怨哭声，丁小伟吓得手都哆嗦了一下。

"喂……喂？"

"小伟……"

丁小伟仔细辨认了一下，才从那哭得上气不接下气的声音里判断出来是江露。

"江露？你怎么了这是？"

"小伟，救救我……小伟……"那边的人哭得声音都变了。

丁小伟心里"咯噔"了一下,他急忙问道:"你怎么了江露?出什么事了?你在哪儿呢?你要真出事了赶紧报警啊!"

江露哭道:"不,别报警,小伟,你来……来我这儿。你帮帮我,我求求你了,帮帮我。"

丁小伟心里一阵难受。别管江露怎么对他,她毕竟曾经是他的老婆,都哭成这样了,求着他帮忙,他怎么可能不帮?

"你在哪儿?现在怎么样?受伤了吗?你到底怎么了。"

"你来……来我家,我把地址发给你。你别报警,千万别报警,也别带别人。"

"好,好,好,你别急,我过去怎么也要两个小时吧,你真没事?"

"我等你。"江露气都喘不上来了。

丁小伟挂了电话,揣着钱和银行卡就出了门。江露住在另一座城市,不过两座城市挨着,也不算远。这种紧急时候丁小伟也顾不上省钱了,叫了辆出租车就心急火燎地出发了。

他好不容易赶到了地方。

江露一打开门,丁小伟就傻眼了,他真不敢相信眼前这个女人是他的前妻。

江露的脸肿了大半边,头发被剪得乱七八糟,好像还粘着胶水,脖子和胸前被指甲抓出好几道血印子。他再看客厅,能砸烂的东西基本都被砸了,屋里狼藉一片。

江露扑到他怀里,哭得撕心裂肺。

丁小伟叹了一口气,一边拍着她的背,一边拥着她进了门。

其实不用江露说,丁小伟都能猜到发生了什么事。当初那个暴发户勾搭江露的时候,隐瞒自己还没离婚的事,可把江露坑惨了。

江露是个要强的女人,自尊心也强,当时顶着骂名跟了那个男人,即使心里再苦,也不敢回头,就这么不甘不愿地做了第三者,期望有一天能转正。

结果好几年过去了,她的期望眼看要落空,手里的筹码也越来越少,这次不知道是什么原因惹怒了对方的妻子,她就被收拾了。

江露不敢出门,不敢见人,只好找了丁小伟。在她心里,她始终相信丁小伟不会不管她。

丁小伟听完她的话之后,心情很复杂。一方面他看着江露这样,挺同情,也挺心疼;可另一方面,他真的觉得她活该。

当初她的自私伤了多少人的心?他妈都被气出病来了,江露的爸爸也内疚得快给丁小伟跪下了。

丁小伟当时是真的恨她。

可如今她混到这番光景,他曾经幻想过很多次的事情成真了,却也没什么值得高兴的,毕竟她是玲玲的妈妈,他希望她至少过得体面。

她过得好与不好,都跟他没关系,但她过得不好,需要帮忙,看在从前的情分上,他还是做不到袖手旁观。

丁小伟只能好声好气地安慰她,然后出门去买了饭菜和药,回来照顾她。他给她做了饭,帮她处理伤口,把粘上胶水的头发剪掉了,然后哄着她睡了觉。

做完这一切事情,丁小伟也累得够呛,不只是身体累,心更累。那份沧桑和感慨情绪,没经历过的人永远也没法懂。

江露睡下的时候,天都快亮了。

丁小伟给周谨行打了个电话,说自己的朋友有事他来帮忙了,暂时回不去,让周谨行照顾一下两个孩子。

周谨行赶紧问是什么朋友,什么事,需不需要帮忙。

丁小伟肯定不能告诉他实情,随便编了个借口搪塞过去,匆匆挂了电话。

然后他就累得倒在沙发上睡着了。

他也不知道睡了多久,迷迷糊糊中感觉有人在动他的衣服。

他睁开眼睛一看，江露还肿着的脸出现在他眼前，他身上多了一条毯子。

江露发现丁小伟在看她，难堪地把脸转开了。她知道自己现在是什么德行，如果不是太无助，不会让任何人看到她这副样子。

丁小伟也有些尴尬，撑着身子坐起来："啊，你醒了。"

江露吸了吸鼻子："小伟，谢谢你能过来。"

"没什么，你身体有哪里不舒服吗？有问题你不要逞强，也别嫌丢人，去医院吧。"

江露坚决摇头："不，我没事了，休息休息就好了。"

丁小伟叹了一口气："我给你弄点儿吃的东西吧。"他看了看表，上班肯定要迟到了。

他给江露做了点儿东西，自己也顾不上吃一口："我得赶回去上班，你就在家里待着吧，等晚上我再过来。你家里什么都没有了，晚上我给你买些吃的东西。"

江露眼圈微微泛红，哽咽道："小伟，谢谢你。"

"行了，别说谢了。我帮你也不是为了你，是为了玲玲。"丁小伟不爱看她那愧疚的表情，三年前看得太多了，觉得特别没意思。她把人都伤透了，愧疚有个屁用。

丁小伟赶最早的一班动车回去，急匆匆地去了公司，只是一上午都心神不宁。

午休的时候他给周谨行打了个电话，问周谨行早上去照顾孩子没有。

周谨行办事向来稳妥，自然不可能疏忽，追问道："你昨晚去哪里了？一晚上没回来。"

丁小伟不耐烦地说道："说了朋友有事……那个，事没完，你今天再去一趟吧。这两天我可能都回不来，你帮忙照顾他们一下。"

那头的周谨行沉默了。

丁小伟不知道怎么的，突然有点儿心虚。可是想到容嘉的爸爸那件事，他还没空跟周谨行算账呢，他心虚什么？

周谨行沉声说道："好吧，那你记得忙完了早点儿回来。"

见他没有继续追问，丁小伟松了一口气，下班了就往江露那儿赶去。

他在超市买好东西，到了一看，江露窝在沙发上发呆，身上盖着早上那条毯子，整个人苍白憔悴，好像失了魂。

丁小伟为她的精神状态感到担忧："哎，江露，你没事吧？"

江露看了他一眼，勉强笑了笑，虚弱地应道："你来了。"

"嗯，刚下班，你想吃点儿什么东西？"

"你以前……也就土豆白菜做得还能吃。"

丁小伟点头："行，就这个了。"

两个人吃完饭，丁小伟在厨房里收拾碗筷，江露靠在门边静静地看着丁小伟，突然幽幽地叫了他一声。

"嗯？"丁小伟没听清。

江露用更小的声音嗫嚅道："小伟，如果……我……我们还有可能吗？"

丁小伟身子一顿，一时之间只能听到"哗哗"的水声和陶瓷碰撞的脆响，他继续低着头洗碗，装作没听见。

江露眼里慢慢聚起了泪水。

丁小伟觉得心冷得跟浸在冰水里似的，说不上是什么滋味。

收拾完碗筷，丁小伟给江露上了些药，就打算走了。他把药在桌子上一一摆开："这些药是吃的，这些是涂抹的，你看着说明书来吧，冰箱里我给你买了很多吃的东西，够吃三四天的。我看你手脚也没事，这些事你应该都能自己做，过几天我再来给你买东西，没事你就别出去了，好好在家里养养吧。"

丁小伟说话的时候没看江露，害怕看见江露失望伤心的神情。

江露突然动了一下，犹豫道："小伟……"

丁小伟往门口走去，没停下。

江露突然跳下沙发，几乎是冲了过来，从丁小伟的背后紧紧抱住他，小声哭了起来："小伟！"

丁小伟深深吸了一口气："江露，路都是自己走出来的，你想反悔，太晚了。"

"玲玲！玲玲呢？！你想让玲玲一直没有妈妈吗？"

丁小伟握紧了拳头，咬牙说道："你有什么资格提玲玲？"他狠心把江露的手臂掰开，大步冲出了门。

他赶着最后一班车回了家。

路上江露给他打了好几通电话，见他不接，又给他发短信。丁小伟看了几条短信，狠狠捶了一下身下的坐垫。

都这么多年了，她才想要反悔，当他和孩子是什么？！

他太了解江露了，如果那个男人现在回头哄她，她还是会做出跟当初一样的选择。在她心里，只有自己是最重要的。

丁小伟觉得很难过，不只是为自己，更是为自己的女儿。相比之下，他觉得周谨行都比江露对玲玲付出得多。

丁小伟回到家，孩子都睡了，餐桌上放着保温着的饭菜，还有一张字条。

他拿起字条，上面是周谨行的字，嘱咐他如果菜凉了，就热热再吃。他缓缓坐了下来，掀开盖子，饭菜都还冒着热气。

丁小伟没走多久，周谨行就顺着丁小伟的手机定位，找到了江露家。

他按门铃的时候，江露透过猫眼看着外面的陌生人，有些紧张地问是谁。

周谨行笑道："我是小伟的朋友，来给你送点儿东西。"

江露犹豫了半天，才打开门，微微偏着脸："请进。"

周谨行笑而不语,也没有进去的打算。

江露奇怪地转过脸来:"你怎么……"突然,她眼前闪过刺眼的光。

"呀!"江露叫了一声,连连后退,惊恐地看着周谨行,"你干什么?"

周谨行看了一眼手机上的照片,温和地笑道:"别害怕,只是拍张照片而已。"

江露尖叫道:"你是谁?!你想干什么?!"

周谨行不紧不慢地说道:"我确实是丁小伟的朋友。"

"你想干什么?"

"江小姐,看在你是玲玲的妈妈的分儿上,我不想太为难你。以后你别再联系他了,你在打扰他们好不容易才得来的平静幸福的生活。"

江露震惊地看着他:"这是我们之间的事,他们是我的前夫和孩子,和你有什么关系?"

周谨行慢慢地踱进屋子,漫不经心地打量着屋内的情况:"江小姐,你们既然已经离婚了,就请你不要再纠缠不休。你现在的样子,如果被你父亲和老家的亲戚看到,你会很为难的。"

江露畏惧地瞪着他,连连后退。

"你没有资格再参与他们的生活。"周谨行抬手看了看表,"我长话短说。请江小姐以后不要随便联系他们,无论是丁小伟,还是玲玲。我准许你一年给玲玲打两次电话,过年一次,生日一次,其他时间,没有我的允许,你不要联系他们。不然……"他笑得优雅,晃了晃手里的手机,"不止这些,还有你的情人,他承包的工程能找出的问题太多了,闹不好他要在监狱里过一辈子,到时候你还能依靠谁呢?"

江露的脸色惨白如纸。

周谨行最后用冰冷的眼神扫了她一眼,轻声说道:"不准再轻举妄动,还有,不准告诉他我来过。"说完撇下浑身发抖的江露,转身离去。

丁小伟憋着一肚子心事,郁闷地去了公司。

他心慌意乱,左思右想,觉得昨天对江露的态度太差了。她现在情况这么糟糕,看上去就有点儿想不开的样子,万一她现在更想不开了怎么办?

纠结了好几个小时,丁小伟还是不放心,给江露打了个电话。

电话里江露的声音听上去倒很平静:"我已经没事了,昨天情绪太差了,所以说了些不该说的话。"

这平静语气令丁小伟更担心了:"你真的没事了?"

"真的。"江露的声音几乎没什么起伏,"你现在过得好吗?玲玲过得好吗?"

丁小伟犹豫了,认真地思考起他和玲玲过得到底好不好来,最后给出了答案:"嗯,还不错,挺好的。"

这回换江露沉默了。

两个人就这么握着手机,彼此不说话。也不知道过了多久,江露轻轻抽泣了一下:"你们过得好就行……"

"我还是过去看看你吧,你现在的状态让我害怕。"

"没事,我好多了,你以后不用过来了。"

"……"

"真的没事了。今天他来找我了,我知道你理解不了,可是我这辈子也只能指望他了……"江露叹息了一声,"你们好好过,你好好带大玲玲,我有空去看你们。"

"好吧。"

挂了电话,丁小伟感到一阵阵心酸。事到如今他对江露已经没有恨，只希望她也能过得好一些了。

下班之后，丁小伟去看了自己新找的房子，把押金交了，拿了钥匙，并与房主约定了搬家时间。

他回到家，见周谨行已经把孩子都接回来了，饭菜也都准备好了。

丁小伟跟他说："我找了新的房子，这个星期搬过去。"

"哦？房子怎么样？"

"还不错，三个房间，挺大的，家具什么的都有。"

周谨行看了他一眼："怎么不跟我说？"

"我自己还不会看房子吗？你还怕我被人骗啊？"

"不是，但是这房子我有时也要住住，难道我不该出出主意？"说完他眨了眨眼睛。

丁小伟挑了挑眉："你可真不自觉，谁告诉你你也能住的？"

周谨行笑道："要不然我现在怎么会在这儿？"

丁小伟瞪了他一眼："别把我家当你家，吃完饭我有事要问你。"

"哦？什么？"

"吃完饭。"

一想到容华的事，丁小伟心里又开始不舒服，对周谨行的口气也差了起来。

周谨行看了他两眼，就知道他心里有事，而且肯定是针对自己的。

吃完饭他就陪着玲玲和熠熠玩儿，一点儿独处的时间都没空出来。

丁小伟开始还在旁边等着他，等着跟他摊牌算账，到最后不仅耐性被磨没了，连火气都被磨得差不多了。

好不容易孩子们都睡了，两个人才终于有时间说话，可是丁小伟已经困得直打哈欠了。

周谨行笑呵呵地看着他："丁哥，你想跟我说什么？"

丁小伟又打了个哈欠："我问你，容嘉的事，你是不是在背后搞鬼了。"

周谨行耸了耸肩，不置可否。

丁小伟眯起眼睛："我那天因为户口的事跟容嘉他爸碰面了，也看到他车上的年检单子了，上面填的你们公司的名字。你说啊，到底是怎么回事？"

周谨行笑道："容华照顾你和玲玲那么久，我是看在你的面子上，看到他们有困难才帮忙的，难道有错吗？"

丁小伟震惊地看着他，他怎么三言两语就把自己塑造成大善人了？

"不是，你帮完了，容华就跟我离婚了，你当我傻啊？"

"我从来不觉得你傻，你想想，如果你是容华，是想继续跟着你过，还是回到自己的前夫、儿子的亲爸爸身边呢？"

丁小伟一时语塞。

周谨行坦然道："我真的不觉得我做错了什么。他们家碰到了困难，我看在你的面子上帮了忙，容华做了对她有利的选择，而你也不用帮别人养老婆和孩子，彼此成全，不是吗？"

丁小伟发觉，无论自己觉得多占理的事，到了周谨行嘴里，就完全不是那么回事了。

"那你为什么不告诉我！"丁小伟还想挣扎一下。

"如果我说了，你还会坦然地接受我的帮忙吗？"

丁小伟想想也是，那时候自己极其抗拒周谨行。

本来他是想找周谨行算账的，结果周谨行说的话好像句句属实，情有可原。他怎么什么理都没剩下，反倒变成人家做好事了？

丁小伟有种拳头打在棉花上的感觉，白使劲儿了，自己纠结了这么些天，究竟是为了什么呀？

279

周谨行又开口:"明天带我去看看房子。"

"不用了,我押金都交了。"

"我要看,带我去看看。"

"你……算了,随便你。"丁小伟越想越生气,感觉自己被周谨行拿捏得死死的。

周谨行低声笑了起来:"还有个好消息。"

"什么?"

"明天你就可以拿到钱了。"

"钱……"丁小伟突然找回点儿神志,"那两百万?"

周谨行眨了眨眼睛:"对,高兴吗?"

丁小伟激动得都不知道怎么表达了:"真的吗?这么快?!"他整颗心都掉到钱眼里去了,看周谨行仿佛泛起了金光,突然就顺眼了。

算了,算了,看在钱的分儿上,他还有什么好计较的?

## 第十四章

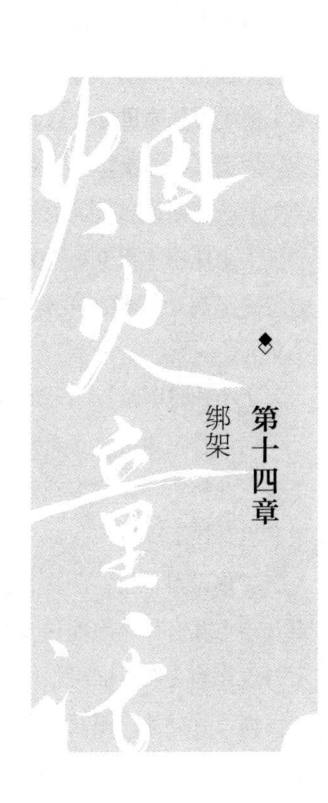

绑架

丁小伟看着自己银行账号里那一串"饱满"的数字，乐得差点儿没晕过去。活了半辈子，他终于有了扬眉吐气、春风得意的一天，现在周谨行在他眼里的形象一下子正面了许多。

两个人高高兴兴地跑去市中心看房子。

丁小伟献宝似的带着周谨行把每个房间都转了一遍，给他解说这个房子哪里哪里好，自己为什么选这个。

周谨行笑而不语，等把房间都转完了，说话了："丁哥，我想要个书房、健身房和孩子的活动室。"

丁小伟愣了一下："啊？"

"书房、健身房、活动室，如果有游泳池就更好了，你说是不是？"

丁小伟瞪眼睛："一米五的浴缸，爱游泳你游去吧。"

周谨行笑道："丁哥，你眼光不错，这房子很好，但我觉得还是有点儿挤。不如你多花点儿钱，买一套大一些的房子吧，反正你现在也有钱了。"

"你说得轻松，两百万看着挺多的，要买房子可不够，房子大点儿小点儿有什么？能住就行了……哎，不是，我的房子是大是小用得着你操心啊，谁同意你过来住了？"

周谨行朝他眨眼睛："你、我、玲玲、熠熠和我儿子，我们偶尔来住住。"

丁小伟愣住了，说道："你这还拖家带口的啊，你什么意思啊？"

"丁哥，我总往你那儿跑，很累呀。"

丁小伟想他工作那么忙还跑来跑去，确实很辛苦，现在是梅雨季，天气太差，开车也不安全。不如……

周谨行再接再厉："我们现在这样不是很好吗？丁哥，我只想过安稳的生活。"

丁小伟不自在地说道："我也没说不让你住,又不缺你们爷儿俩的饭,你愿意住……就住呗。"

周谨行笑出声来："既然这样,你为什么还租房子?我有好几套房子,都比这套合适。"

丁小伟摆了摆手："我不住你的房子。我三十好几的人了,又不是租不起房子。"

别看现在周谨行对他这么好,可这个人要翻起脸来,谁都挡不住,这点儿道理丁小伟还能不懂?要是周谨行住在他家,那好说,出什么事了他指着门口让人滚出去就成。可自己要是住周谨行家,到时候带着孩子和家当被赶出来的人可就是他了,他才没那么缺心眼。

他宁愿挤在小房子里,也不会让自己和女儿寄人篱下。

周谨行挑了挑眉,把他那点儿心思看了个一清二楚,摊手说道："好,不住我的房子。"

丁小伟心里一阵别扭,嘟囔道,"早知道不带你来看了,事这么多。"

周谨行说道："那我把房子卖给你总行了吧?"

丁小伟心里一动,看了他一眼。

"你攥着钱不投资,钱不会自己变多,只会变少,不如投资房子,我按我当初买的价格卖给你,怎么样?"

丁小伟有些犹豫,觉得他的房子不会很便宜："多少钱?"

"你可以先付首付,我五年前买的,比市价低很多。"

丁小伟心里一合计,应该是划算的："多大啊?"

"四百二十平方米吧。"

丁小伟吓了一跳："和着我刚进账两百万,全都送给你,还只是首付,你……你太能做生意了,怪不得你们家富得流油呢。"

周谨行被逗笑了:"丁哥,我提醒你一下,明年这个时候你还能拿到两百万,以后每年都有,周家付你这么多钱,是希望你给熠熠提供最优渥的生活条件,而不是给他一个十五平方米的卧室。"

丁小伟被他说得立刻心虚了,马上检讨了一下自己。

他拿了人家那么多钱,还这么抠门,实在不应该。再说周谨行说得对,自己把孩子伺候好了,明年还有钱呢,买套房子算什么?

丁小伟一咬牙说:"走,带我看你那房子去。"

晚上回到家,丁小伟被晒了一天的脑袋稍微清醒了一些。

那两百万在他的账户里还没待热乎,不到一天时间,就被周谨行卷走了一半。他从周谨行手里买了一套又大又漂亮并且贵得要死的房子,周谨行还能接着住,没任何差别。他突然有种自己做了冤大头的感觉。

要不是他的理智还在,说剩下的房款明年再给,他下半年吃饭都成问题了。

丁小伟越想就越想哭,觉得自己又干蠢事了。

他何必好那点儿面子呢?面子值几个钱?

这时候他再看周谨行,突然又觉得这个人有些面目可憎了,暂时不想搭理这个人了。

第二天一早,丁小伟先给他妈打了个电话。

他在电话里说自己跟一个朋友做了些生意,发了点儿小财,要给家里寄去二十万块钱。他怕给多了他妈起疑心,要不真想回去先给二老买套好房子,再添辆小汽车什么的。

他妈听了这话激动得都哭了,说自己的儿子终于出息了。

丁小伟心里也激动,活了三十多年,总算让自己的爸妈长了回脸,这种感觉别提多好了。

因为还要添购家具,房子做点儿室内改装之类的,搬家的日子改成了月底。丁小伟把自己租的那套房子的押金要回了一半，虽然心疼得滴血，可想到以后的生活，觉得也值了。

这天，丁小伟正在家里看电视呢，门铃响了。

他以为是周谨行来了，结果打开门一看，嗬，门口站了个黑乎乎的小子，一笑露出一口大白牙。

"小詹？"

"丁叔！"詹及雨高兴地号了一声，一下跳起来扑到丁小伟身上了。

丁小伟猝不及防，差点儿跟着摔到地上。

詹及雨的声音因为兴奋而变了调："丁叔，我考上大学了！我考上大学了！"

丁小伟一想这时间，可不是学生都高考完了？他最近一忙，就把詹及雨的事给忘了。

"好，好啊，小詹，恭喜！来，来，来，进来。你怎么晒成这副样子了？跟刚从非洲回来似的。"丁小伟大笑着把他让进门。

詹及雨"嘿嘿"直笑："我考完试去打工了，在海边跟我哥们弄了个烧烤铺，虽然挺辛苦的，可一个来月挣了不少钱呢。哎哟，你不知道，太阳那个毒辣啊，刚开始那几天，到了晚上我们被晒得吃不下饭、睡不着觉，后来就习惯了。"

"考完试不好好玩儿，你去打什么工啊？"

詹及雨从口袋里掏出个纸袋子："还欠着你钱嘛，来，这回还清了，我心里也踏实了。"

丁小伟心里有些感动。这事他都快忘了，再说他现在也不差这几千块钱了。但是这孩子品行真是好，丁小伟觉得自己没白疼他。

丁小伟接过信封，揉了揉他的脑袋："小子出息了。丁叔这段时间太忙了,都没联系你,我的错,今天给你好好庆祝一下。说,你想去哪儿吃?市里的酒店任你挑。"

詹及雨揶揄道:"您可别穷大方了,我来了就是想在你家吃吃喝喝的,在家多舒服啊?大热天跑外头去干什么?"说着他把手里的袋子放到了桌上,"我妈来看我了,给我带了一堆好吃的东西,我们老家的小吃,辣死你,可好吃了,酒我也带了,丁叔,咱俩今天一醉方休。"

丁小伟哈哈笑道:"行,没问题,今天奉陪到底。"

詹及雨刚站稳脚,就"咦"了一声。

沙发的角落里,两个小孩一只狗,齐齐看着他。

玲玲的眼神有几分疑惑,她似乎觉得这个黑不溜秋的人挺熟悉,但是一下子又没认出来。

詹及雨高兴地伸出手:"我的宝贝儿玲玲,不认识你哥哥啦?"

玲玲这才欢天喜地跳起身,朝他跑了过来。

詹及雨把小姑娘抱了起来,转了好几圈,问道:"丁叔,那是谁家的小孩啊,怎么还有只狗?"

"嗯,朋友家的,帮忙看看。"丁小伟一时不知道怎么跟他解释,打算两个人一会儿喝高了再说,免得他问东问西的,便转移话题道,"你考上什么大学了?是你的理想大学不?在哪儿啊?"

詹及雨止不住兴奋地说:"理工大。"

"啊?你考上那么好的大学了?!小詹,行啊你!"

詹及雨得意地摇头晃脑:"厉害吧,我这一年可是玩儿命地学习。我就想,将来我一定要有出息,看哪个浑蛋还敢欺负我……"他想到了什么,表情带了一丝尴尬,不过很快又恢复了常态,"他们的建筑系很好的,我们全家人都高兴坏了。而且,还离你这么近,嘿嘿,往后我也要赖着你了,你不嫌弃吧?"

丁小伟笑道:"我也替你高兴啊,往后咱们能经常见面了。"

詹及雨把东西一样一样地摆在桌子上，拿手挑了块儿土豆片塞进玲玲的嘴里。小姑娘被辣得直伸舌头，结果吃完了还想要。

熠熠也凑了过来，黑葡萄似的眼睛带着些许期待之色看着桌上的东西，但是抿着小嘴一言不发。

詹及雨蹲下身，捏了捏熠熠的小脸蛋："小弟弟，你叫什么名字啊？"

"他叫熠熠。"丁小伟答道，"孩子不爱说话。狗叫小白，他的。"

詹及雨把手伸到他的脸旁边，惊奇地说道："丁叔你看，你看我俩的肤色，是一个世界的吗？"

丁小伟哈哈大笑起来。

两个人聊了聊近况，言谈中丁小伟觉得这孩子成熟懂事了不少，终于有个大小伙子的样子了，也觉得挺欣慰的。

到了晚饭时间，丁小伟一看冰箱里没什么东西了，就说出去买。

玲玲也要去，她去熠熠也要跟着去。

丁小伟冲着熠熠说："你去可以，不能带小白，一会儿我们回来大包小包的，哪儿有手牵着它呀？"

熠熠抿了抿嘴说："我牵它呀。"

丁小伟笑道："你牵它还是它牵着你呀？你还没它重呢。行了，晚上吃完饭我再带它散步，现在就买个菜的工夫，一会儿就回来了，好不好？"

熠熠为难地点了点头。

两个大人就带着两个孩子出门买菜去了。

正是傍晚，空气湿热，他们走了一会儿，汗就"哗哗"地往下流。

等红绿灯的时候，四个人停在了街边。

丁小伟摸着脖子上的汗，徒劳地拿着手掌当作扇子在脸旁边扇风。他正扇着风呢，余光突然就瞄到有人影朝他们的方向跑过来。

等他反应过来时，那两个人已经到了身边，一把抱起就在他手边的熠熠,扭头就跑。

整个过程不过发生在几秒钟之内,丁小伟和詹及雨都傻了。

那两个人都跑出去好几米了,他们才反应过来,丁小伟大喊了一声,撒腿就追。

詹及雨追了几步又想起玲玲,转身抱住小姑娘,也跟在后面追。

丁小伟吓得心都要跳出来了,真没见过当街抢孩子的!

两个人抱着孩子在街角转了个弯,路边停着一辆黑色的商务车,他们一起钻了进去。

熠熠吓哭了,那声音听得丁小伟心都揪了起来。

丁小伟感觉腿肚子直打战,简直飞一般冲了过去,一下子扑到其中一个人身上,拳头狠狠地往其腰眼上捶打。

那个人吃痛地蹲了下去。

车上很快又下来两个人,把丁小伟团团围住,拳打脚踢。

丁小伟就揪着自己刚才打趴下那个人狠命地回击。

有个人手里提着什么东西,照着丁小伟头上来了一下,他一下被打蒙了,脑袋上有热腾腾的血顺着脸颊流了下来。

这个人说:"把他也带走。"

他晕迷前,只听到詹及雨愤怒的嘶吼声。


丁小伟完全是被冻醒的。这种天气这帮人还能找到这么阴冷的地方,着实不容易。

他起来一看,衣服前襟有几处血迹,脑门上一阵阵地抽痛,不知道伤口深不深,但好歹是被包上了。熠熠躺在他旁边,待遇还不错,底下铺了褥子,身上盖了被子,正睡着呢。他就比较随便了,被往地上一扔完事。

他打量了一下四周,这似乎是个地下仓库之类的地方,又大又空,扑鼻而来的就是一股霉味。

这事百分之一百与周谨行有关，只是他们的目标显然是熠熠这个小财主，他是上赶着附送的。

要是有谁提前告诉他两百万酬金还带着被绑架这个服务，借他三个胆他也不敢接这事。钱固然是好东西，没命花有个屁用。

丁小伟的心情别提多么沉重了。自从认识了周谨行，自己的生活时不时就来点儿刺激的事，老这样他的心脏受不了。

丁小伟忍着阵阵头疼，撑着身子站了起来，绕到地下室的门前，轻轻地敲了几下。外面一点儿反应都没有，他又使劲儿敲了几下："喂，有没有人啊？"

有人吼道："吵吵什么？！老实待着。"

行，他老实待着吧。

丁小伟听话地坐回了原处。

这动静把孩子吵醒了，熠熠揉着眼睛坐了起来，看到四周的景象愣了一会儿，然后把目光放到了丁小伟身上，嘴一扁，眼睛也红了。

丁小伟赶紧把他抱起来："不哭，不哭，熠熠别哭啊。"

熠熠带着哭腔说："他们要杀人吗？"

丁小伟心里对这个问题的答案的渴望一点儿都不比孩子少，但他只能硬着头皮说："不会的，他们要杀人早这么干了，我们不都活着吗？有丁叔叔在，你别怕，咱们还要回家吃火锅呢。"

熠熠揉了揉眼睛，哽咽着说道："我死了他们每个人可以分好多钱。"

这话听得丁小伟一阵心酸："你听谁说的？别瞎说啊。"

"是真的。你真倒霉，他们要把我杀掉，再把你杀掉。"

"胡说八道，我才不会死呢，你也不会死，周谨行会来救我们的。"

说完这句话，丁小伟有些心虚。想起自己和玲玲上次被绑架，周谨行那冷漠到极点的反应，他心有余悸。

熠熠慢慢摇着头:"只有小白会救我……小白能找到我们吗?"

"能,狗鼻子可灵了,不管多远它都能闻到主人的味道,它一定能找到我们。"

熠熠听到这里,情绪才稳定一些,瞪着亮晶晶的眼睛看着那扇小窗户。

丁小伟将手臂环在他的小肚子上,用腿掂量着怀里这一点儿重量,心里不由得难过起来。

这么小的孩子,怎么就能说出那样的话呢?也不知道熠熠究竟尝过多少冷漠刻薄的对待。

按照熠熠的说法,要是没有他,周家每个人都能再多分到很多钱。熠熠要是死了,应该有很多人高兴,周谨行是不是也有这么畜生的想法?

如果周谨行也是这样的人,他打死也不会原谅周谨行的。可他看周谨行对熠熠也不是无情的样子,周谨行分明是很疼爱熠熠的。

一大一小两个人就这么沉默地坐在垫子上,目光呆滞地看着门口,等着有人进来告诉他们接下来要发生什么事。

到了快中午的时候,外面才传来一阵脚步声。

丁小伟盯着门口,熠熠害怕地往他怀里缩。

门板被外力推到了墙上,发出"砰"的一声巨响,熠熠身子猛地震了震。丁小伟强装镇定,脑袋却隐隐作痛。

三个人进来了,为首的人脸色阴沉,手里捏着半截烟。

丁小伟瞪大了眼睛,那是他的老板肖总!

肖总完全没了平日精英的架势,看上去如同被逼急了的狗,既狼狈又凶狠。

丁小伟愣怔地看着他,难以置信。

肖总冷笑了一下:"小丁,你以前也不是什么热心肠的人,这次跟着掺和什么呢?本来没你什么事的。"

丁小伟苦笑道："我不能光拿人的钱不办事，你当着我的面抢孩子，我能当没看见吗？肖总，你和周家到底有什么恩怨，你为难一个孩子干吗？再说你干这事可是犯法的啊。"

肖总恶狠狠地"哼"了一声："犯法？老子现在最不怕的就是犯法，就算不做这件事，我要是进去了，这辈子也不可能出来了。是周谨行把我逼到这份儿上的，实话告诉你，我现在豁出去了，什么也不怕了。"

丁小伟心道：果然倒霉事都跟周谨行这孙子有关系。

见肖总是有点儿穷途末路的意思，丁小伟不敢刺激他，好声好气地说："肖总，我跟姓周的那个人谈不上有什么情分。咱们有话好商量，能帮的事我一定帮你。别的不说，你别为难小孩啊。"

肖总眼中迸射出凶狠的光芒："你跟他关系深浅，试试就知道了。不过这事也不全掌握在周谨行一个人手里，所以我把周家小少爷给弄来了。周家给我留一条生路，大家都好过，他们要是一点儿余地都不给我，大家就同归于尽！"

丁小伟吓得不轻："别、别、别，肖总，你跟我说说究竟是什么事吧，我求求你行不行？我这不明不白地被牵扯进来了，多冤枉啊？咱俩过去关系还成，我也一直念着你挺照顾我的，咱们坐下好好说。"

肖总冷冷地看了他一眼，从口袋里掏出一样东西扔给了丁小伟。

丁小伟一看，是自己的手机。

"给周谨行打电话。"

丁小伟不敢迟疑，马上拨了电话过去。

电话一接通，周谨行的声音简直像要从话筒里冲出来一样急迫："丁哥！你怎么样？"

丁小伟哭丧着脸说："不怎么样，你好好做生意不行吗？成天招人怨，我有几条命能陪你这么折腾的？"

丁小伟的废话还没说完,肖总就把手机抢了过去,阴沉地笑着:"周总,别来无恙啊。"

电话那头的人沉默了一下,才开口:"肖民德,你是不是疯了?"

"我眼看着要在监狱里度过余生了,能不疯吗?你也听到了,你们周家的小公子和这个丁小伟都在我手里。我已经走到这一步了,就什么都不怕了。如果周家起诉我,我就让他们陪我上路。"

周谨行寒声说道:"你偷的是周家的钱,不是我一个人的。就算我肯放过你,周家其他人能同意吗?"

"所以我把周家的小少爷请来了呀。何况现在周家还不是你说了算?你看着办吧,我给你两天时间,你给我五千万,把我和我的老婆孩子安全地送到欧洲,否则我就让他们给我陪葬。"说完就要挂电话。

周谨行赶紧叫道:"等一下,让我和他说句话。"

肖总犹豫了一下,把手机送到了丁小伟的脸侧。

周谨行吸了一口气,轻声说道:"别怕,我绝不会让你出事。"

丁小伟"嗯"了一声,就没下文了。

肖总要是知道,周家很多人盼着这个小少爷出事,而自己在周谨行心里有几两重,又是谁也说不清楚的事,还会这么铤而走险吗?

丁小伟心里突然涌上一股悲哀感。

肖总走后,熠熠眼泪汪汪地看着丁小伟。

丁小伟哄着熠熠:"不怕,不怕,周谨行肯定会来救咱们的。"

孩子揉了揉眼睛,低着头不说话。

丁小伟轻轻拍了拍他惨白的小脸,靠在冰凉的墙上,双眼无神地看着那扇门。

被关在这个地下室里,每一分每一秒都非常漫长和难熬,丁小伟不知道等待自己和熠熠的将会是什么结果。

到了吃饭时间,有人送了饭来。两个人都没什么胃口,但丁小伟还是哄着孩子吃了一些。

一天就这么过去了,到了晚上,也没有任何人来,他们昏昏沉沉地睡着了。

第二天一大早,两个人就被一阵脚步声和说话声吵醒了。

丁小伟还没彻底睁开眼睛,就被人粗暴地从地上拽了起来:"走。"

丁小伟下意识地挣开那只手:"干什么?去哪里?"

"别废话,赶紧走。"

丁小伟死死地抱着熠熠,被他们连拖带拽地弄出了地下室,然后塞进一辆车里。他这才看清,这是一个正待拆迁的居民区,周围都是六七层高的老式楼房,已经无人居住,特别空寂。这地方,就是他鬼哭狼嚎地喊救命,也没人能听到。

停着的三辆车子刚刚发动起来,就猛地刹车,丁小伟被狠狠地抛了出去,鼻尖差点儿撞上椅背。

他抬头一看,以他们的车为中心,周围三个出入口蹿出了七八辆车,眨眼的工夫就把他们围在了中间。

丁小伟紧张地抱着熠熠往车门边上缩去。

旁边车里坐着的肖总下了车,神色惶恐。

那些车上的人也纷纷下车。

丁小伟一眼就看到了周谨行,他旁边还有个五十多岁的男人,男人眉眼间跟周谨行有几分相似。

场面弄得跟黑社会火并似的,就差"唰唰"地掏出枪来了,丁小伟心里忍不住骂娘。

肖总他们这群人一下子被二十来号人围住,既紧张又害怕。他们不是专业干绑票的人,一时措手不及,只能把丁小伟围在中间,用尖刀比画着。

周谨行看着肖总,面色阴沉。

293

肖总腿肚子直哆嗦："你怎么……怎么找到这里的？"

周谨行眸中寒芒迸射，不怒自威："你好大的胆子。"

周谨行身旁的男人颤声叫道："熠熠，你没事吧？"

熠熠惊魂未定，吓得说不出话来。

周谨行看到丁小伟头上包着纱布，脸色更差了："肖民德，你太小看周家了。把你送到法庭已经是我对你的宽容，你有命带着周家的钱走人，也没命去花！"

肖总恨声说道："你不给我活路，我们就拼个鱼死网破！"

周谨行沉声说道："我没法放走你，但是你的老婆和孩子，现在已经在新加坡了，如果你现在放了他们，我立刻往她的账户里转过去两百万美金，你可以打电话确认，这是我对你最后的妥协。"

肖总浑身大震，哆嗦着拿出手机拨通了一个熟悉的电话号码。电话那头的声音在空旷的空间里特别清晰，听着让人有些心酸。

几分钟后，肖总流着眼泪挂了电话，颓然地垂下了手。他雇来的人看这架势，扭头就想跑，很快就被周谨行带来的人摁住了。

周谨行三步并作两步跑到丁小伟身边："你的脑袋怎么了？"

丁小伟如释重负，叹道："被他们敲的。"

周谨行摸着他的脑袋。

当着这么多人的面，丁小伟反而不好意思了，轻轻推开他的手："没事，别摸了。"

周谨行将熠熠从丁小伟怀里接了过来，递给那个中年人："爸，熠熠没事，就是被吓着了。"

周家的长子赶紧接下熠熠，心疼地连声问着："熠熠呀，有没有哪里疼？别怕啊，没事了。"

丁小伟忍不住多看了周谨行他爹两眼。

周谨行吩咐那些人把事情处理好，就把丁小伟拽进了自己车里。

丁小伟不解地问道："你怎么这么快找了过来……"

周谨行长吁一口气，喃喃道："还好……还好你没事。"

丁小伟有些尴尬地拍了拍他的后背："没事了，没事了，你到底怎么找到我们的？"

良久，周谨行才放开他："我说了你不许生气。"

"说吧。"

"你的手机在哪儿，我就能找到哪儿。"

"你还玩儿高科技呀，监视我？"

"是为了你的安全。"周谨行说得理直气壮。

丁小伟想生气也气不起来，毕竟这回周谨行正是因此才救了他们。

周谨行大大地松了一口气。他一夜没睡，其实早就定位到了这里，但不敢打草惊蛇，只能在外面守着，等他们出来，寻找救人的时机。

丁小伟想起了什么："你爸对熠熠挺好的。"说完他又加了句没大脑的话，"是真好，还是假好啊？"

周谨行笑道："熠熠是我大哥留下的唯一的后代，你说呢？"

丁小伟惊讶地问道："真是你大哥的啊，你们做鉴定了？"

"早做了，只是不能说，无论对外还是对家里的亲戚，都不能说。在家里我爸也不敢跟熠熠太亲近，只要我爷爷还活着，我爸都不敢在有亲戚在的时候多看熠熠一眼。"

丁小伟心里稍微好受一点儿了："这么说周家还是有人真心对熠熠的嘛。"

丁小伟全身放松地倒在靠椅上："这两天真是吓死我了。"

周谨行整个人也轻松了一些，冲他眨着眼睛："你的麻烦还没结束。"

"什么意思？"

"你妈来了。"

丁小伟去医院处理好伤口后，才回到家，进门之前心脏有点儿发颤。

他要怎么跟他妈解释他再婚半年就又离婚了，并且多养了一个孩子和一只狗？

他和容华的事一定会让他妈特别失望，他一直不想去面对。

丁小伟预想了无数种他妈见到他的反应，但绝对没想到是眼前这种。

他一推开门，"哗啦啦"的搓麻将的声音就把他镇住了。他定睛一看，他妈正跟周谨行的三个保镖玩儿得不亦乐乎，笑得可欢了。

丁小伟小心地叫了一声："妈？"

"哦？小伟？你回来了？哎，脑袋怎么了？你不是跑生意去了吗，怎么脑袋上还包着纱布，不是出车祸了吧？"

"不是，昨天下雨，货车不是高嘛，下来摔着了。"

"哎哟，这么不小心，严不严重？"

"不严重，不严重。"丁小伟愣怔地看着他妈，想从她的表情里看出些端倪。

玲玲从里屋跑了出来，一下子扑到他身上，"哇"地哭了起来。

丁妈妈吓了一跳："孙女儿怎么了？哭什么？想爸爸了？"

丁小伟当然知道她哭什么，眼看着自己的爸爸被人带走，她肯定吓坏了。但丫头真是听话，周谨行不让她跟奶奶说，她真的就什么都没说。

丁小伟鼻头一酸，也紧紧地抱着玲玲。

丁妈妈笑道："才两天不见就这么想爸爸。哎呀，我这一圈还没结束呢。小周，你给找的这几个小朋友真有意思。"说完她又乐呵呵地跑回桌边，继续忘我地搓起了麻将。

丁小伟看傻眼了，小声问周谨行："你怎么知道我妈的爱好的？"

周谨行笑道："阿姨自己说的啊。我说我这两天忙，没时间带她玩儿,她就念叨,要是有人陪她搓麻将就好了。"

丁小伟哭笑不得。

他洗了个澡换了衣服,好好地安慰了玲玲一番,并且保证熠熠过两天就能回家,小姑娘才放下心来。

到了吃饭时间,周谨行把他们叫了出来,摆了一桌子饭菜。

丁妈妈不停地夸奖周谨行:"你看人家小周,长得俊,人又有礼貌,还会干家务活,你要是有他一半优秀,也不愁找不着老婆了。"

丁小伟尴尬地看了周谨行一眼。

丁妈妈夹了口菜:"嗯,这个西蓝花好吃,火候正好。小伟,你也学两手。"

"知道了。"

"阿姨您放心,有空我教他。"

丁妈妈笑着点头。

到了晚上,孩子都睡了,母子俩终于有了单独说话的机会。

丁妈妈脸上显出几分疲惫之色:"我这次来也没提前通知你,你不是给家里寄钱了吗?我就想来看看你出息的样子。"

"你不来我过段时间也会回去,何必折腾这一趟?"

"我心里高兴啊,我儿子出息了,我怎么能不来看看?"丁妈妈笑了笑,"你要真赚了点儿钱,干吗不把这套房子卖了,租个好点儿的地方?这么多人挤在一起。"

"这个……这房子我确实打算卖了。"丁小伟十分想和他妈分享自己买了大房子的喜悦心情,但不敢,因为没法解释买房子的钱怎么来的。

"有相中的房子了?"

"有,可能先租一套,我们的生意做得不错,明年多赚点儿钱,买套大的。"

丁妈妈笑得合不拢嘴："好，太好了。"

丁小伟偷偷看了他妈一眼，总觉得他妈进门到现在都不提容华，不大对头。

丁妈妈倒是很淡定："你和容华的事，又不是你的错，你怕我说你啊？我是那么不讲理的人吗？"

丁小伟大大地松了一口气："我是怕你失望。"

"失望肯定是失望的，但是你现在不也过得很好吗？妈希望你和玲玲过得好，这就够了，我也看开了，怎么过不重要。"

丁小伟心中感动不已。

"我看小周真的很不错，你们住在一起能互相照顾，玲玲也很喜欢他。"

"不止如此，他对玲玲特别好，我上次在电话里也和你说了，他安排了玲玲去治病，玲玲的说话能力应该能恢复一部分。"

"真是好人啊。"丁妈妈感慨道。

第二天丁小伟见到詹及雨，孩子眼圈都还红着，见到他就扑上来抱住："丁叔，你可吓死我了。"

周谨行大步走过来，笑着揪着詹及雨的脖领子把他拉开："你别担心，他没事。"

孩子差点儿被他拽得摔一个跟头，不太乐意地看了他一眼。但是詹及雨似乎对周谨行有所顾忌，虽不敢造次，但也不太爱搭理周谨行。

詹及雨关切地看着丁小伟的脑袋："丁叔，严不严重？"

"没大事。"

"你要是觉得头晕一定要去医院啊，有脑出血的危险。"

"啧，乌鸦嘴，你丁叔好着呢。"

詹及雨不好意思地摸了摸脑袋："咱俩还没吃饭呢。"

"今天让他做,丁叔跟你聊聊上大学的事,教授点儿经验给你,免得你被人欺负。"

"我也会做,我做吧。"

"你别操心了,来,来,来。"丁小伟招呼着他往沙发上坐。

"玲玲呢?"

"她跟她奶奶出去了。"

"啊,你妈来了?"

"嗯,前两天来的。"

两个人坐在沙发上闲聊起来,面对詹及雨追问的那群把他绑走的人是谁、有什么目的,丁小伟都含糊地带过去了。

晚上吃饭的就他们三个人。

詹及雨一坐到桌边,周谨行就推给他一碗鸡汤,鸡汤澄清,上面漂着翠绿的葱花,不仅看着好看,气味也相当诱人。

周谨行笑道:"喝吧。"

詹及雨迫不及待地舀了一勺鸡汤往嘴里送,接着"哇"地叫了一声:"啊,好烫!"他的脸都揪成了一团,小狗似的伸着舌头"哇哇"乱叫。

周谨行"哎呀"一声:"怎么不小心点儿?刚出锅的汤是很烫的。"

丁小伟瞪了周谨行一眼,赶紧起身给詹及雨倒了杯凉水。

詹及雨心大,丁小伟却是明白人。周谨行这种细心到极致的人,怎么可能出这种差错?

周谨行脸上挂着优雅的笑容,慢慢坐了下来,笑呵呵地招呼詹及雨:"先喝点儿水,下次别喝这么急了,多着呢。"

詹及雨的脸"唰"地红了。

丁小伟觉得周谨行欺负一个孩子特别不地道,就偷偷在桌底踹了他一脚。

饭桌边，丁小伟和詹及雨喋喋不休地说着话。两个人的对话就像发生在孩子要去远方上学的父子之间，充满了告诫和鼓励，实在有几分滑稽。

两个人聊得起劲儿，就忽略了周谨行。周谨行泰然地坐在一旁，不时地低头发短信。

一顿饭快吃完了，门铃响了。

丁小伟刚要起身，周谨行拍了拍他："我去吧，你们好好聊。"

丁小伟也没在意，就继续坐着。他坐的方向背对着门，詹及雨则是正正对着，聊着聊着，丁小伟就发现詹及雨的脸色变了，眼里冒着小火苗，盯着自己背后。

丁小伟回头一看，嗬，这不是周谨行那个跟他不对盘的倒霉弟弟吗？

许久不见的周宗贤依然是一副趾高气扬的烦人样子，让人看着就不爽。丁小伟瞪了他一眼，又看向周谨行，用眼神问周谨行怎么回事。

周谨行摊了摊手："他代表家里的长辈来看看熠熠生活的地方。"

丁小伟咽下了那句到嘴边的"放屁"，有些如临大敌地站起来，把詹及雨挡在身后。

詹及雨也跟着站起来，面色不善。

周宗贤歪着脑袋看了看詹及雨，皱眉说道："你怎么晒得跟煤球似的？难看死了。"

詹及雨刚想发作，就被丁小伟抬手制止了。丁小伟冲着周谨行说道："你自己的弟弟你自己招待，小詹，我们走，丁叔带你出去玩儿。"

这下周谨行装不下去了，挡在他们面前："你们要去哪儿？"

丁小伟狠狠地瞪了周谨行一眼，觉得周宗贤一定是周谨行故意弄过来的："小詹,你想去哪儿玩儿?唱歌?打台球?游泳?"

詹及雨不再看周宗贤:"都行,咱们走吧。"

周谨行态度软了一些,抓着丁小伟的胳膊:"丁哥,玲玲回来看不到你该哭了,你知道上次的事情把她吓坏了,现在她还没缓过来,你别这时候出门。"

丁小伟有些犹豫,小丫头现在的确挺脆弱的,可是周谨行把周宗贤弄来了,明显就是来硌硬小詹的,别说小詹难受,他看着也心烦。

丁小伟压低声音在周谨行耳边说道:"你把他弄来小詹多尴尬?你瞧你干的好事!"

周谨行正要说什么,周宗贤已经从他们身边走了过去,径直站在詹及雨面前,放肆地打量着他。

詹及雨握紧了拳头,大眼睛瞪得溜圆,好像随时预备着扑上去咬他。

他忍着火气说:"丁叔,咱们去找玲玲吧。"

"也行,我给我妈打个电话。"

周宗贤一把拽住詹及雨:"过来,我有话跟你说。"

詹及雨的胳膊像过了电般,他猛地把周宗贤甩开了:"你有病啊。"

"你这是对债主说话的态度?啊?"

詹及雨抿着嘴,似乎被掐到了七寸。

丁小伟皱眉问道:"你还欠他钱?欠多少?"

詹及雨连忙解释道:"丁叔你别管了,我不欠他钱,他瞎说。我……我先回去了,玲玲回来跟她说哥哥下次再来看她。"

丁小伟还想说什么,被周谨行拉了回来:"别人的事你就别管了行吗?他已经成年了。"

詹及雨前脚头也不回地跑了,周宗贤后脚跟了上去,临出门时顿了一下,回身冲周谨行说:"二哥,这地方勉强合格,但以后少

301

让闲杂人等过来。"

周谨行挑了挑眉:"你年纪不小了,收敛点儿。"

周宗贤轻轻地"哼"了一声,扭头走了。

两个人走后,丁小伟不乐意地看着周谨行:"你们周家人都这么阴阳怪气的?这小子怎么就这么硌硬人呢?说话看人都没个正形,他不知道这样招人烦啊?"

周谨行淡淡地说道:"不小心被惯坏了。"然后他又加了一句,"不是我惯的。"

丁小伟还抻着脖子往外看,担忧地问道:"他不会欺负小詹吧?"

"小詹是成年人了,自己的事情该自己解决,你跟他非亲非故的,难道能护他一辈子?"

丁小伟知道周谨行说得有道理,说到底两个人只是朋友,他不可能时时刻刻看着詹及雨,可是心里还是不太痛快:"以后熠熠绝不能变成这样。"

"就是为了不让他变成那样,才让你来养的。"

丁小伟在沙发上坐下:"说起来一两天没见着那小子,还有点儿想呢。"熠熠真是个挺乖的孩子,抗议永远是沉默的,不会哭闹,虽然这样倔强起来更加难搞,但至少一点儿都不烦人,简直是丁小伟理想中的儿子。

周谨行调笑道:"想儿子了?你去带一会儿我儿子吧。"

"拉倒吧,你那祖宗我伺候不起。"周谨行的儿子是真正的灾难,实在太能哭了,而且嗓门奇大。

"可是你那天哄他哄得挺好的。"

"是吗?"丁小伟摸了摸脑袋,勉为其难地说,"好吧,好吧,谁叫我收了你们家的钱。"

丁小伟懒洋洋地靠在沙发上,与周谨行对视一眼,从那双眼睛里读到了温暖的笑意。

丁小伟感到整颗心都柔软、松弛下来,没有什么特别的原因,现在也不是什么特别的时候,就是在这个家里,和周谨行美美地吃完一顿晚餐,安静地待在一起聊聊天,如此平凡的时刻,他感觉到了……幸福。

是的,他体会到了细腻又绵长、朴实又真挚的幸福。

〈全文完〉

番外一
过年

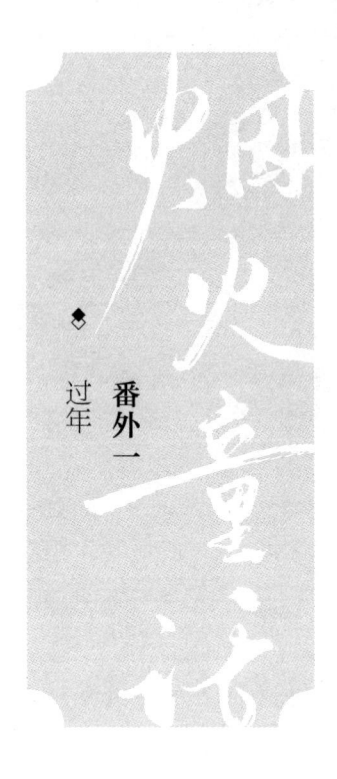

周谨行给自己的儿子起名叫周畅言,畅所欲言的那个畅言。

丁小伟是个非常粗线条的老爷们,虽然跟这父子俩早、中、午天天见,只一直听他叫孩子言言,到孩子都"咿咿呀呀"能说话了,他都没想过问问孩子的大名叫什么。

有一天他不知道哪根神经搭对了,就问了问言言的名字。

周谨行告诉他之后,他就觉得这名字挺有意思,问周谨行这名字有什么寓意。

周谨行正在把言言的胳膊塞进衣服里,笑着说:"我的中文名字是我回到周家后我爷爷给我起的,他要求我谨言慎行。"

丁小伟狠狠打了个寒战,心想这个人到底是有多记仇?表面上周谨行总是一副温和绅士的贵公子的样子,其实却是心狠手辣、睚眦必报的性格。

想象一下,周老爷子知道这么个明摆着跟自己叫板的名字,会不会气得又住院?

丁小伟咧着嘴看了周谨行一眼,不知道该说什么。

周谨行奇怪地问道:"怎么了,不好听吗?"

丁小伟使劲儿点着头:"好听,气死人反正不偿命,你呀,都坏出花来了。"

周谨行抿着嘴笑了笑。

丁小伟一副受不了的表情。

"对了,跟你商量件事情。"

"什么?"

"快过年了,我们去度假吧。"

"啊?度假,可是我得回老家过年啊。"

"一年不回去有什么关系?"

"有啊,哪年都可以不回去,今年不回去不行。"

"为什么?"

"为什么?"丁小伟严肃地看着他说,"今年我要回去炫富。"

周谨行露出一个难以定义的表情。

丁小伟从鼻子里"哼"了一声:"你这种好命的二世祖懂什么?我长这么大,好不容易才有机会给我父母长一回脸。"

"可是,我真的想去度假,放松放松。"

丁小伟看着他失望的表情,有些不忍心:"可是我今年必须回家,我爸妈很期待。"他计划着给他爸妈在老家买套好点儿的公寓,有大窗户的高层楼房,夏天打开窗有过堂风,冬天能晒到太阳,让他们好好享享福。

周谨行有些失望。

丁小伟每次被他这么看着都浑身起鸡皮疙瘩,那双眼睛太美了,好像能把人吸进去。他狠心道:"就这么定了,过年我带玲玲回家,你嘛,回家陪你爸过年去吧,你爸就剩下你了,也挺可怜的。"

周谨行叹息了一声:"好吧,那你初几回来?"

"初六吧,初七就上班了。"

"说好了,初六一定要回来呀。"

"一定,一定。"

公司一放假,丁小伟就带着玲玲回了老家。

玲玲这半年多来接受治疗,见了一点儿成效,老师都说她的发声比以前进步了很多,虽然她依然无法说出一句完整的话,但一家人都对她有一天能再开口叫爸爸抱着希望。

平时他回家,只有爸妈来接,结果这回,好家伙,他表弟、表妹还有一些平时不怎么联系的亲戚都跑来了,笑呵呵地给他提行李,还不断地嘘寒问暖。

这人要有了钱,不仅自己不一样,别人对你的态度也不一样。丁小伟不禁感叹了一下人情冷暖,世态炎凉,可同时又有些暗爽。

丁小伟在一堆人的簇拥下回到了家,他爸妈抱着漂亮的小玲玲,看着自己突然出息了的儿子,笑得合不拢嘴。

丁小伟跟着家人一起置办年货,走亲访友,过了一个热热闹闹的年。

回来这几天,他妈变着法地给他们做各种好吃的东西,他每天就跟亲戚们聊天打牌,玲玲和亲戚家的小孩们一起都玩儿疯了。回家就是这样,热热闹闹又懒懒散散。

大年初三那天,他正在家里陪他爸下象棋呢,他妈风尘仆仆地从外边回来了,一进屋就过去伸手捅了捅丁小伟。

丁小伟抬头:"怎么了,妈?"

丁妈妈一副哭笑不得的样子:"我在咱们的大街上捡着两个人。"

"啊?谁呀?"

丁妈妈喊了一声:"进来吧。"

门被推开了,丁小伟目瞪口呆地看着周谨行领着熠熠进来了,两个人一身寒气,长长的睫毛上挂着白霜,显然被冻得不轻。

丁小伟惊讶地问道:"你……你们怎么来了?"

还没等周谨行说话,丁妈妈就抢先说道:"我去找你二姨,在街上就看着他俩了,先看着小周,大高个子往那儿一戳,雕像似的,然后旁边跟着个被冻得直哆嗦的孩子。"

周谨行苦笑道:"丁哥,我本来想到这儿再联系你的,但是我们的随身行李在火车上被偷了。"

这里没有飞机直达,他们必须坐一段火车,丁小伟怀疑周谨行是第一次坐火车,没有一点儿防盗意识。

丁小伟跳下床,一把抱起熠熠,焐着孩子被冻得通红的小脸,埋怨起周谨行来:"你说你来不会提前打招呼啊,傻愣愣地跑这儿来,东西还被偷了,你看把熠熠冻的。"

玲玲在里屋睡觉呢,这时候听到动静也出来了,先是惊喜地抱着周谨行蹭了一阵,然后扭身跑到桌子那边从壶里倒出一杯阿华田,捧到熠熠旁边让他喝。

熠熠眨巴着眼睛,依然是从进屋就没有一句话,不说冷不说累,也不抱怨,接过玲玲给他的杯子就喝。

周谨行一脸尴尬的表情:"我第一次坐火车,没想到这么乱……"周谨行这时候才发现丁小伟那个少言寡语、存在感微弱的父亲正好奇地打量着他。

周谨行赶紧矮身说道:"伯父您好,我是丁哥的朋友。"

丁爸爸一下乐了:"中国话说得挺好啊。"

丁妈妈拍了一下他的肩膀:"混血儿,你懂不懂?!"

丁爸爸"哦"了一声:"快坐吧,暖和暖和。"

丁小伟帮着熠熠脱下衣服,也冲着周谨行说:"把外衣脱了吧,屋里热,一会儿流汗衣服该湿了。"

周谨行脱下外套,笑呵呵地坐下了。

丁妈妈给周谨行倒了杯茶,半是埋怨半是心疼地说:"以后可别这么不小心了,你打电话让小伟去接你呀。"

周谨行浅笑道:"谢谢伯母,这也算一个有趣的经历了。"

丁妈妈被他看得不好意思了,周谨行这种等级的美貌真的具有极大的杀伤力:"你们聊,我做饭去。"

玲玲爬到周谨行的膝上让他抱着,美滋滋地跟熠熠分享一杯热饮。

丁爸爸与周谨行聊了起来,聊他们的工作、生活,聊玲玲的治疗,气氛非常融洽。

窗外响起烟花爆竹的声音,不时有亮光在夜空中闪耀。

周谨行也第一次感受这样传统又朴实的中国年。

吃完饭，周谨行就帮着丁妈妈在厨房里准备明天的饭菜。周谨行高大健硕的身体坐在一个小马扎上，看起来多少有些滑稽，但这幅画面又分外温馨和谐，两个人不知道聊了什么，一起笑了起来。

　　丁小伟面带微笑，在一旁静静地看着，那种从灵魂深处溢出的幸福与安宁感，令他感动。

　　这是最好的一年，一个幸福美满的团圆年。

番外二

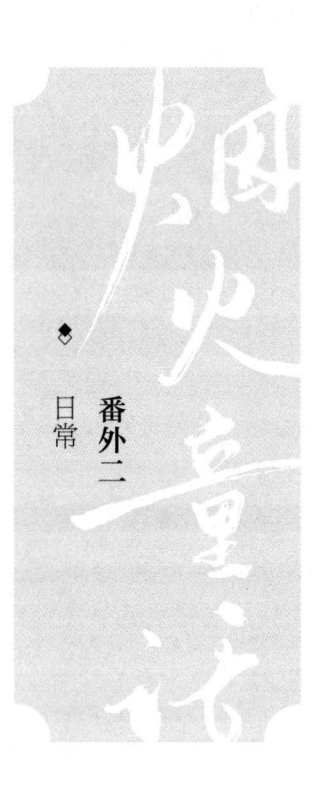

日常

"叔叔。"

"嗯。"

"叔叔。"一只小手拽住了丁小伟的衣角。

"干吗？"丁小伟睁开一只眼睛。他今年捣鼓了一个汽车美容店，最近忙着装修和采购的事，好几天没好好休息了，好不容易得空回家睡一觉，实在不想动。

"叔叔，玩儿，玩儿乐高。"言言爬到他身上，使劲拽他的领子，圆溜溜的大眼睛一眨一眨地看着他。

丁小伟叹了一口气："你玲玲姐姐呢？熠熠呢？"

"姐姐上学，小爷爷也上学。"

"不要叫熠熠小爷爷，别扭死了。你听我的，叫哥哥就得了，没那么多规矩。"

言言甩了甩脑袋："不，爹爹让我叫的。"

"嘿，你这孩子，我说话你不听了是吧？"丁小伟捏了捏言言肉肉的小屁股。

言言"咯咯"直笑，认真地说："小爷爷，我叫他小爷爷，他才会和我说话。"

丁小伟哭笑不得："他只是说让你别这么叫他。"

"叔叔陪我玩儿。"

丁小伟认命地抱起言言往游戏室走去。每到这个时候，他就后悔和周谨行瞎折腾，因为家里有三个孩子，专门把一个大房间改造成了游戏室，里面堆满了各种各样的玩具，他们两个人总要抽出一些时间陪孩子们玩儿。他现在特别希望孩子们赶紧长大，他们能轻松点儿。

"叔叔，大恐龙。"

"有图纸吗?把图纸给我。"

"大恐龙,大恐龙。"

"我又不会玩儿这个。"丁小伟抓起一把积木,有些郁闷。

"叔叔,大恐龙……"言言趴到他的大腿上,眼巴巴地看着他。

"行,行,行,恐龙,恐龙。"丁小伟硬着头皮组装起来。

言言看了一会儿,把小手按在丁小伟的胳膊上,小声说:"叔叔,这个不是恐龙。"

"怎么不是了?我还没拼完呢,你别着急。"正当丁小伟越拼积木形状越扭曲,言言的小脸都皱起来的时候,他们同时听到了开门声。

"啊,爹爹回来了。"

"走,去看看。"丁小伟终于解脱了,用胳膊夹着言言走出游戏房。

周谨行接了玲玲和熠熠回家。

言言开心地叫道:"爹爹、姐姐、小爷爷。"

熠熠皱了皱眉头,小声说道:"笨蛋。"

周谨行露出温柔迷人的笑容:"宝贝儿。"他上去从丁小伟手里接过言言亲了一口。

丁小伟像见到了救星:"你可算回来了。"

"怎么了?"

"言言让我陪他玩儿积木,还要恐龙,你快去给他拼一个吧。"

周谨行含笑道:"可我今天想给你们做好吃的。"

言言在周谨行怀里挣扎起来:"爹爹,好吃的,我要好吃的。"

丁小伟拍了拍他的脑袋:"你到底要恐龙还是要好吃的?"

"好吃的。"

周谨行把言言放到地上:"那就老实点儿,我去做饭。"

周谨行走进厨房后,玲玲笑着拉了拉丁小伟的手。

丁小伟蹲下身:"宝贝闺女,怎么了?"

"爸爸……作业……"小姑娘的喉咙里发出含糊的声音,尽管发音不清晰,声调也很奇怪,但每次听到她说出话来,丁小伟都很高兴。自从接受那个医疗团队的治疗后,玲玲真的在一点点地恢复说话的能力,周谨行也为玲玲的事操了很多心,这是他们一起努力的结果。想到这里,丁小伟就无比感动。

"教你做作业吗?没问题,熠熠,你要听吗?"

熠熠摇了摇头。

"那你陪言言玩儿好不好?"

熠熠撇了撇嘴,看着一扭一扭地走过来的奶娃娃,不太情愿地说:"好吧。"

"小爷爷。"言言眼睛一亮,蹒跚着跑过来,一把抱住熠熠。

熠熠叫道:"不要叫我小爷爷!"

丁小伟辅导完玲玲的作业,就去厨房。

周谨行穿着灰色的家居服,系着围裙,款式简单的棉质衣服依旧衬托出了他的宽肩长腿。听到脚步声,他回过头来,朝丁小伟笑了笑。

丁小伟问道:"要帮忙吗?"

"不用,最近都是保姆在做饭,我都好久没做点儿好东西给你们吃了。"

"你工作忙嘛,也没办法。"周谨行出差了一个多星期,丁小伟觉得自己一个人确实打理不好一个家。

周谨行假装摇头叹气。

"没有我们周大老板,我只能和孩子们吃泡面,您能者多劳,牛肉炖烂点儿。"丁小伟道。

两个人一边做饭,一边聊着工作上的事。这时,熠熠进来了,小大人一样靠在门上，面无表情地看着他们。

"熠熠，怎么了？"

"言言拉臭臭了，我不要碰他。"说完他转身就走。

丁小伟一拍脑门："我去。"

周谨行低笑不止。

一家人吃了顿温馨的晚饭，吃完饭，他们又陪孩子玩儿了一会儿，折腾到十点，才把三个孩子都哄睡了。

丁小伟伸了个懒腰："带孩子太累了。"

"我放了热水，你去泡个澡吧。"

"你去吧，我还得看看新的装修方案和采购单。"丁小伟直叹气，"要不还是你帮我看吧，你懂得多。"他什么事都会问周谨行，毕竟周谨行既聪明学历又高。

"好啊。"两个人轻声讨论着工作，也讨论着孩子的健康和教育问题，就像往常那样，把生活中的大小事耐心地与对方分享。

这是莫大的幸运和圆满。